新世纪外国畅销小说书架

回归

Die Heimkehr

Bernhard Schlink

[德] 本哈德·施林克　著

吴筠　译

人民文学出版社

著作权合同登记:图字 01-2008-4668 号

Bernhard Schlink
DIE HEIMKEHR

本书据 Zürich: Diogenes 2006 年版译出。

图书在版编目(CIP)数据

回归/(德)施林克著;吴筠译. —北京:人民文学出版社,2011
(新世纪外国畅销小说书架)
ISBN 978-7-02-008893-5

Ⅰ. ①回… Ⅱ. ①施… ②吴… Ⅲ. ①长篇小说-德国-现代 Ⅳ. ①I516.45

中国版本图书馆 CIP 数据核字(2011)第 266587 号

责任编辑:欧阳韬
特约策划:彭　伦
装帧设计:董红红

出版发行　人民文学出版社
社　　址　北京市朝内大街 166 号
邮政编码　100705
网　　址　http://www.rw-cn.com
印　　制　宁波大港印务有限公司
经　　销　全国新华书店等
字　　数　238 千字
开　　本　890×1240 毫米　1/32
印　　张　8.75
插　　页　2
印　　数　1—10000
版　　次　2008 年 12 月北京第 1 版
印　　次　2012 年 2 月第 1 次印刷
书　　号　978-7-02-008893-5
定　　价　27.00 元

出版说明

新世纪以来，人民文学出版社一方面依托外国文学研究专家和权威机构，每年一度评选世界各国优秀长篇小说，并将获奖作品集成“21 世纪年度最佳外国小说”出版；另一方面携手上海九久读书人文化实业有限公司，高度关注世界各国最新出版的特色鲜明的优秀长篇，共同构成了新世纪人文版外国文学长篇小说翻译出版的豪华阵容。

这套“新世纪外国畅销小说书架”的编辑设想则是在上述豪华阵容中以市场表现为主要依据进行遴选，充分体现我们对于广大读者阅读兴趣的尊重。列入“书架”的作品，内容生动，可读性强，一经问世，便畅销全球，深受不同民族、不同肤色的读者喜爱。需要特别说明的是，入选作品不仅风靡全球，其中不少还是世界各种文学大奖包括诺贝尔文学奖获奖者之作，这表明了经典和畅销完全可以成为一个统一体。

本丛书将分辑出版。第一辑共二十种，以本社初版时间为序编号排列，以帮助读者更好地了解当代外国畅销小说的历史脉络。同时我们也寄望这套丛书能以其既有的品质续写新的畅销奇迹，并有新作品源源不断地充实进来。在编辑遴选过程中，限于版权与视角诸原因，不周全之处在所难免，敬请广大读者不吝赐教。

第三辑补记

“新世纪外国畅销小说书架”自推出第一、第二辑后，受到读者的诸多鼓励，为此我们再次遴选十种，恳请广大读者继续不吝赐教。

人民文学出版社编辑部

二〇一一年十一月

目录

第一部

1

我的童年假期，都是在瑞士的祖父母那里度过的。

我的母亲会把我带到火车站，送我上车，如果我运气还不错的话，就能安安稳稳地坐上六小时到达目的地，祖父会在那儿接我。当然也有不走运的时候，那我就必须在德国瑞士边境换车。

有一次，我在上错了火车之后一个人痛哭流涕，幸好有位好心的列车员帮我擦干了眼泪，并在几站之后带我上了另一列火车，还把我托付给另一个列车员。后者又用同样的方式把我转托给了第三名列车员。就这样，经过一站又一站的接力，我最终在这群列车员的陪伴下到达了目的地。

我喜欢乘火车旅行：满眼尽是经过的乡间和城镇风景，车厢温暖舒适，人也自由自在。怀揣着车票和护照，还有干粮和小说，我不需要别人的陪伴，也不用跟其他人说些什么。

真是想念瑞士火车的车厢——座位不是靠窗就是靠走廊，不用担心会被挤在中间。此外，瑞士火车浅色的木质座位看起来也比德国的红棕色塑料材质要高级一些，灰色的车体，用三种语言写成“瑞士铁路”字样①，以及红底白字的瑞士徽章都比脏兮兮的绿色“德国铁路”标志要高贵。德国火车的简陋让我感觉挺亲切，因为我和母亲居住的城市就是那么简陋，那里的人们就是那么朴素，不过我还是为自己是半

---

① 因瑞士的官方语言共有四种，分别是德语、法语、意大利语和列托-罗马语，因此大部分情况下，瑞士的各类标示均用德法意三种语言标注。

个瑞士人而感到骄傲。

旅程的终点，就是那个在湖边的车站。这还是个终点站。我只要沿着火车月台走，就一定会见到我祖父：高大强壮，深色的眼睛，浓密的白胡子，谢顶，穿着亚麻色的夹克，戴着草帽，拄着手杖。他看起来那么可靠，尽管我已经长得比他个子更高，尽管他走路得靠手杖支撑，但是他在我眼里始终那么高大，那么有力量。等到我都已经成了大学生，他有时还会搀着我的手，这让我有点不知如何是好，好在也并不尴尬。

从车站到祖父母的住处其实还要经过湖边的几个小村庄，如果天气好的话，祖父和我就会坐船而不是火车。我最喜欢巨大的老式蒸汽明轮，在船身中部可以看见，蒸汽机上泛着机油光泽的铜制、铁制的摇杆、连杆和活塞卖力地工作着。船上有好几层甲板，有开放式的，也有封闭的。我们一般就站在前部的开放甲板上，呼吸着迎面而来的微风，望着岸边时隐时现的小城镇，海鸥绕着轮船自由滑翔，湖上帆船张满了帆，滑水爱好者也尽情展示着他们的美妙身手。偶尔我们还能在小山丘背后瞥见阿尔卑斯山，祖父会如数家珍般地一一叫出那些山峰的名字。

阳光照在水面上泛起的那道光芒，悠悠地滑向船身中部，在舞动的水轮机叶片中被撕得粉碎。就在这道光的照耀下，轮船恬然地在湖上前行，每次看到这一景象，我都觉得是个奇迹。我现在敢肯定，祖父当时就跟我解释了，这一光学现象自有它的道理。然而时至今日，每次我看到这一景象总还觉得是个奇迹。那道光芒就始于我所在的地方。

2

我八岁那年的夏天，母亲没钱给我买去瑞士的火车票。于是她就找了一个开长途的司机，把我带到边境，然后交给另一个长途司机，后者负责把我带到我祖父母那儿。我都不知道她是怎么找到这些人的。

和司机约的见面地点在火车货运站，母亲还要去上班，不能留下来陪我，她把我和行李留在车站入口处，再三叮嘱我不要随便走开。我就站在那儿，紧张地盯着每一辆驶过车站口的货车，发现它们没有停下来就松一口气，还伴随着失望。这些货车比我之前看到的都堆货更高，噪音更大，气味更令人恶心。简直就是群怪物。

我不知道我究竟等了多久，当时我也没有手表。过了一会儿，我坐在行李箱上，每当有辆货车缓慢驶近，看起来像是要停车，我就重新站起来。

总算有辆车停了，司机把我和行李拉进了驾驶室，同车的人接手把我放在驾驶座后面的床上。我就应该闭上嘴，别把头伸过挡板，乖乖睡觉。天还挺亮，但是就算暗了我也睡不着。一开始的时候，每当我把头伸过挡板，司机和同车的人还会转过身来咒骂几句，然后他们就忘记了我的存在，我就这么望着车窗外。

我能看到的其实很有限，不过我还是透过副驾驶旁的车窗瞥见了一眼日落。司机和副驾驶之间的对话我只懂得只言片语；他们说着什么美国人，法国人，货物配送和付款等等。货车从建设中的高速公路上驶过时，那规律均匀的噪音和震动差点把我摇入梦乡。不过很快高速公路就到头了，我们驶上了路况糟糕的山间国道，司机根本无法避开路上的大坑小坑，不得不经常加减挡来控制速度。整晚的行车都是如此颠簸。

货车还经常停下，从侧面车窗冒出一些面孔，司机和副驾驶跳上跳下，打开货舱的门，把货物推下车并堆到卸货场。其中的一些停靠站是照明如白昼喧闹异常的工厂和仓库，另一些则是黑暗的加油站、停车场和乡间小路。大概司机和副驾驶除了完成他们规定的运输任务之外，还拉了些私活儿，甚至走私或者销赃，这样我们就比预计的要多花些时间。

无论如此，我们到达边境的时候都已经太晚了，原本应在此地接我的另一辆货车早已开走，我不得不在晨曦中一个人坐在小城的一个广场上，那个地方的名字我都已经想不起来了。广场上有一座教堂，还有些新建住房，当然更多的是连屋顶都没有的老房子，窗户都已经不见了。

等到第一缕阳光照下来的时候，就有人来广场上搭起一个市场，他们推着平板二轮车，用根绳索系住车轴，搭在肩膀上，车上堆着麻袋、箱子和篮子。

我整晚都提心吊胆，害怕警察和货车的司机，怕遇到强盗打劫，怕出车祸，害怕我不得不上厕所。现在我又开始害怕有人喜欢上我，想要收养我。正如我怕没人注意到我，也没人关心我。

早晨的阳光如此温暖，直射在我坐的长凳上，照得我很不舒服，我很不愿意离开长凳。这时在路边停下了一辆顶篷敞开的汽车。司机坐在那里没有动，随车的女士下来把我的行李放进行李箱，让我坐在车的后排位子上。

宽敞的汽车，引人注目的服装，他们自信和随意的姿态，或者是在跨越边境进入瑞士时，他们给我买了人生中第一个冰淇淋——每当我听到或者读到有关有钱人的故事时，我就把他们作为设想的对象。他们是不是跟那个长途司机一样也是走私者或者盗窃犯？他们对我一点也不凶，两人都很年轻，就像照顾小弟弟一样对我很好，准时在午餐时间把我送到了祖父母那儿。

3

祖父母的房子是由一位足迹遍布世界的建筑师设计建造的。房顶向外伸展，由木质斜梁完美地支撑着，二层转角上有个凸出的挑楼，三楼的阳台则装饰有滴水嘴，窗户上还有石头接合而成的半圆拱。这房子曾是殖民时期的庄园，西班牙式的城堡和罗马式的修道院。不过一切配合在一起却很完美。

花园的风格也完美地和谐统一：左边是两棵冷杉，右边一棵巨大的苹果树，屋前一排茂密的老黄杨树篱，房子右边还长着一片野葡萄。花园挺大，门前的路和房子之间有一片草地，旁边是一片蔬菜田，番茄、莴苣、覆盆子和红醋栗、黑莓、肥料堆，房子左边是一条砾石铺成的小路，通往房子的后面，也就是那道装饰有两朵绣球花的大门。小石子踩在脚底下嚓嚓作响，每当我和祖父来到大门口的时候，祖母就已经听见了我们的声音，替我们把屋门打开。

石子的嚓嚓声，汇集而来的蜜蜂、砧板或者是整草的耙子发出的动静——在祖父母这里的夏天，这些对于我来说就都是夏天的声音。还有在温暖的日光照耀下的黄杨树散发出的苦味，当然还有肥堆那难闻的味道，还有下午的宁静——孩子不闹，狗也不叫，连风都不吹，这才是夏日的静谧。

在我和母亲住的那条街上，来来往往的都是车辆，如果有辆有轨电车或者货车驶过，玻璃窗都在颤抖；附近那些挨过炸弹的房子要拆除重建时，建筑机械隆隆作响，我家的地板也会跟着颤动。

在祖父母这里，路上没有什么来往交通，屋前没有，镇上也没有。如果有辆马车驶过的话，祖父会叫我拿上桶和铲子，我们两人悄悄地跟着马车，捡掉下来的马粪蛋子，好留做自家的肥料。

镇上有火车站、供小船停靠的船坞，几家商店和两三家旅店，其中一家还是禁止饮酒的，个别星期天，祖父会带我去那儿吃午餐。祖父每两天出去采购一次，周游一遍奶制品和奶酪店、面包店和邻居的食品店，有时候也去药房或者鞋匠铺。他总是穿着他的浅色亚麻夹克，戴着一顶亚麻色的帽子，在上衣口袋里放着一本小簿子，这是祖母用各处掉下来的空白纸张凑起来的，在上面写着每次要买的东西。祖父就这么一手拄着他的拐杖，一手搀着我。我背着那个旧皮革的购物袋，既然我们每两天就出门采购一次，袋子自然也就不用沉到我背不动。

我有时候在想，祖父隔天就和我一起出去买东西，是不是只是为了让我高兴？我实在喜欢购物这一路上：从奶制品店里飘出的阿本赛尔奶酪①和格瑞尔策奶酪②的香味，从面包房里飘出的新鲜面包的香味，还有食品店里满满的货架。这比母亲经常让我去的那家小店要大得多，也好得多，母亲之所以让我去购物是因为在那家店购物可以记账。

和祖父买完东西，我们步行来到河边，用我们剩下的干面包给天鹅和野鸭喂食。我们看着船来来往往，在这里靠岸又起航。这儿也很静，水波轻柔地冲刷着堤坝，这声响对我来说也是夏天的声音。

傍晚和深夜的声音是不同的。我可以一直等到乌鸫开始它夜晚的歌唱才上床睡觉。躺在床上，我听不见汽车和人的声音，我能听见的只有教堂的钟声，以及每半小时从屋子到湖边驶过的火车的声音。开始总是火车站先向湖的方向发出一记钟声，提示火车已经驶离车站，用不着几分钟，火车就会从我们这儿驶过，再过几分钟，在湖那头的火车站也会响钟，提示火车又从他们那儿驶离了。那个车站比前面那个更远，我只能隐约听见敲钟的声音。大约半小时后，从湖的方向会驶来一趟车，然后在相反的方向再重复一次类似的声响。然后风声在树丛间穿行，或者雨声落在石子路上。不然的话就会完全安静下来。

---

① 阿本赛尔是瑞士东北部的州名，该州盛产奶酪，其产品在瑞士和邻近国家广受欢迎。

② 格瑞尔策奶酪产自瑞士格鲁耶尔州，很受消费者欢迎，根据 2006 年瑞士奶酪组织的统计，瑞士每年人均消费格瑞尔策奶酪达 1.7 公斤，它是瑞士人最喜爱的奶酪之一。

4

躺在床上，我就从未听过有人踩在门外的石子路上。祖父母晚上从不出门，也没有人来拜访。直到我在他们那儿度过了几年暑假之后才发现，原来他们晚上在干活儿。

一开始我根本就没去想，他们到底靠什么生活。我只知道，他们不像我母亲那么早出晚归地辛苦挣钱。我也发现，我们吃的很多东西，尽管不是全部，都是在花园里种出来的。我甚至还知道什么叫做退休金。但奇怪的是，我却从来听不到祖父母为此唉声叹气，在德国的时候，无论是出去购物还是在住宅的走廊里，我经常能听到上年纪的人为自己的退休金哀叹。祖父母对于我来说，根本就不像退休的人，我完全无法想象他们的经济状况究竟如何。

到我祖父过世的时候，他留下一本回忆录。从中我才知道他的原籍是哪里，一生中都做了些什么，他又是靠什么生活。和我一起散步和徒步旅行的时候，他是多么喜欢讲故事啊，但是他很少说自己的事，他要是再多告诉我一些就好了。

他应该告诉我他在美国的故事。十九世纪九十年代的时候，在一次山体滑坡之后，曾祖父的小屋和花园成了一片废墟，于是他就像村里的很多其他人一样，带着老婆和四个孩子前往美国。孩子们应该都变成了美国好小伙儿。坐火车到巴塞尔，再坐船到科隆，转火车、船和汽车到汉堡，再到纽约，诺克斯维尔，汉兹伯若弗——祖父的回忆录里描述了科隆大教堂的雄伟、吕纳堡的荒原、平静与狂暴的大海、自由女神像的问候以及在美国与亲戚的重聚，其中有些人是早就移民来美国的，有些是过来家属团聚的，还有些是离婚的。祖父的两个同胞兄弟在汉兹伯若弗去世，一个铁石心肠的亲戚居然不允许把他们葬在他家的墓地，只能在墓地旁下葬——我终于了解祖父母卧房里那张照片的意义，照片上，在一个由精巧美观的铸铁栅栏围成并带有石门的墓地外，孤零零地矗立着两座仅靠木条隔开的可怜的小坟。

那些来到美国的人生活得不错，但是他们并不幸福。思乡这种病，足可以要了他们的命。祖父的回忆录里写到，经常可以在村庄的教堂里听到，或者在教区记事录里看到，在威斯康星州，或是田纳西州或是俄勒冈州的某某人因为思乡病郁郁而终。他们当初来的总共六人在美国生活了五年之后，只剩下四个，于是他们带着村里的木匠替他们打好的大箱子，又踏上回乡之路。

祖父其实还应该告诉我有关意大利和法国的故事。他在纺织厂和纺纱厂当完学徒之后，曾在都灵和巴黎工作过不少年头。他的回忆录里展示了他在游览景点时是如何的兴奋，又是如何了解这个国家，认识那儿的人，还有在皮埃蒙特大区①的工人工资是如何的微薄，居住条件如何的简陋，他们又是多么的迷信，在法国爆发的天主教和宗教分离主义的冲突以及民族主义势力在法国的逐渐壮大。回忆录里还记述着乡愁是如何折磨着我的祖父。他接手一个瑞士纺纱厂的管理工作，成婚并建立新的家庭，在瑞士博登湖旁买了幢房子——终于他不再违背自己天性地一个人生活了。

在第一次世界大战爆发前夜，他换到了一家德国的纺纱厂当厂长，当然他是不会放弃故乡的。一战结束后发生了疯狂的通货膨胀，他在德国的工资在瑞士一文不值，在此之前他都经常来往于两个国家之间。他试图每次一拿到工资就利用它剩下的价值去买些东西，直到今天我还有一条他买的很沉的棉被，其实这是他从一个解散了的德国骑兵野战医院搞来的，被子还很结实耐用。不过由于战争的关系，健康有力的妇女都被要求去生育，自然也就没人来缝制粗羊毛毯了，因此祖父后来又回到瑞士，继续当他的纺纱厂厂长。

祖父对德国人依然很忠诚，他总是帮助在国外的德国人改变他们的命运——也许他是想着，他们一定思乡心切，就像他当年一样。每次祖母做饭的时候，他都会来

① 皮埃蒙特是意大利北部的一个大区，是意大利重要的酿酒区，大区首府为都灵。

帮她，他的任务就是把装着洗过的新鲜蔬菜的球状金属网篮拿到门口，把水沥干。有时候，他一去门外就好长时间不回来，祖母派我去看看他，然后我发现他站在门前，出神地看着那些他甩出去之后落在门前石板上的水珠。“怎么了，爷爷？”水珠让他想起了那些在分散在世界各地的德国人。

祖父母共同经历了第一次世界大战、战后的流感大爆发和疯狂的通货膨胀。祖父在瑞士的纺纱厂经营得很成功，申报了两项专利，并转手将其高价卖出，之后他们就有了儿子，也就是我父亲。在那以后的回忆录里面，就会偶尔贴上张相片：我父亲戴着用纸折的小帽，骑着小孩儿常玩的木马头，全家在花房的桌边；我父亲穿着校服戴着领带，这是他第一天上中学；全家骑在自行车上，一脚踩在踏板上，一脚搁在地下，好像随时准备出发。

有几张照片就那么夹在回忆录里。我祖父当学生时的照片，新婚的照片，退休的照片和过世前几年的照片。他看起来总是那么严肃忧伤，迷失在自我里，好像他眼里没有其他人。在最后的一张照片上，他那布满皱纹的脸和并无岁月痕迹的脖子从敞开的衬衫领子里露出来，就好像乌龟把自己的头从壳里伸出来；他的眼神带着些惊恐，不愿与人打交道，灵魂深深埋藏在自我里。

他有一次告诉我，他一生都被头痛症所困扰，从左侧太阳穴到左耳一直延伸到后脑的偏头痛，“头痛的区域就像毡帽上羽毛的形状一样。”他可不会跟我说什么抑郁症，他也不会知道伤感、迷茫和恐惧会代表着一种病症——不过当时谁又知道呢。但是严重的情况，比如他不愿意起床，什么都没兴趣做，也不想工作，倒是很少发生。

五十五岁那年他安静地离开了纺纱厂。在纺纱厂的工作只是为了谋生而已，他的真正热情属于历史、社会和政治。他和朋友一起买下了一家报纸，成了报纸的出版人。不过由于对瑞士保持中立的不同观点，这张报纸与当时的主流观念背道而驰，更因为资金有限，在报业竞争中没有得到发展。他和他的朋友在报社更多经历的是担忧，而非欢乐。几年之后他们不得不放弃了。这份出版工作使得祖父认识了不少出版界的朋友，他最后的一份出版物是和祖母每晚共同努力的成果，那是一份叫做《通俗小说》的杂志。

5

他对于历史的热爱倾注在那些他阅读的书里，也在他与我一起走过的那些路上。每次散步，每次徒步旅行，或者用他喜欢说的词儿，每次行军，他都会给我讲瑞士和德国历史上，特别是军事史上的事件。他脑子里有个绝对取之不尽的宝藏，里面都是战场的地形图，他会用手杖在地上给我一一画出：莫尔加滕①、森帕赫②、圣雅各布③、格朗松④、穆尔滕⑤、南希、马里格纳诺⑥、洛伊滕⑦、滑铁卢、萨多瓦、色当、格伦瓦尔德还有其他很多，我都已经记不得了。他就是有那个天赋，生动且简要地叙述战争的全貌给我听。

我有自己最喜欢的战役，总想一遍又一遍地听相关的故事。那就是莫尔加滕战役。利奥波德公爵率领着全盛时期的奥地利骑兵，感觉像是去打猎而不是打仗；他

---

① 莫尔加滕战役，1315 年瑞士在此以寡敌众大胜哈布斯堡王朝的军队，双方谈判达成停战，此次战役初步确定了瑞士在神圣罗马帝国内的自由和独立。

② 森帕赫战役，1386 年哈布斯堡军队侵入当时的苏黎世州，瑞士联邦奋起抵抗，在中部地区的森帕赫再次大败入侵者，赢得了 50 年的和平。

③ 圣雅各布战役，1444 年由于瑞士联盟内部矛盾，联盟军在圣雅各布战役中被法国军队击败。

④ 格朗松战役，1476 年 2 月至 3 月，瑞士联盟与当时迅速崛起的勃艮第公国在格朗松展开血战，但是这场沾满鲜血的胜利却被法国渔翁得利。

⑤ 穆尔滕战役，1476 年 5 月，瑞士联盟军队凭借长矛兵的强大战斗力在穆尔滕全歼勃艮第 1 万 2 千人，瑞士从此以后再也没有遭遇过外敌入侵。

⑥ 马里格纳诺战役，1515 年法国和威尼斯人联盟，在马里格纳诺战役中击溃了瑞士联盟军，从而最终阻止了瑞士的领土扩张。马里格纳诺战役被认为是瑞士历史的一个转折点，它不仅结束了瑞士联盟的武力扩张，也是瑞士确立中立地位的开端。

⑦ 洛伊滕战役，1745 年 12 月，普鲁士国王腓特烈大帝以 3 万 5 千军队大败几乎两倍于自己的奥地利军队，后来的军事史学家把这场战役许为腓特烈大帝军事艺术的巅峰之作。

想要轻易地获得一场胜利，臆想着赶走那些缺乏武装的瑞士人，收获大堆的战利品。然而瑞士人可是经受过战争洗礼的，他们做好了充分准备。他们知道，他们为何而战：为了自由，为了他们的房屋，为了他们的家园，为了他们的女人和孩子。他们也知道，利奥波德想要推进到哪里。

奥地利霍宁堡的一位骑士，是瑞士人的好邻居和挚友，他把羊皮纸信绑上一支箭射进瑞士人的营帐，及时地发出了警告。就这样，他们在高地上等着奥地利的军队前来，后者必须穿过埃格丽湖和莫尔加滕高地之间的狭窄道路。正当奥地利军队在窄道上堵得无法动弹的时候，瑞士人从高地上扔下大石块，推下滚木，一部分奥地利人被赶进了湖里，随后瑞士军队出现，砍翻了剩下的一些人。那些想要逃走的奥地利骑士由于自身的沉重装备都陷入了泥潭动弹不得。

瑞士人的胆略深深地打动了我。不过我却在想关于霍宁堡骑士射出的那一箭，那算不算是背叛行为？这种背叛行为是否削弱了瑞士人勇敢行为的正义性？

祖父点点头，“你父亲也曾这么问过。”

“然后呢？”

“那名骑士是自由身，他并不一定要向着奥地利那一方，他也可以向着瑞士人，或者谁也不帮。”

“不过他也没有站在瑞士一方参加战斗，而是偷偷地提供了消息。”

“如果他为瑞士方面出战，其实他帮不了瑞士人多少忙。当一件事只能偷偷地去做的时候，这种行为也没有什么错。”

我很想问，后来那个霍宁堡的骑士的结局如何，但是祖父也不知道。

森帕赫战役也是我的最爱之一。奥地利人依旧信赖他们的重装骑兵，依旧错误估计了瑞士牧民和种地人的战斗力和勇气。尽管直到中午，瑞士军队的进攻前锋还是没能突破奥地利人的长矛阵线，但是在一年中最热的一天里，太阳让骑士们的铁甲不断升温，越来越沉。

当阿诺德·封·温克里德[1]竭尽最后一份力量，把尽可能多的刺入自己身体的长矛拖在地上的时候，奥地利人完全被吓傻了，尽管实际上他们还可以继续抗击瑞士人的冲锋。奥地利人再一次遭受了沉重失败。

一开始，我只是对阿诺德·封·温克里德在做出如此英雄行为时，还能说出那么长的句子感到惊诧莫名："朋友们，我来替你们开路，请替我照顾我的老婆孩子！"

可是祖父继续说着，我后来明白了，奥地利人的失败是因为他们没有在莫尔加滕战役的失利后变聪明。"低估了瑞士军队，重装骑兵自然也没有站在他们一边，这一次不是水，而是太阳——人都避免不了犯错误，但是人不能重复犯错。"

我掌握了这一课之后，下一节又开始了："不仅仅要从失利中变得聪明，还要从优势中增长智慧。"他讲起百年战争中的英国人，用长弓在一场场战役中击溃法国人，但是当法国人最终也造出长弓并投入实战时，英国人却不知所措。

圣雅各布战役我也喜欢。瑞士人对手的名字听起来就很吓人：阿马尼亚克人。祖父形容这支三万人的军队：来自法国、西班牙和英国的战士，在百年战争中千锤百炼，但是也堕落到打家劫舍和杀人放火。法国国王不再需要他们，愿意把他们租借给奥地利人来对付瑞士佬，或者给自己的那位渴望王位的长子。而面对这支军队的只有一千五百名瑞士军人。他们也根本不是来进攻的，而是出来侦查的，只是被一开始的小甜头诱上了钩，一步一步走到了最后，整支阿马尼亚克军队都与之作战。他们撤入了圣雅各布的老房子里，一直坚持到了傍晚，直到最后一个人。阿马尼亚克人胜利了，但是他们付出了沉重代价，以至于他们对战争丧失兴趣，最终和瑞士签订了和平协议。

"那，从中可以学习些什么呢？"

祖父笑了，"人有时候也要全力去做些疯狂的事，有时候这么干就是正确的。"

---

① 阿诺德·封·温克里德，森帕赫战役中的传奇英雄，传说他牺牲自己，冲进了敌人的长矛阵，奥地利人大惊失色，瑞士军队乘势而上大获全胜。

6

除了战争以外，祖父能讲述的故事还有另一个领域：误判的案件。在这方面我也有自己最喜爱的故事，想听祖父一遍又一遍地说。讲故事时，我们一样会进行有关故事公正性的评论。这可是很难的。因为尽管误判这件事本身已经定义了它的不公正性，但是那些著名的误判往往有着一种超越不公正性之外的历史意义，甚至在某些情况下把不公正性转变成了公正性。

比如著名的施梅陶伯爵起诉水力磨坊主阿诺德一案。由于磨坊主拒绝支付伯爵租金，伯爵对其提起诉讼，但是磨坊主辩称因为县长在他的磨坊上游修建了鲤鱼池，把水抽走了，使无辜的他处于拖欠租金的状况。伯爵赢得了初审、二审以及在柏林高等法院的终审判决胜利。磨坊主则直接写信给当时的普鲁士国王腓特烈大帝，后者最恨徇私情行贿和丑陋无耻的行为，于是国王下令把所有审判此案的法官投入监狱，县长被撤职，鲤鱼池被填平，并撤销了针对磨坊主的判决结果。

这是专横且不公正的，因为磨坊实际上有着充足的水源，租金所需的款项其实可以挣得到也完全付得起，磨坊主就是个无赖。但是这个案件树立了腓特烈大帝公正国王的声望，以及普鲁士公正国度的形象，这里在法官面前人人平等，无论强弱，无论贫富。

在奥尔良少女案件中，不公正性虽然没有产生公正的效果，却造成一个令别人为难的状况。十六岁的美丽农家姑娘贞德来到查理七世面前，后者根本无法战胜英国人，无法在兰斯加冕成为法国国王。法国在风雨飘摇中，眼看就要落入英国的统治之下。奇迹出现了，少女贞德带领法国士兵走上战场，带着他们走向一个又一个胜利，夺下奥尔良城，使得查理七世的加冕成为可能，向着巴黎进军。但是她被捕并被出卖给了英国人。法国国王本可以救出贞德，但是他什么也没有做。被捕的贞德受尽酷刑并被强暴，最后由主教皮埃尔·戈雄以巫术的罪名判处她在火刑柱上烧死。然而这场审判使她成为法国的烈士，成为自由解放的象征，二十年后英国人被赶出了法国。正如没有磨坊主阿诺德就没有普鲁士后来的法治国家一样，没有贞德就没有法国的解放。

不过另一个故事就有点让人毛骨悚然了。它也不是很出名。一八四六年，梅农·埃克纳，一个生活在法国南锡的新教裁缝的美丽姑娘，和欧根·杜尔维勒，一个天主教刽子手的儿子，两人相爱了。死刑执行官从裁缝的一位女邻居那里听到了两人相爱的事，坚决不同意这门婚事，强迫梅农声明离开欧根。姑娘左右为难：她失去了爱人又怀了孕。两人掐死了他们生下的双胞胎，把尸体埋在花园里。但是这一切又被那女邻居发现了。梅农被捕，因杀害两个婴儿被判斩首。人们都知道将要发生什么。但是事情的发展却更糟，欧根从他父亲手中接掌了刽子手一职，将上刑场执行他第一个死刑任务，他只知道要处决一个杀害两个婴儿的女人。当他认出梅农的时候，他脸色惨白，头晕目眩，膝盖打颤，双手发抖。在他身旁的父亲警告他，官员也逼着他，他砍了两剑，伤了梅农的下巴和肩，他便再也受不了，把大剑也扔了。但是行刑的时刻是必须要遵守的，只有这样才能挽回死刑执行官家族的声誉。父亲掏出匕首刺向梅农，完成了儿子的工作。旁观者不愿意看他刺了一刀又一刀，于是开始冲击刑场。

只要我求我祖母，她就给我念关于吕岑战役[①]和赫希施泰特战役，关于磨坊主阿诺德和圣女贞德的诗篇，她也记得一首无名氏的关于美丽的梅农悲惨命运的小诗。

---

① 吕岑战役，三十年战争中一次战役，发生在1632年11月16日，瑞典国王古斯塔夫二世在这次战斗中丧生。瑞典人进行这次战役是为了协助北德盟友，对抗神圣罗马皇帝费迪南二世的军队。

祖父每次讲故事讲到内心激荡的时候，他就会停下来，“问你的祖母去，她更会讲结尾。”

完整的诗我已经记不得了，最后两段应该是这样子的：

砸向刽子手的石块从四方而来，
悲痛中他们发现姑娘已死去，
人们是否还能送梅农最后一程？
她仍在，她仍恳求主的宽恕！
人们满怀希望送她入病院，
孤单单一人，生命在床上离去。

这段可怕故事五人受害。
即使她能跳出真实的爱，
她的归宿仍在血泊之中。
谁在灵魂深处不感痛楚？
愿逝者在彼地得安息，
伸手化解彼此的罪责。

7

只有在诗歌方面，祖母才会偶然接触像战争、战役、英雄壮举、审判与判决等概念。她总觉得战争是场蠢之又蠢的游戏，让那些还不成熟的或许永远都不会成熟的人为之疯狂。她对于祖父的战争热情倒是能够迁就，因为他有了这些热情就对酒精没兴趣了，祖母坚决认为后者是跟战争一样严重的灾难，而且祖父的热情还神奇地与女权联系在一起，他会因此一直尊重女性的和平主义看法和思维方式。

也许正是尊重，维系和支撑着这段婚姻。有一年夏天，祖父正在意大利工作，他的母亲去看他，也是想提醒他，是该成家的时候了。她还向他介绍了几家的姑娘，他应该能够高攀得上，如果求婚的话也不至于遭到对方拒绝。她还向他介绍了他的堂妹，在一次葬礼上她曾经见过这姑娘，很喜欢她。后一年的夏天，祖父去看望他的父母，帮着他们收今年的庄稼，独自一人游荡在故乡的城堡之间，他对那些历史故事很感兴趣，直到有一天他母亲要求他去拜访一下他的姨妈。在那儿他遇上了他的堂妹，从孩提时期就再也没有见过的堂妹。

一张当年的照片上，一个有着浓密头发的年轻女孩，眼睛明亮，带着自信，饱满的嘴唇带着诱惑，看起来就好像嘴唇马上就会一动，这个漂亮姑娘就要笑出来的样子。人们不禁要问，家乡的年轻人的眼光是怎么了，为什么堂妹等着她那当时头发就有些稀疏的堂哥。祖父后来在回忆录中写了一段在窗边的对话，他惊讶于“她的聪明，她用平静稳定的方式，以同样谦卑的态度，向她骄傲的表哥叙述着她的想法。”然后他们之间交换了几封书信，“我们写了些什么，已经想不起来了。”随后书面的求婚信得到了书面回应，一年之后两人举行了订婚仪式，然后就是婚礼。

我不太知道，这场婚姻是不是幸福。我也不知道，探究他们的婚姻是否幸福这个问题是不是有意义，祖父是不是也曾问过自己这个问题。他们共同度过一生中的快乐与不幸的日子，他们互相尊重，互相信任。我从没看到过他们认真地吵过架，倒是经常看见他们互相讥讽，互相戏弄，互相嘲笑。他们两人之间其乐融融，祖母还乐于开玩笑说，愿意和那个以后会成为我祖父的魁梧男人在一起，祖父也愿意和那个不老的漂亮祖母呆在一起。不过两人之间一直有一个阴影，所有一切都被掩盖了：他们两人间的欢乐，互相的嘲弄和欢笑，他们关于事物的精彩对话。我父亲的过早辞世给他们的生活投下了沉重的、挥之不去的阴影。

我也是看祖父的回忆录才第一次意识到这个问题。有时候他们会提到我父亲，但是那么自然，我都没感觉到，他们就不再提这个话题了。我知道，在祖父的故事里父亲最爱的是哪些，知道他喜欢集邮，曾在合唱团里唱歌，曾打过手球，爱画画爱看书，知道他有近视眼，曾是一个好学生，大学上的是法学院，勤奋能干，没有服过兵役。在客厅里挂着一张他的照片，看起来他是个身材瘦长的年轻人，穿着条灯笼裤站在一堵墙前面，右手撑在窗台上，小腿交叉着，气氛很轻松。但是透过眼镜我能看到他的眼光有些不耐烦，似乎这个年轻人等着有事发生的话，如果他不擅处理，就马上让其他人来。我在他脸上看出了智慧、坚毅和一点点傲慢，不过也许是因为我自己也想拥有这些特质。我们的眼睛很像，有些歪，一只比另一只歪一点，其他的共同点就找不出来了。

这已经够让我满足的了。我母亲从来不提我的父亲，也没有在家里挂他的照片。我从祖父母这里听到，他和瑞士红十字会的人一起在战争中牺牲了。在战争中幸存、死亡、失踪——这种东西我还是孩子的时候就听多了，对于我来说这就好像是墓碑一样不可动摇。穿着军装的男人的合影，有时候手臂上绑有黑纱，每次我看到学校里的同学也这样做的时候，心里就会觉得很不舒服，就像阵亡将士留下的那一本小册子，有些州把它放在墓碑之上。人们不肯给予死者安息，强迫他们再见天日，要求他们在死后都要保持尊严。这样的话，寡妇能亲眼看见自己死去的丈夫，我还是情愿我母亲不要这种看得见的思念。

可是我的父亲是那么那么的遥远——有一样东西把我们联系在一起。祖母有一次跟我说过，我父亲喜欢诗歌，特奥多尔·冯塔纳的《约翰·梅纳德》是他最喜欢的作品之一。我在那天晚上就把那首诗背了下来。祖母很高兴，后来她还不时指给我一些我父亲喜欢的诗歌，我马上就去背这些诗。也许她觉得，既然她自己会背那么多诗，让我在晚上多学点诗，也挺好。

8

当餐桌收拾干净，餐具清洗完毕，花园里的花也浇完水，祖父母就开始干正事儿了，编辑名为《通俗小说》的杂志。他们坐在餐桌前，把吊顶灯拉低，仔细阅读并改正手稿、长条校样以及付印打样的错误。有时候他们也自己写些文章，他们坚持每一期杂志的最后必须有一句简短的有教育意义的句子，如果实在没有的话，他们就自己写：关于刷牙的意义，对抗鼾症，如何培育蜜蜂，邮政体系的变迁，康拉德·埃歇尔①治理下的宁夫河，乌尔里希·封·胡滕②最后的日子。他们还改写小说，如果他们觉得一段文字跟主题不相关，不可信，文字不干净或者他们找到个更好的主意。出版人让他们放手去干。

当我不用再听着乌鸫的歌声入睡时，当他们工作时我也被允许坐在桌边。在笼罩浅色桌子的台灯光亮里，房间里其他地方还是漆黑——我喜欢这气氛，感觉自己沉浸其中，我看着书，背着诗，或者给母亲写封信或者在我的暑期日记里写上一篇。当我打断他们的工作，问点什么事儿的时候，总能得到和善的回应。

尽管如此，我还是羞于去问，我能感到他们的专注，他们讨论一些非常接近的表达方式，显得我问的问题都像是废话。因此我就安静地读书，背诗，写字。

有时我小心翼翼地抬起头来看着他们，生怕被他们发觉：祖父的黑眼珠专注地盯着眼前的工作，不过有时也茫然地看着远方；祖母轻松自在，阅读时嘴边带着一丝

① 全名汉斯·康拉德·埃歇尔，瑞士科学家、建筑大师，因治理宁夫河而广受瑞士人尊敬。

② 乌尔里希·封·胡滕(1488—1523)，德国著名人类学家，主要用拉丁语写作，以爱国者、讽刺诗文作者和路德事业的拥护者著称，影响深远的人文主义者，其名言“自由风，吹”后来成为斯坦福大学的校训。

笑意，在纸上轻快地写着改着。但是她干的活儿要比祖父更难些，他只要处理历史书籍和本应由她加工的事件明晰的小说，而祖母则负责文学书籍例如诗歌，她对于文学质量有更严格的控制，还必须在陈腐的文字中受尽煎熬。

他们没让我看那些文章。偶尔当他们讨论一本小说时，我会表现出兴趣。他们让我听，但是不能看那本书，当然有比这本更好的小说，比如一本康拉德·费迪南特·迈耶尔或者戈特弗里德·凯勒[①]，甚至是某位经典作家。祖母这时就会站起身来，把那本更好的小说拿给我。

他们有时会把多余的成册印刷品给我当草稿纸拿回家去，但是他们严厉地跟我说，不要去读那些文章。他们要是不给我这些草稿纸就好了。不过纸还是很贵的，我母亲挣钱又很少。因此在读中学的很多年里，只要不是必须写在本子上交给老师的作业，我都用还有留白的印刷样品来写：拉丁语、英语、希腊语的词汇，算数和几何作业，作文的草稿，文章复述和图片说明，还有几行写有首都、河流和山脉，年份和给同学带的口信。印刷样品的纸张很牢，每本差不多有一厘米厚，每当我把写过的页撕下来之后，它就越来越薄，不过装订线还是把那些剩下的纸头牢牢绑在一起。我喜欢厚厚的一本，我也是个乖孩子，多年来都不曾读过背面的内容。

---

① 康拉德·费迪南特·迈耶尔和戈特弗里德·凯勒均为瑞士19世纪下半叶现实主义流派作家，凯勒的小说直接反映现实，以瑞士为背景，表现这个民主制度联邦小国政体机制的长处和弱点，迈耶尔从历史事件中选取题材，写历史小说，把正义和权力、道德与政治之间的冲突作为主题。

9

我在瑞士度过的第一个暑假，祖父母觉得我和他们一起生活对于我来说太孤单寂寞了，于是他们试着让我去认识些和我年龄相仿的孩子。他们拜托邻居，跟这家那家打招呼，最后成功地让我被邀请去参加生日聚会、郊游、游泳等活动。我觉得他们都是怀着爱与宽容提出的邀请，并相信我不会拒绝。但我仍然很高兴，这些活动结束后我就又能回到祖父母那儿去了。

我常常听不懂那些孩子的口音，也不明白他们在说些什么。他们的学校制度、他们的学校和假期活动、他们的社会组织和我所知道的完全不一样。他们下午四五点钟离校，结束了学校组织的体育活动、合唱团或者戏剧表演之后回家，而我则在中午放学后就只能天天下午独自摆弄着我的玩具。我们组成的小团体和我们进行的打仗游戏，都没有危险性。但是那些带有瑞士风俗的集体游戏，他们就不带我玩了。

在游泳池里的游戏，也跟我所知道的不太一样。在水里大家不能打闹，没人被推到水里去，也没人被按在水里。大家打水球，一种速度很快很公平的竞赛，男孩女孩一起玩。游泳池其实是一个从水坝延伸到湖里的木质结构建筑；用公共浴室的板条作分隔，长和宽都是二十米，水深从一米到一米七，底部还打着桩子，三面都有更衣室和走道，不游泳的人也可以在上面走来走去；剩下的那一面朝着湖的方向，要想游出去的话就必须钻过一根绳索。有一次我的行为让那些瑞士孩子印象深刻：我在一片怀疑声中爬到最外面一间更衣室的顶上，并从那里跳进了湖里。

如果我们见面更频繁一些的话，也许真能成为好兄弟和好朋友。但是我到了祖父母家之后，瑞士孩子很快就都去度假了，要么就是他们走得更早，然后在我离开瑞士之前才回来。一个男孩和我志趣相投，对抢先登上地球两极的故事感兴趣。库克船长①是否是个骗子，培利②是不是个半吊子，斯科特③究竟是高大还是愚蠢，或者两者都是，阿蒙森④只是野心勃勃或者一心一意完成他的历史使命。

那个男孩的父亲看起来也挺喜欢我，我们第一次见面的时候他就这么说："你有一双和你父亲一样的眼睛。"他说这话时脸上带着一种欣慰但悲伤的笑意，我就更闹不明白了。不过尽管我们交往得挺好，但是我们之间的通信却一直断断续续。

就这样，假期里我仍然找不到同龄的玩伴。我总是走同样的路线，去湖边散步，在峡谷中远足，绕着池塘，走上高地远眺湖泊和阿尔卑斯山；我总是做同样的旅行，拉珀斯维尔的城堡，乌法瑙小岛，苏黎世的大教堂、博物馆和美术馆。有规律的旅行和有规律的园艺工作都是假期的一部分。采摘苹果、浆果、莴苣和蔬菜，耕松菜地，拔除野草，剪去枯萎的花朵，修剪树篱，平整草地，堆肥，给罐子装满水然后浇灌——这些农活本就是年复一年地重复着，我也就自然地对于其他同样重复的活动习以为常了。每天晚上在灯下，在桌旁的日子也是假期生活的节奏之一。

在我的记忆里，假期就是一段可以安宁地享受深呼吸的时光。这是一种和谐生活的典范，重复着的生活，一样的事情不断发生着，当然总有些细微的差别。水边的日子，水波不变地卷向岸边，一个接着一个，却没有一个是完全相同的。

---

① 库克船长，英国著名航海探险家，他由于进行了三次探险航行而闻名于世，给人们关于太平洋的地理学知识增添了新的内容，他曾想寻找传说中的南方大陆，但未能成功。

② 培利，美国极地探险家，1909年4月6日，培利和同伴马修·汉森以及四名爱斯基摩人，经过长途跋涉，终于在人类历史上第一次踏上北极点，他也被誉为"北极第一人"，然而事实上，他的黑人同伴马修·汉森比他早45分钟到达了北极点，这一事实直到1944年才被承认。

③ 罗伯特·斯科特，阿蒙森当时的主要竞争对手，由于装备及线路问题，他在阿蒙森到达南极点一个月后才抵达，回程途中，斯科特以及他的同伴四人全部由于饥饿和极度的寒冷而死亡。

④ 1911年12月14日，挪威著名极地探险家罗阿德·阿蒙森成为人类第一个登上南极点的人。

10

有一年的暑假与众不同。那年暑假我有了一个玩伴，一个女孩。

女孩来自提契诺[1]地区的一个小村子，她在我家旁边的舅婆家过暑假。舅婆体弱多病，行动不便，就想当然地认为舅孙女可以给她朗读些书籍，充满耐心地留在她身边。但是实际上舅孙女很喜欢去邻近的大城市，此外舅婆几乎不会说意大利语，而舅孙女也不会说德语，根本无法交流。

不过呢，露西娅有种天赋，可以完全无视语言的差别。她隔着栅栏用意大利语跟我说话，而我用德语回答她，我听不懂，她居然就接着说下去，就好像我完全能够理解由她起头的这番对话。然后她沉默了一会儿，一直等到我说了些学校的事情，说我在学校里学过点拉丁语，她这才继续说下去。她满怀希望和鼓舞地看着我，让我也继续说下去；于是我就讲我喜欢些什么，最后还试着从已经学了两年的拉丁语词汇里，拼凑出些意大利语。她笑了起来，我也笑了。

祖父走过来，用意大利语跟她打招呼，她滔滔不绝地回应着，那些句子带着笑声，带着喜悦，以及纯纯的幸福。她的脸颊泛着光彩，她乌黑的眼珠一闪一闪，当她笑着摇头时，她那棕色蓬松的秀发跟着飘动。突然一种感觉占据了我的心灵，我还不知道这感觉究竟是什么，它又叫什么，我只知道，它有着多么强大的力量。我们共同的美好时光变得一文不值，露西娅毁弃了它，我则丢尽了脸。在我以后的人生中，我还感受过更为痛苦的渴望，但是都没有第一次这般的无助。

---

① 提契诺，瑞士最南部的联邦州，属于意大利语区，是著名的度假胜地。

她走开了。那年夏天的所有活动中，祖父和我都会带上露西娅。她一直让我知道，她和我是在一起的，即使她也会和祖父两人用意大利语互相调笑。“她让你们两人都着了迷。”祖母笑着说，因为我和祖父两人都为和露西娅的活动精心打扮一番。

去乌法瑙湖的船上，像每一年一样，祖母也同行；她喜欢康拉德·费迪南特·迈耶尔，能够背出他的《胡滕最后的日子》中数百段诗句，在岛上她就沉浸在与诗人、诗作甚至是写作本身的亲密接触中。露西娅也让祖母着了迷，她的好奇，她的亲和，她的喜悦。在回来的路上，露西娅和我坐在他们对面，祖父拉着祖母的手，这也是我在他们之间所能见到的惟一温柔表现。时至今日，我会问我自己，他们是否原来更想要个女儿，甚至曾失去过一个女儿。

我那时很快乐，岛上的时光愉快地过去，晚上在湖上徜徉同样愉快，祖父母之间温情脉脉，我们也享受着爱意，露西娅牵着我的手。

我爱她吗？我实在对于爱和渴慕这样的字眼没有什么概念。我很高兴跟她在一起，想念着她，当我们想见面却不能相见时我会失望，当她快乐时我也快乐，当她不快乐甚至发火时，我也跟着不快乐。她时常发火，如果她遇到什么不如意的事，如果我不明白她的意思，或者她不明白我的，如果我在她面前不如她所期待的那么投入。很多时候，我觉得她的发火很没有道理，不过对于公正性问题进行讨论，从语言角度来说是毫无希望的，即使我能够从拉丁语的“正义”(Iustitia)一词成功地变化出意大利语的“正义”(Giustizia)。我想，露西娅对于讨论是否公正也不会有兴趣。我学着像接受天气状况一样接受她的喜悦和愤怒，这本来就是人无法预测的，只能或喜或悲地接受罢了。

我们两个人独处的时间很有限。露西娅必须和她舅婆呆在一块儿，她得给老人按摩头部和双脚，还必须听老人唠叨。“如果她听不懂我的话，她至少应该听着。”她舅婆是这么对替露西娅说情的祖母说的。露西娅想要和我，和我祖母一起做点什么，从散步、远足、旅行到园艺活儿。她甚至还参与了一次捡马粪蛋子。有时候我们坐在树上的小房子里，这是祖父帮我们在苹果树上盖的。不过造房子总是比在已经落成的房子里玩耍有趣，此外当我们游戏的时候，我们之间的语言问题会少一些。直到假期结束我们也没有交换地址，我们要那个有什么用呢？

关于美，我也没有概念。露西娅的生命活力，她的专注，她的爱好，她跳动的卷发，她的眼睛，她的目光，她的嘴唇，她清脆爽朗的笑声，她的幽默，她的严肃，她的泪水——都是一个整体，我无法把它们分成性格、行为方式和外貌。

露西娅的酒窝对我来说是个特别的吸引。额头到左边眉毛的内侧是那么的平坦，这样就反衬出酒窝来了。那是一个迷惘的酒窝，一个窘迫的酒窝，一个失望和悲伤的酒窝。它之所以能够打动我，是因为当露西娅不愿意或者不能跟我说话的时候，它就和我交谈。即使她生气的时候，只要酒窝出现我就很高兴，要不是我惹她生气我还看不到它呢，我想酒窝不会作为一个快乐的标志而出现的。

多年之后，我爱上了一个同班的女同学，我终于对美，对爱，对渴慕有了概念，在所有的经历背后，与露西娅之间不可名状的感觉完全无影无踪了。我当时觉得，那才是我的初恋，我甚至都忘记了露西娅送了我什么临别礼物。

在她走之前最后几天的一个早上，她来看望祖父祖母和我，在花园里帮我们一起干点活儿，就像她之前曾干过的那样。她和花园以及我的祖父母一一告别；那天她还得和她舅婆呆在一块儿，第二天早晨告别又嫌太匆忙了一些。我送她回家，她指给我看一扇门，从花园经过几级台阶通往地下室，"六点来，我把门打开。"

那扇门通向洗衣间。我打开门，只开到我足以钻进去的大小，然后立即关上。我看到了巨大的洗涤用的铜煮锅，洗衣盆、桶，洗衣板和拍打衣服的杵子，闻到了刚洗好的衣服的清新气味。悬着的绳子上挂着白色的床单，两扇窗都不小，但是都被长满葡萄藤的栅栏给挡住了阳光。屋子里的一切都带着灰暗的绿色。

露西娅正在等着我。她站在房间的另一头，手指放在唇边，我没说话，也没往前迈步。我们互相对视着，她弯下腰去，双手抓着她短裙的镶边，把裙子拉高，露出了她的阴部。她抬起头像在要求些什么，我明白了。于是我解开腰带和短裤的扣子，她把内裤顺着腿拉下，我的器官还从来没有勃起过，那时也没有。和露西娅不一样的是，我还没有长阴毛，但是我红着脸，心怦怦乱跳，性的渴望已经完全吞噬了我，即使我还不知道它究竟意味着什么。

我们就那样一动不动站了一会儿，然后露西娅笑了，右手解下了短裙，朝我走了过来。她左手还提着裙子，让我看到一点她裸露的腹部、大腿和私处，我无法决定是不是该看，还是应该看着她的脸，对于我来说那和她的裸体一样充满诱惑。她站在我身边，右手摸着我的头，她的嘴浅浅地吻在我的唇上，让我的身体感受到了她的气息。然后在我恢复意识以前，她转过身去，穿过另一扇门，消失了。我还能听见她经过走廊，踩着台阶跑上去，打开另一扇门并关上的声音。

11

我是不是从那之后开始看印刷样品被禁止阅读的背面？露西娅说的意大利语，是不是引起了我对罗曼语族的兴趣？或者要到更迟一些的时候，我只是出于无聊而学习罗曼语系的语言？在中学里一节无聊的课上？因为对于家庭作业毫无兴趣？在坐火车的旅途中，我手边正好没有其他课本？我十三岁那年，我母亲带着我搬出了城市，来到一个小镇，在那儿她买了一个小房子，于是我就必须坐火车上学了。

我从那些印刷样品上读到的第一本小说，讲的是一名德国士兵的故事，他从苏联的战俘营里逃了出来，在返乡的路上克服了重重困难。他所遇到的险情和离奇经历我很快就忘记了，但是他返乡的经历我却无法忘记。他终于回到德国，找到了他妻子居住的城市，找到了她的房子，她的住所。他按响门铃，门开了。他妻子站在门口，那么漂亮那么年轻，就像他在多年的战争和集中营岁月里一直想念的那样。不，也许还要更漂亮，大概稍微上了点年纪，不过仍然光彩照人，更有女人味了。但是她看他的目光却不太友善，就像见到鬼一样吃惊，她手里抱着一个小女孩儿，还没有两岁大，另有一个更大些的孩子躲在她身后，害羞地躲在她的围裙后偷偷地看他，在她身边有一个男人，用手搂着她。

两个男人为争夺这个女人而大打出手？他们或许本就相互认识？他们是第一次见面？那个搂着她的男人是不是欺骗了她，告诉她说她丈夫已经死了？又或者那个男人冒充他就是她的丈夫，从战场上和战俘营里回来的那个丈夫？那个女人是否轻易地爱上了他，进入了新的命运轨迹？或者她并非出于爱才接受了这个男人，而只是因为情况危急，没有他就不可能逃得出来，也不可能有新的开始？或者因为她需要一个男人，能够照顾她和她大女儿的男人？她的大女儿根本不是和现在那个男人生的，而是和第一个男人生的，后者衣衫褴褛地令人难以置信地重新站到她面前？

我不知道这一切。我已经用过反面印有字样的那些段落，把一开始的那些页撕下来扔掉了。一开始的那些页，也就是小说的最后几页。

12

我打算在明年暑假读完小说的结尾。我把最后的几页给扔了，但是一开始的带着作者的名字和书名的几页都保存了下来。我知道，祖父母在卧室里保存有完整的书系；他们一格一格地装满了一个又长又高的书柜。

我原以为找那些书页不会很难。尽管那些印刷样品不带编号，根据那些编号他们被归入书架，但是我在去年暑假处理过这些样品，每月出版两期，我期待着在最后的二十四期杂志中把它给找出来。可我没找到。

我意识到，有时候祖父母会更改标题，我就按照作者再找了一遍，但是这次仍然无功而返。于是我就怀疑他们是不是连标题带作者全都改过了。我就开始找小说的开头，但是我还是没有看到书名、作者和小说开始的章节。即使我努力翻遍所有之前的杂志，一本本地仔细察看翻阅，也没有找到那本小说。尽管如此我并没有忘记全部四百页的内容。

在阳光灿烂的第一周过去之后，雨一直下到假期结束。祖父母不在花园里劳动，我也不能找借口老往自己房间里跑，偷偷地在自己卧房里干找书的活儿。

之后的那个暑假我完全忘记了小说这回事儿。那也是我最后一个完整的和祖父母一起度过的暑假。我的朋友们一起出去旅行或者去英国和法国做交流学生。我也曾被问过，是不是想要参加自行车漫游活动。我其实是因为负担不起费用。尽管我已经干了半年送杂志的活儿，挣的不少，但是我需要钱，我必须自己花钱买衣服买书；我母亲负责买房。

不能和其他人一起出去旅行，我也很失望。不过能在祖父母这里度假我也挺高兴。我妈还把我当孩子，老想教育我，让我感到恼怒。在祖父祖母这里我享受被当作孩子对待的乐趣，该怎么样就怎么样，还能被认真对待，被充满爱心地呵护。我喜欢早晨在施多克贝戈的《女孩与壁虎》中醒来，帮祖母做早餐，求她背诵一首诗，把祖父从在全世界散落的德国人中拉回到厨房里来，晚上和他们一起坐在桌边。我喜欢祖母在浴室里洒的香水味，祖父工作室里的椴木，旁边绘有红色花纹的碗碟，带着象牙柄的餐具，巨大的奶酪餐盆。我喜欢夏日的静谧，夏日的声响和夏日的气息。

所有这些我都曾深刻地体会过。住的房子和花园留给我很多回忆，小镇、湖和大好美景都在最后一个暑假里留下了它们的画面。

我读大学之后，来拜访祖父母的时间就很短了，在圣诞节前后的几天，在夏季学期结束后或者冬季学期开始前的几天。我把我的论文寄给祖父看，我觉得他会感兴趣的。他马上就给我回了一封信；提了不少批判性的问题，他从来都不缺少这种才能，直到我们再次相见。他为我收集剪报，首先是关于在西里西亚，特兰西瓦尼亚和哈萨克斯坦的德国人，这都是我认为未能赢得足够重视的人群。在学期中有一次我收到一个包裹，里面放着一本剪报、祖母为我烤的苹果干和五马克的现金。

13

在冬季考试之前，我怕我准备得不充分，就打算取消原定圣诞节去探望祖父母的计划。但是祖父母给我写信，说我一定要来。我也不能逗留很长时间，但还是去了。时间很紧张。

他们的屋子总是收拾得很整齐。这最后一次探望的气氛很压抑。祖父祖母丢弃了一切他们不急需的东西，以及那些按照他们的想法，我这个他们惟一的孙子也不会感兴趣的东西。他们不愿意进养老院。他们想留着这房子。他们已经为死亡做好准备，身边不想要任何多余的、不必要的物件。

他们跟着我在房间里转来转去，问我还想要什么。一些我熟悉的东西已经不见了，他们打开的柜子和书架已经被腾空了一半。我什么都想要，一切都是回忆，所有那些祖父母因为我的原因而保留下来的东西，都应该留着。不过客观来说，他们正是这样为死亡做好准备，他们也说得很清楚，我只能要其中一些。之后的几年我作为大学生和候补公务员，住不起什么大房子，也付不起堆放家具的仓库的租金。我只能要些能放在一间屋子里的家具。也许是祖父的书桌和沙发？他的那些历史书？祖母的戈特黑尔夫①、凯勒和迈耶尔？或者是祖父经营的那家纺织厂的照片？我激动得有些哽咽，说不出话来，他们说什么我都点头。

那本叫做《通俗小说》的杂志也在其中。不过祖父母并没有向我推荐这本杂志，我自然也就没有问他们要，不然他们是肯定会给我的，那样的话我也就可以向他们

---

① 叶米雷亚斯·戈特黑尔夫，19世纪上半叶瑞士现实主义作家，也被称为瑞士乡土文学之父。

坦白，其实我不顾他们的告诫，阅读了关于返乡士兵的故事和其他的几部小说。他们停止了编辑工作，杂志停刊之后，他们对于杂志深感骄傲，伯尔尼“报亭有限公司”的老板一直说，这份杂志是同类型中最好的。

在平静地面对死亡中，他们有种特殊的愉悦。在那个圣诞节后的日子里，在他们身边我几乎控制不住我的眼泪，他们却没有哭。

临走时，像往常一样，祖父一直送我到了城里的火车站。他帮我找到我的车厢，像往常一样，我的车厢在列车的中部，因为如果撞车的话，在列车中部是最安全的。他把我托付给一位成熟稳重的妇女，介绍说这是他的孙子，要坐车回家，请她帮着照看我一下。像往常一样，他不允许我在告别拥抱之后还站在站台上陪着他。我靠在窗前，看着他下了车，沿着月台渐行渐远。在站台的尽头处，他转过身来，朝我眨了眨眼，我也对他眨了眨眼。

数周之后，祖父母遭遇了车祸。他们去镇上购物，在回家路上被一辆车撞倒。司机喝醉了酒，把车开上了人行道。在救护车到达前，祖母已经停止呼吸，祖父则在医院里不治。他在零点之后离开了人世，不过我还是决定，在他们共同的墓碑上刻上同一个死亡日期。

第二部

1

我还留着祖父的书桌和沙发，还有他们留给我的书和纺织厂的照片。书桌和沙发一开始放在我妈家里属于我的小房间，后来被搬到我自己的第一个住所，那是一个小房间，有厨房、淋浴房，还能看到火车站。随后则是来到一所当时很常见的老房子，有着高高的屋顶、雕花和双扇门，我和女友一起搬了进来，那时候她有了孩子。我们分手后，我搬了出来，把书桌和沙发以及其他物什堆放在了一起。

我必须离开这儿，离开我那漂亮、情绪化的、不忠诚的女友，离开她那哭闹不休、烦躁不安的儿子，离开这座城市，我在此长大，在此读书上大学，各处都留下我的回忆。我鼓足勇气，辞去了助教的职位，也不管有没有新的位置，变卖了从祖父母那里继承来的瑞士的债券，筹措了一笔钱。

其实辞职倒不是特别需要勇气，写完博士论文之后，我在同一个教职上已经坐了六年，也升不上去，我早就知道不会被正式雇用。公正性是有用的——这是祖父曾谈过的话题，有着无尽的有趣故事可以读，可以想。但是我的想法却不能形成系统，而是充满随机性和逸事性——祖父的想法就属于祖父的话题。我想要证明，只有在公正性的要求无须顾及社会性功用，得以在理论上自由发展并付诸实践时，公正性才真正有用。Fiat iustitia, pereat mundus①——我觉得，在正义格言的实践中，如果这个世界认为，用顺从来响应正义性的要求使得这个世界堕落的话，那么世界有自由不再服从，并承担相应的责任，但正义绝不能放弃自己的义务，这样会减弱正

① 拉丁语：即使世界毁灭，也要实现正义这是神圣罗马帝国皇帝费迪南一世的名言。

义要求的严厉性。

我收集了一个又一个例子，从祖父的事例到纳粹法官弗莱斯勒[1]，再到希尔德·本雅明[2]在联邦宪法法庭上的判决，判决并非依据法律和正义，而是根据政治进行审判，满足政治或是所谓什么社会利益需要。很明显，腓特烈大帝、主教皮埃尔·戈雄、弗莱斯勒、希尔德·本雅明以及那些联邦宪法法庭的法官们对于正义有着完全不同的理念。但是我想要说明的是，在他们做出那些政治性的判决时，他们非常明确地知道，他们除了信奉正义之外，还必须服务于其他目的，正义的观念他们每个人都有。那些其他目的正如他们对于正义的理念，显得多种多样：为了国王的尊严，为了教会的福祉，为了种族或者阶级斗争的需要，或者是为了政治的和平。有一点他们是共通的，他们觉得这些目的比正义更加重要，但是审判还是需要在正义的旗帜下才能进行，判决结果才能最终生效。

这样也好，不过我怎么才能将这些判决对于司法公正和社会产生的害处和有时造成的益处在短期以及长远观点中纳入同一体系，估量两者的价值并得出一个结果来？到最后，让我痛苦的不是这个问题，不是这些材料，而是我自己的思想，完全无法形成系统的想法。对于很多字眼我都感到很痛苦，我读到的、想到的和写出来的词都让我痛苦。我不仅想离开我的女友，离开她的孩子还有这座城市，更想离开那些词。

这种决裂倒也不是勇气可嘉的行为。我想去美国几个月，但是又从来没有独自一人出过那么远的门，还要呆那么长时间，在纽约和旧金山倒还认识些人，可以在他们那儿住。我还希望，在我从东海岸到西海岸旅途中的目的地诺克斯维尔和汉兹伯若弗找到亲戚。那将会是怎样呢？

可是临出发前的那几天，我实在是很发愁。我不怕飞机坠毁或者火车出轨之类

---

① 罗兰德·弗莱斯勒，纳粹时期德国人民法院院长兼第一庭庭长，狂热的纳粹分子。
② 希尔德·本雅明，1953 年至 1967 年任民主德国司法部长。

的事件，如果这样的旅行真以飞机坠毁于大西洋而戛然而止的话，我也心满意足。我其实是怕陌生的环境，这对我是个全方位的威胁，也怕失去我所熟悉的一切，那些曾经令我如此自在如此合适如此重要的一切。我在出发前，就感受到了祖父所说的那种乡愁。差点我就准备问我的女友，我们是不是可以不用分手，就让一切照旧好了。不过好在，旅途之中这种思乡之苦自己慢慢减退了。

在旧金山的南部，我找到了自己的天堂。鲜花盛开的花园、草地和几处自给自足的小平房，对着街还有一片树林遮挡，岩石质地的阳台下面就是太平洋，阳光充足，温暖如春，空气里充满着海洋和鲜花的味道。在那片平房中有一家餐厅，一间公共活动室和可容纳六十人的大房间。在活动室里，有时也在外面的草坪上，有人教瑜伽、太极拳、冥想、吐纳和按摩术。在小组治疗法的讲座上，名字和方法我已经想不起来了，那些性格温和的人学着愤怒，而那些性格暴躁的人则学着温柔平静。在一个岩石阳台上，冒着热气的硫质温泉在砌好的水池中不断涌出，人们可以整晚都泡在这个池子里，头顶是满天星斗，耳边回响着海的声音。不一会儿，思绪一个接着一个，然后它们全都停止了，就只剩下梦幻。头脑完全进入了休息状态。

如果那儿不是那么昂贵的话，我或许会被迷住，在那儿留下来，一周，一个月甚至一年。三周已经花了我一半的钱，这时我听说在旧金山有个机构可以在三个月内培训出按摩师。按摩术——在天堂所有的一切里，这令我最为感兴趣。我并没有意识到，不用语言的交流，也不像性和情色那么深入，手就那么令人舒适地接触身体，经过按摩的身体变得那么漂亮，按摩居然能让幸福的人更幸福，让疲劳的人沉沉睡去。我想要深入认识这个肢体的世界。学习费用适中。我在旧金山的那个熟人是位拥有一套大房子的画家，他可以让我住他那儿。我在告别天堂时有点悲伤，在那儿的老师安慰了我。他说要走有什么可以悲伤的呢，我应该高兴才对，因为我随时随地都可以回来。

我在那个机构学习了三个月的按摩，按摩和被人按摩，听了有关解剖学和伦理以及按摩作为职业前景的讲座，周末用来学习骨骼、关节、肌肉和感官的拉丁语词汇,还练习了美国英语,最后几周的晚上实习了按摩技术,并最终通过了考试。我在所有科目上都很幸运,我的美语实在糟糕,只能试着说些睿智的、搞笑的话,按摩本是一种语言不起作用的活动。我有这种感觉,好像生活在一个新的世界里,和过去拉开了距离,这是我一直以来所追求的。只有那位画家以及我曾在他们那儿居住过的一些好朋友的尖刻言语让我有时不太高兴。就这样,正如我积极投入按摩师的培训课程一样,我变成了一个工作狂人,纪律魔鬼。我超越了德国人,超越了新教徒。我母亲会拿我怎么办,我又会怎么看她?

2

在回德国的飞机上，我为在加州的按摩师生活规划着蓝图。坐火车从机场回家的路上，一眼望去，尽是满目疮痍，火车驶过经过清理的城市，规整干净的房子和精心护理的屋前花园，矮篱笆和雨后干净得发亮的街道都让我一阵恍惚，这个世界变成了这样，但是我还是它的一部分，我还是离不开它。我就是做不到。

回到家的第一周我住在我母亲家里。我们几乎不碰面；她很早就出门，很晚才回家，马上就睡觉了。她现在做了老板的秘书，她跟着她的老板从底层做起，一直跟着他升到现在的位置。她始终保持着秘书的艺术、秘书的时尚和秘书的语言水准。老板结束与她之间持续将近一年的感情的时候，她日复一日地继续扮演秘书的角色。她总是随叫随到，无论成功还是失败，只要这种场合需要一位女性的话。她的这种随叫随到，老板很不理解。不过他也用他的方式表达着他的忠诚：他不仅带着她一步一步地跟着自己升迁，还给她定下了独一无二的工资标准。

这件事是她的骄傲。母亲本来是想学医的，可是在战争结束前她没能中学毕业，因为她得工作养家，战后也不行，因为我出生了，她得挣钱养我。她的父母曾经家境殷实，但是在躲避飞机低空扫射时被打死了，自然也就帮不了她。等她终于还清债务，母亲发现，再想去考毕业考试和上大学都已经太晚了，于是她就花钱在城外的乡村买了一幢房子。她是不是曾很讨厌我，因为我的出世完全摧毁了她的人生计划？她本可以成为一位好医生的：就是这样，她用锐利的眼光可以迅速分辨出重要的和不重要的，在她的领域总是技高一筹。对于献出真心方面的缺失，她可以通过努力勤奋来弥补，她的病人们也许并不喜欢这点，但是他们都会感到她医术高超。

她过着一种履行义务的生活，即使她作为医生，也不可能再做得更好。也许她痛恨自己把精力和自律都用于拼命挣钱，而不是其他更为崇高的事情上。我是带着这样的口头禅成长起来的——上学是种特权，既然她拼命挣钱，我就得努力学习，才对得起这特权。我放弃那个教席的时候，她非常失望，甚至有些受伤。不过她之前也没有使我的中学和大学时代特别轻松，尽管买那房子的钱不至于让她透不过气来，但是我上中学时也必须打工，读大学时她给我汇的那些微薄补贴也不够，我总得额外打工。她没有批准我的美国之行，更没有批准我从美国回来之后居然不回去继续教书，居然还不接受她提供给我的第一份好工作。

运气不错的是，没过多久我就找到了工作。在一家出版社，我很快得到一份编辑的工作。从第一天上班开始，这份工作就让我很快乐。出版社想要扩展自己的法律图书出版事业，决定让我新办一本杂志并开发一套法律教学用书。市面上现存的法律杂志和教学书籍经常令我很生气。更好地阐释概念，找到合适的出版人和作者，与学生读者保持联系，在大学城之间穿梭——我可以利用我作为助教这么多年里所学到的一切东西。

出版社位于邻近的一座城市，在那儿我找到一处新的居所，比我以前所有的房子都要漂亮。建于二十年代的一座三层别墅被改造成三户人家的住宅，我的在二楼，有两个小房间和一个大房间，后者还有一个巨大的阳台可以从上面看到一片宽阔的草坪，被一圈紧密生长的已经能把邻居的房子遮盖住的冷杉点缀着。

我搬来祖父的书桌和沙发，我那双人床的一半，我女朋友不要了的橱柜还有一堆纸箱。每天我在下班之后就坐在大房间的地板上，打开那堆箱子，整理我的东西：衣服、床单、毛巾、餐具、书籍、我那些不同版本的博士论文、教课期间的资料和笔记、写过的论文、证书、笔记本和草稿本、书信和日记、布艺玩具、木制汽车玩具、纸板印第安人、牛仔和士兵以及其他童年的收藏品，锯子、滚珠轴承、磁铁和招贴画，甚至还有在一个废墟上发现的美国钢盔和一盏从工地上偷来的煤油灯。我翻遍所有的纸箱，想在新的生活开始前扔掉一切没用的东西，只留下那些重要的，就像当时祖父那样。

那些纸板玩具已经在反复的游戏中丢失了羽饰、武器的尖端，手脚也都不见了。我让他们进行了最后一次行军。我想起来他们的名字和他们的事迹，我的手也记起是怎么把他们从硬纸折成了那些人物。他们又站了起来，一面还印有文字，我开始阅读它们。读过几句之后我发现，我正在读那本关于返乡士兵的小说。我把那些纸张都收拢过来，把它们展平规整好。有时候书页是连续的，然后就有了或大或小的断章。我又翻了那些把孩提时的玩具包起来的纸张，但是一无所获。最初的几页缺失了，在上面我应该可以找到书名和作者。

3

我读到：

火车开得比他预计的要快一些。卡尔喊道“跳！”，几个人和他一起跳过了铁路路堤：伯爵、特种兵、盖特、约根、赫尔穆特和那两个西里西亚人。当他们急急忙忙跑下斜坡的时候，在他们身后又跳下两个人。不过他们跳得太迟了，距离也不够。火车车轮碾过身体时他们发出的惨呼，比机车的汽笛声更为凄厉。

火车比卡尔估计的来得要早，火车长度也更短。在他们到达前方的小树林之前，火车已经完全驶过，守卫们站在路堤上向他们开枪。第一颗子弹击中了赫尔穆特；他腾空向前飞出去几米，趴在地上不动了。接下来的子弹不幸击中了那两个西里西亚人。约根大叫了一声，继续向前奔跑；卡尔给绊得一踉跄，摔了个跟头，之后就不停地翻滚，直到碰到小树林边的灌木才停下。剩下的人也进入了树林，藏身其中。

子弹嗖嗖地飞过，不过已经是些漫无目标的扫射。守卫眼中已经失去了他们的踪影，也不能去追他们，因为这就意味着要放开其他的犯人不管。

他们趴在那里，一直等到听不见枪声、指令和呼号，一直等到只有鸟儿、蟋蟀和蜜蜂的歌唱。“卡尔，”有人低语道……

……

“你想死？”卡尔望着他，就好像对他来说一个回答无关紧要，就好像他终于想要知道，“如果你不想死的话，她必须得走。”

约根靠着一棵树，直愣愣地看着他的左手，它肿得好像反坦克导弹发射器，灰紫中泛着绿色，散发出难闻的味道，他缓慢地摇着头。他用他纯真的眼睛瞅了一眼其他人，用他孩子般的声音说道："艾尔瑟要唱歌的，如果在钢琴旁我看不到她的话……"

盖特摇着头，站起身来朝着约根走过来，步子坚定而从容，样子就好像他把手放在犁上，开一条笔直的长沟，他走过来用左手温柔地刮了一下约根的脸，然后用右手捏了捏他的下巴，看他无力地瘫倒时坚定地扶着他，小心地把他放平在地上，"你这个傻孩子。"

卡尔下达了命令。生上火，一把刀放进火里，另一把放进滚烫的水里，把衬衫撕成一条条的，按住约根。然后他开始动手割，他抿着嘴，呲着牙，在卡尔的眼里闪烁着对于这项精确工作的兴致，这项残忍但又是必须的工作。约根醒过来大叫着，用他尖利的童声大喊着，随后又失去了知觉。血如泉涌。卡尔从火上取下那把烧得通红的刀，按在了残肢之上。吱吱作响，冒着烟和焦臭，伯爵呕吐起来。

"他还能行吗?"

卡尔怒骂道，"我他妈的怎么知道? 我又不是医生!"他把残肢包扎起来。

"那你是怎么知道他要死的，如果你不是……"

卡尔站了起来，"就像这手发出的臭味，我还会不知道?"当着面，他毫不留情地嘲笑着其他人，"你们就受不了这臭味。要是你们的话，就会把他给丢下，把他遗弃在这个孤岛上——你们难道觉得这样子道德上就好受吗?"

他的眼睛里又有些东西在闪烁，一丝严酷，一丝冷漠还有一些蔑视，这让其他人都害怕。他把刀扔进沸腾的水里，十分钟后

……

对于眼睛来说，仅仅是一幅画面，骨头还是那么冰冷和僵硬。然后那个红色的火球又升起来了一些，一天中惟一美好的时刻到了。

享受吧，这时刻马上就会过去，马上太阳就不再是这种红色，而是黄色；马上它就不再温暖，而变得刺眼；马上你们就必须用布裹着头，只留下一条缝给眼睛和那双发炎肿痛被叮咬过的眼皮；马上蚊虫就会聚集，你们每人身边都会有一群，它们会一直停留在你们身边，直到寒夜降临。你们的衣衫根本保护不了你们，头巾护不住头，鞋也护不住脚。被叮咬的地方不仅会发痒，还会一直折磨你们，就像麻风病人身上的肿块。

享受吧，骨头都感到一阵暖意，冰冻的苔原都开始散发芬芳。可怜的苔藓，成双的花和草，还有畸形的针叶树——散发出如誓言般的诱惑香味。这芬芳中带着家乡的气息，森林的气息和草原的气息，还有异国的味道，那里长着你们从未尝过的药草和从没见过的花朵。

在这些朋友的心中，乡愁与离愁在翻滚，叹息在惬意的渴望中。他们伸展自己的躯体，惊奇地发现，在这样一个寒冷的夜里骨骼又恢复了工作，人能坐起来了。特种兵分了所有能分的东西：几罐啤酒和一个脱水的鱼罐头，还有的就是半个马铃薯。然后他们便分散开来，争取在这美好的一刻过去之前。不过即使它过去之后，他们再分头行动时也没有任何怨言和迟疑。他们都想回家。

不过他们在罗晨峡谷过夜之后的那天早上不一样。约根躺在那里不动，卡尔一开始以为他死了，不过他后来看到他其实在微笑。盖特和特种兵站起身来，两人背靠着背环视四周，好像他们是出来避暑的。四周没什么好看的，罗晨人居住过的地方，空无一物。

“他们承诺过，会回来带我们走。”伯爵手搭凉棚，眼望远方，“我们不该离开预定的地方。”

“这儿好漂亮，”盖特低语道。

“为什么，”特种兵问着自己，“为什么我们整个礼拜都在想着，我们得继续跑?”

约根看着自己的残肢发笑。

卡尔又咧了咧嘴。是不是应该抛下他们，自己走？过去的几周里他有时候想，他要是就一个人就好了。很多天以来，这些同伴尽是拖累，总有一天他们会成为绑在他脖子上的一块大石头。他一点也不喜欢他们。约根那个孩子，永远都长不大；傻里傻气还自以为是的伯爵；那个特种兵，简直就是个战争机器，从一个本来就不适宜和平环境的社会人变成了由坦克变身而来的一辆拖拉机；还有那个盖特，他身上虔诚又农民气的正直真让人受不了。

但是他也知道，他会继续吓着他们，他们会继续像孩子一样发牢骚、号啕大哭和咆哮，他得踢着他们的屁股，直到他们甩掉那帮坏家伙，那些昨晚和他们同在罗晨峡谷的人。他得骑在他们脖子上，直到他们明白，他们是在回家的路上。

好脾气的人，罗晨人，觉得……

4

我是否曾经读到过那泛着焦味的手或者好脾气的罗晨人？实在想不起来。我继续翻着书，一个冒险接着一个冒险。我想知道看到结尾时能有什么，因此我读了最后的几页。

“……一直向前，直到莫斯科城下，还上过高加索山脉。在斯大林格勒战役之后我们就没有了他的消息。”

卡尔摇摇头，“他会回来的。他会回来重开自己的生意，房子也会再建起来的。”

老头讥笑道，“那样才好呢，不过我不相信。从其他那些在苏联呆过的人那里我们已经听说了。”他上下打量着卡尔，“你呢，你是不是也从苏联那里回来？看起来就好像你饱经摧残，人生前头也没有什么希望。你还是在这儿睡会儿吧，在你好点儿之前。”

“他老婆呢，还活着吗？”

“嗯，”老头看着自己眼前，“但是她已经不住这儿了，”他抬起手又放下，“这年头对于女人来说实在不容易啊。”

“我想替她男人给她带个口信，哪里……”

“替她男人？”老头摇着头站了起来，“睡吧，明早我会叫醒你的。”

就这样，卡尔在他家乡店铺所剩无几的存货中度过了第一个夜晚。他在仓库中穿行，记录着剩下的那些东西：不少椅子，一些柜子和五斗橱，书桌的第一批样品，那是他设计的，在他参战之前。他还是挺喜欢这些书桌的，它们不是为工厂老板和党棍们设计的，而是为作家和科学家，这是他的主意。他很感激那老头拯救了这些物件，守着这个仓库。老头几乎看不见，耳朵也背，行动不便——能保留下这么多东西，一定费了他很大的劲儿。如果他不是一直坚信年轻的主人有朝一日会回来的话，他也就不会在这儿呆着了。他是不是应该让老头也知道这一点？

第二天早上还是有些东西阻止他这样去做，他都不知道究竟是什么。他谢过了那个老人。然后卡尔去了居民登记处；最顶上的一层已经不见了，不过一楼和地下室倒还是老样子，就好像什么都没有发生过一样。手续很简单就办完了。

他老婆住在邻近的城市里，小磨坊主大街，门牌是五十八号。他站在高速路旁拦车，一辆小型三轮货车捎上了他，二十分钟后把他带到了市中心。他很迷茫地穿过街道：浅色的房屋，鲜花盛开的花园，没有废墟，没有瓦砾，看不到炸弹碎片。双塔教堂传来了中午的钟声，市场上有土豆、蔬菜和苹果。就像和平时期一样，他想这也挺好，这样他妻子就不用生活在废墟与瓦砾之中了。

在妻子的房子前他站了好久。红色的砂石，一扇门，看起来好像有人从门后把它锁起来了，一个阳台，大得足以在上面架起加农炮。一些窗户大而明亮，一些则窄得好像射击孔，整座房子很敦实阴郁，尽管花园有这里或者那里的不如意。卡尔的心情很沉重，他穿过街道，打开花园的门，走上了台阶……

真可惜，我好想再读下去，卡尔怎样敲门，门是怎么开的，他妻子站在那儿等等。然后又发生了些什么——我并不是期待这次能读出比上次更多的东西，不过我还是带着兴趣读了下去，觉得似乎这次故事继续发展了，还有了结尾。

5

我在新房子里安顿下来之后，就在城里四处走走。我对她并不陌生；这个邻近的小城就好像是我那丑陋故乡的美丽姐妹，我还在念中学的时候就经常来这个有味道的老城，这里的咖啡馆、酒吧和酒窖比我们那儿有意思多了。我的一些朋友搬来这里上了大学，如果我不是早就在家乡的大学得到一个助教的位置的话，我也会被吸引到这里来。

为了熟悉这个地方，我每周六都在市场闲逛。以前这里的市场上，在小贩的摊位旁还会有很多来自周边地区的农民设摊，非常小的摊位，他们自己或者是他们的妻子或者老母亲在这里卖水果、蔬菜、蜂蜜、自家提炼的果酱和自家压榨的鲜果汁。当然每个市场的摊位各不相同，但是提供的东西却大致近似。那种景象，那种味道，那种吆喝，用浓重的方言口音叫卖着甜菜或者新鲜的草莓。市场上来来往往的人形形色色，让我有机会认识不同的城区：这是一个本乡本土人居住的、保守的市民阶层区；那是一个房屋维护保养良好的、新老有闲阶层共同居住的城区；那又是一个变化中的地区，除了灰房子和小作坊，还有富有品位的清洁的房屋和交通不繁忙的街道，十字路口都是用石头铺成的。已经是一九八〇年了，城市从五十至七十年代的重建和毁坏的浪潮中苏醒过来，回归到尊重自身成就的道路上去。

以弗里德里希广场为核心的地区就是这种变化中的典型。那些矗立着的房子，有些有着文艺复兴风格和青春艺术风格，都已经过清理。对于那些更老的简陋的保守的房子来说，修缮工作自然要久一些，脚手架还都搭在那儿。用红色砂石和黄色砖块砌成的耶稣双塔教堂如此典雅地端坐在栗子树、市场上的摊位和广场上的葡萄树前,就好像教堂才打扫过不久一样。

邻近中学门口的那条街来往车辆已经不多了,其他街道也都逐渐改成了单行道,复杂的道路网络会吓坏司机。我在市场上买完东西,坐在广场上的一家餐馆里,他们家的餐桌和椅子都放在人行道上。

6

可是，我还是梦到了我所读的关于返乡士兵的小说中的情节，甚至还是在我没有完全认清小说到底在写些什么的时候。在梦里，我从很远的地方来到这里，就像卡尔一样，迷茫地穿过一个城市的街道，也像卡尔一样，穿过一个市场，像他一样站在一座巨大的阴沉的无人的红砖房前。然后我就醒来并意识到，我认识这座房子。我在广场上坐着的时候看到过它，只是没有注意而已。

下班之后我就赶去广场。沿着弗里德里希广场的那条街不叫小磨坊主大街，而叫小管家大街，那个房子的门牌也不是五十八号而是三十八号。不过那红色的砂岩，像牢房一样的窗户，可以放下大炮的阳台以及射击孔都完全一样。那房子很阴郁，并不引人注意，房屋正面朝东，处于阴影之中，不过我可以想象，在晨曦中它会显得更友善些。我想要弄清楚，我想弄清楚这一切。

我打开了花园的门，沿着台阶向上到了门口，看了看门铃旁标注的住户名字。卡尔也曾上了台阶，这我知道，我还知道他妻子一定住在二楼、三楼或者四楼上。那些住户的名字让我毫无头绪。我想按响门铃，但还是没有那么做。我把名字一一记下，以便以后写信或者打电话。

卡尔曾经搭乘过一辆小型三轮货车，从高速路一直开到了城里，开了二十分钟。他一定生活在城里，也是我生长的地方，在那地方他经营着他的生意；他妻子搬到了邻近的城市，也就是我现在工作和居住的城市。小说里没有提到他的仓库究竟在哪里。也许在我们的老房子附近？他返乡的时候，我已经出世了。也许我正在街上玩儿的时候，他正好走过。

我对于自己差点与小说故事相遇大笑不止。但祖父母怎么得到这份手稿的，难道不令人惊异吗？作者也许是我母亲的朋友，她向他们介绍了？或者一切都只是巧合而已？那本叫《通俗小说》的杂志，据我所知，作者不仅有瑞士人也有德国人——为什么就不能是我的同乡呢？也许就是一个不愿意虚构城市和房屋的人，他写的都是从现实中截取的？

7

在家里，我继续看那份手稿。

河很宽，几乎比他们见过的任何河流都要宽。

“这一定是亚马逊河，”约根肃然起敬地说道，“我读到过有关……”

伯爵讥笑道，“亚马逊河，呵呵。”

“闭嘴。”特种兵指着河上游说，“那是什么？”

那不是船。肯定不是客轮和货轮，也不是由运货驳船组成的长龙，卡尔在莱茵河上见过它们。眼前的这个东西看起来就好像是河流中的一座岛屿，岛上还散布着些房子和栅栏。卡尔感觉到，这个岛是他们的机会。想要横渡整条河流，他们根本做不到。可是也许游到岛上再从岛上到达另外一边还可行。他脱掉鞋子、裤子和衬衫，把它们都装进了背包里。因为他知道，其他人对于任何解释都不会完全满意，但是如果他跳进河里的话，他们一定都会跟着他。

他们成功了。包括约根，他居然想把自己伤残的身躯浮在水面之上。还包括伯爵，他令人发笑地害怕水呛进鼻子里。半小时之后，他们坐在了树干上，岛就是由这些木桩组成的。他们上气不接下气，把脚放在水里晃荡。

“那是什么？”特种兵指着栅栏说，在栅栏后面房子刚好露出个头。

“我们马上就会知道，”卡尔站起身来，朝特种兵点了点头，“过来！”

他们绕过栅栏，发现了入口，被允许进入并被领到了“老大”跟前。

"德国佬,"他笑着说,"士兵。你们在这儿什么也得不到。在俄罗斯在西伯利亚,你们别想!"

"我们并不是在这想要什么东西,我们只是想离开这儿。"

"哈,"他拍着大腿继续大笑着,"你们走运了,你们找到我这个艾奥洛斯①算是走运了。如果你们给我干活儿的话,我就罩着你们,直到他们在岸边把你们吃掉。"他指着河的两岸说,"这边是苏联,那边也是苏联,但是这儿却是一块自由之地。没有党派,没有警察,没有苏维埃人。我有六个女儿六个儿子,如果每个孩子再生八个孩子的话,这片自由之地很快就有一群自由的人民。这儿生活着的是自由的艾奥洛斯人。"

"如果旅程到了终点,该怎么办呢?"卡尔不知道他们在哪条河流上,也不知道它流向哪里,大概会到某个整木运输的终点站,还在苏联境内,没有过边界。

"老大"恼怒地充满怀疑地看着他。他就是从人变成的熊。有一瞬间卡尔想,他会用他的熊掌把他拍个稀巴烂。不过他又笑了,还是拍着大腿,"机灵的德国佬想要知道旅程结束了该怎么办?自由的艾奥洛斯人会分散到各方,当风再起之时,我们自由的艾奥洛斯人重新聚合在一起。"他走到一幢宽大但是不高甚至有些简陋的组合建筑前,打开了门。里面是架水上飞机。

卡尔问自己,真到了那一天,艾奥洛斯人要如何坐着这架小飞机飞越河流的上游。不过既然"老大"能够搞来一架小飞机,他应该还能搞来架大的。也许有架飞机能坐上之后,就载着他们,乘着风飞回家乡,或者越过边境也不错。

他们在这儿呆了整整一个月。每天晚上"老大"都和他老婆和孩子们一起欢庆,他们也跟着胡闹。每天早上他们随着阳光起床并工作。

……

① 艾奥洛斯,希腊神话中的风神。

如果那些意图毁灭他们的巨人到来的话，天空中就会砸下乱石，就好像有上千条强壮的手臂投射出来一样。他们栖身的那些树木被击得粉碎，就好像一个铁拳打在了由孩子们用火柴棍儿支起的小林子里。大地在颤抖，就好像地面都要沉下去。卡尔的宿营地在一块大岩石的后面，因而没被炸中。他听到大石头砸下来的动静，树木折断的声音以及同伴的惊呼。他认出了约根的声音，和给他动截肢手术时的尖利童声一样，伯爵那带着呼噜声的浓重鼻音，特种兵的咆哮声，听起来好像他已经被砸中还受了伤，仍然握着刺刀扑向敌人。盖特的声音，他没听见，因为他直接看见他在惨白的月光下，就躺在离卡尔的大岩石一步之遥的地方，被一棵倒下来的树砸伤了。不过也幸好是这样，大岩石正好护住了他，也给卡尔争取了时间，伸出手刚好把盖特拉到了岩石后面。他们俩就在石头后面喘息着，外面巨人的愤怒仍在席卷一切，其他人的呼喊逐渐微弱下去，直至完全听不到了。

第二天早上，他们从岩石后面探出身来，几乎都认不出这地方了：盖特搬开几块石头，想寻找他的同伴，但立刻又放弃了。他们就站在一片由树干、枝丫和碎石组成的废墟上，比地面高出两米的废墟。而昨天大家正是在这片地上支起了自己的宿营地。他们需要一辆挖土机才能把那些同伴给挖掘出来。

“刚开始是飞机事故，现在边界已经触手可及，却又——我们是被诅咒了吗?”

卡尔轻蔑地哼了一声，“诅咒? 总比呆在矿井里好。在外面最糟糕的日子也比在井下最好的日子强。”他想着自己说的话，又补充道：“即使死在这儿也比在矿井里好。”

盖特摇了摇头，“我知道你是对的。不过看起来就好像上帝在捉弄我们。”

“我们得走了。”

“等等。”盖特抓住卡尔的臂膀，“你没感觉到吗? 他们是多么想和我们道别，也希望我们能和他们说声再见?”他把另一只手放在耳边，似乎在倾听着什么。

卡尔试着去控制自己不耐烦的情绪，他都快要忍不住了。我就数到五十，他对自己说，然后又到了一百，一百五十。正数着，他听到盖特开始哼唱《我曾经有一个战友》。

8

正如我记不得读到过有关发出臭味的手和好脾气的罗晨人一样，我也想不起来读到过自由的艾奥洛斯人和巨人的愤怒。虽然我对于小说的结尾特别仔细地看过，但是与真实历史的接触却没有在我的记忆里留下任何痕迹。不过，即便我不能认出那些我曾经读过的文本，我还是觉得它们很熟悉。熟悉而又陌生——总好像缺了点什么。有时候我会觉得，我总记得在卡尔的冒险经历中，应该有水，它还应该在其中扮演更为重要的角色。不仅仅有一条宽阔的河流，还应该有大湖、辽阔的海、岛屿和海岸，贝加尔湖和阿拉尔湖，里海还有黑海。

记忆的混乱令我很烦恼。我曾经作为助手，和另一个同事一起长期开发一个计算机软件，用于解决司法案件。开发这个软件的目的是要能够判断一个上诉是否能够成立，一项主张是否有法律依据，一项义务是否没有履行。很快我们就发现，问题并不在于计算机编程技巧、存储器容量和计算周期，而是在于我们无法准确知道，结案时法官们到底如何得出的结论。只要我们不能准确理解这一情况，我们就不能在计算机上模拟这一过程。尽管我们找到了很多案例，关于法官在结案时应该如何做，但是仅有少量资料指出他们到底做了什么。在那少量的实例中，我们提出一个假设：审结司法案件就像医生进行诊断和化学家进行分析工作一样，对模板的重新认定起到了决定性的作用。那我的任务就是，就有关模板的认定问题对法学家进行采访。

“似曾相识，”一名退休的法官是这么对我说的，“是一种重新认定的感觉，尽管人们所说的重新认定的东西往往以前都没有见过。我的年纪越大，事情就越会如此发展:我想在一个新的案件中重新发现一个老的案件,用一种万无一失的方式来审结它,然后当我在最后进行卷宗归类的时候却发现,实际上并没有那个所谓的老的案件。"

"那您如何解释……"

"模板——我们谈论的就是它。随着时间的推移,在脑子里不仅存储着过去的案例和解决方案的模板,而且还在其中不断添加新的元素,从而使模板进一步向前发展,从一个模板组合出了其他更多的模板。这就是人们似曾相识感觉的由来。"

"它们自己组合出了更多的模板?"

"嗯,是这样的,可能当人们寻找一个案件的解决方法的时候,就会让模板在头脑中过一遍。拿破仑应该在奥斯特里茨战役当天的清晨突然有了一种似曾相识的感觉。我能够理解这种感觉。他在头脑中不仅有那些他熟识和曾经经历过的战斗,而且也有所有那些通过偶然的机会进入他脑海的内容,由士兵、步兵、骑兵、加农炮、地形和部队阵形这些元素组成的模板。其中有一个模板就成为了奥斯特里茨战役的原形。"

我们的项目中现存的模板已经足够豪华、充满野心——现在还要再加上些想象?究竟有哪些元素影响着法律模板?如果可以一一对它们进行识别,程序又该如何将其编入想象的模板,并不根据偏好,而是出于公正?甚至是出于完全没有被实用主义的考量所污染的公正。

这个谜团我始终没有解开。我只是把我采访的成果展示出来——仅此而已。也正因为这个原因,我更愿意在出版社工作,这样我就可以让这个谜团在一边歇着。怎么和作家打交道,一份手稿是否有用,一本书卖得是好还是坏——这些都不是谜。

但是现在我又面对一个谜团。我有一种似曾相识的感觉,我很希望我能够想得起来。小说里的不同元素在我的背后做了些什么,它们又拼凑出了怎样的模板?

9

我读着剩下的片断。

曾经充满生机和喜悦的，疲倦的双眼，悲伤的嘴唇。“一切都毁了，店铺，房子，所有的一切。”

“我们可以把一切重新建起来。”

“就像耶稣诞生在马槽的雕塑。”母亲笑了，卡尔回忆起，在一个圣诞节的晚上他堂弟是怎么用个新球把有好多人物的旧雕塑给毁了，他又是怎么和母亲一起重新搭了起来。他想用笑容回敬妈妈，但是母亲已经不再微笑了，她又说道：“一切都毁了，店铺，房子，所有的一切。”

他不想重复这些话，但是又不知道该说些其他什么。说只是一个房子和一座店铺而已？说最重要的，就是人都还活着？

“一切都……”

“给我安静！”他对着他母亲大声地喊叫，以致他从梦中醒来，惊恐万状。

盖特问他：“你还好吧？”

他点点头，“对不起，我把你吵醒了。”

“你是梦到山了吗？我每晚都做梦，梦到我必须得把敞篷货车向上推。你还记得那重得要命的货车吧，就是那辆把那个威斯特法伦人压死的车，他推不动货车，货车就向后滚，把他给压死了。”

卡尔点头。“继续睡吧，盖特。别再想那货车了，别想那些死人了。想想你的家乡。”

沉默了一阵，盖特问道：“他们是不是还在追我们？”

卡尔轻蔑地笑着，“我可不打算问他们这问题。”

……

如果他们不付钱的话，上帝的惩罚就会盯上他们。然后他就离开了他们。

一路上天气逐渐转好。有时候卡尔走在前面，有时是盖特，两人轮换着。地面上有不少石子，原本以为第四天才会遭遇的沙子，却已经在齿间咯咯作响。总是有风吹来，风带来沙尘，刮进他们的嘴里和头发里，吹进衣服里，吹进耳朵里，吹进鼻子里，吹进眼睛里，逼得他们把眼睛眯成一条缝。到了第一天晚上，山看起来还像早上一样遥远，第二天、第三天也是如此。第四天，他们已经不在乎山到底有多远了。他们来到了泉水边。虽然他们想好了不要期待太多，但还是沮丧万分：水是臭的。

“他说，水可是好的。”

卡尔一下子跳了起来。“住口！既然我们没有其他选择，那就没什么好唠叨和抱怨的。我们得喝这水，我们还得带点走，我们还要留下些钱。”在石头后面的洞穴里已经留有一些硬币，他又添上了一些，正如他们承诺的那样。

水都变质了，但毕竟还是水。喝两口之后，他们的嘴唇，他们的口腔和他们的喉咙终于又有了感觉。水在肚子里咕咕作响，也让他们的脸和手变得滋润。“真好喝，”盖特出神地说了一句，“真好喝。”

他们把水灌满了瓶子，又继续上路了。卡尔没提山边的乌云，盖特则是没有看见。暴风雨在酝酿着——但是他们除了继续前进还能有什么其他选择呢？不久，乌云不仅遮蔽了远处的地平线，还有整个山区的天空，然后是天际的一半。

现在，盖特也看见了。“马上要下大雨了！”

卡尔摇着头，他看到了云往远处的扩张。那不是一片云，它们就像是活的生物一样，像是一片蚊子云，一片蜜蜂云，一片鸟群。它们彼此围绕，环绕着跳舞，喷出些新的云，它很快又被吞噬，云团便越来越大。这个过程中，它们发出一种尖利的呼啸，卡尔还从来没有听过这种动静，他也永远不想再听见这种声音。还没有等他想起，这就是在高压电下的尖啸，闪电已经劈了下来。

这不是他们认识的闪电，这不是闪烁的光带，而是一张光芒耀眼的大网，就像是一位可怕的、震怒的、惩罚的神灵掌中的脉络。这是一场呼啸的闪电风暴。

卡尔听见空气都发出了噼噼啪啪的声音，这才感觉到他的头发早已根根竖起。随后他听见了一声令人恐怖的惨叫，就如同刀锋一般尖利，如同崩裂的伤口：他瞧见盖特忽然熊熊燃烧起来，就那么一秒钟，在他跌倒，翻着跟头滚下坡去之前。在他站过的地方，脚下一片黢黑。那被烤得全黑，龇牙咧嘴的脸，也就持续了一秒钟——随后卡尔眼前一片漆黑，狂风大作，沙尘迎面席卷而来，卡尔不由自主地跪倒在地。

这是最后的审判，他这样对自己说。只要我能挺得过去，我就什么都不怕了。他感到沙子在他身边越堆越高。我不能在这里呆着，我不能被埋在这里！他站起来，一步一步地向前走着。没有任何目标，没有任何力气；支持他脚步的只剩他的悲伤。它们都想把他留下，沙尘、荒漠和死亡。可是他不愿意就这样把自己的生命拱手相让。

他昏倒了三次，清楚地感到沙子是多么想把他埋葬，于是三次他都重新站了起来，继续向前。他不再靠自己走路，而是被推着，被拖着，被扔着。乌云不再愿意埋葬他，它们把他吞进吐出，把他举高还把他推向前方，把他刮离地面，似乎它们想要戏耍他，拿他取乐。他完全无能为力，什么也做不了。他只知道，自己，还活着。

一下子，他又能看见了。沙尘的呼啸停止了。天空重新泛起了浅蓝色，那么的高傲，因为它不想提起那伤害，那被如此粗暴掩饰的伤害。卡尔享受着阳光，在穿越荒漠的旅途中他曾经常避之不及的太阳，在风暴的黑暗之后就像是一个老朋友。他发现，风暴把他抛到了山脉的边缘。接着，他看到了在灰色土坡边有一座绿色的小山丘，上面还有个小茅屋。他明白，风暴把他带到了这个目的地。

快到小茅屋之前，屋子的门开了，一个女人走了出来，朝着他的方向。她走过来的样子就像是位王后，卡尔想道，心里不由忐忑起来。他已经精疲力尽，非常虚弱。他穿得破破烂烂，肮脏不堪，浑身发臭——马上她就会叫来她的男人，像赶一条丧家之犬一样把他呵斥走。她那么美丽，蓬松的头发，健壮的肩膀，丰满的胸部，浑圆的臀部和修长的腿。

她走近了，他看见在她的双眼和微笑的唇边有一个友善的疑问。可是，当他试图回答时，却只能发出沙哑的声音，跌跌撞撞，倒在一边。他最后的一个念头，是想坚持倒在她脚跟前。

等他重新醒来的时候，已经躺在一张床上。柔软的毛巾，他又感觉到了。在那么多年之后，毛巾对他来说就像是清泉或者新鲜面包一样珍贵。他耳边传来了歌声，睁开眼，他看到了……

“我不拦着你。我把这件长大衣给你，还有我爸的大包，你收拾一下东西，足够你翻过山到达峡谷，在那里越过边界。”

卡尔不知道，自己是不是应该相信她，“我……”

“别说话。”卡林卡的双臂缠上他的脖子，把头靠在他的胸口。“如果对家乡的思念每天折磨着你，还有对她的思念……她会对你好吗？她会在你睡着时给你唱歌吗？如果你哪里旧伤复发，她会知道该用哪种草药吗？如果你又梦到矿山并惊醒，她会把你的头埋进她的胸口吗？我多想把你留住，再留九个月，再留九个月，再留九个月——我想要把你永远留在身边。”

卡林卡松开了他，走进了里屋。他的目光还停留在远方，越过戈壁，沿着山坡直到山顶。他再也没有那种以前站在这里眺望远方时常有的伤痛感觉，当然有离别的痛苦，但是更强烈的是即将启程的喜悦。

过了一会儿，她喊他过来。她备好了大衣，打完了包。晚餐也准备好了，就像每一个晚上一样。他们做爱也和其他时候没有任何不同。第二天早晨他启程的时候，她还在睡着。不过随后她还是站到了门口，远远地望着他，看着他越爬越高，越走越远。

九个月！到达卡林卡家的情节发生在第九十三页，离开则是在第九十五页——九个月以来，他除了吃饭、忧伤地眺望远方以及和卡林卡做爱之外，似乎什么都没有干。这九个月里，他就不能离开？不，不对，是他不愿意在这九个月里离开，尽管他思念着他的故乡和他的妻子。

我那道德感很强的祖父母让这种文字通过他们的审查，实在令我感到惊奇。或者他们在之后用另一种方式惩罚他，让他在回家的时候看到自己的妻子站在旁人的身边？如果这小说是想惩罚卡尔的话，那么相信他已死的妻子在见到他之后，就不会在最初的惊恐之后，带着幸福的欢叫来拥抱他。如果真是惩罚他的话，那么另外的一个人就不用作为说谎者和骗子出现。如果真是惩罚他的话，卡尔大可以在和另外一个男人的决斗中被狠狠击败。

10

周末我去了母亲那儿。我和她曾一同搬入的那个内卡河边的小村庄，后来变成了城郊地区，于是她再一次搬家，这次搬到了奥登森林的边上。她会跟所有人打招呼，在店里与人简单闲聊两句，其余时间则自己一人独处。她很喜欢开车，自从她学会驾驶以来，她就一直开一辆运动型两门敞篷跑车。在上班的路上她常陷入交通堵塞。不过夜晚她常工作到很晚，于是回家路上就开得很快。夏天她会把车顶篷打开，让她长长的金发随风舞动，享受在路口红绿灯处男士们惊奇的目光，她对此毫不在意。如果她不老是那么目光游移不定，张口就是不文明的语言的话，她原本应该算是个美人。不过在路口的时候，人们可看不出这些来。偶尔，她脸上的轻蔑和拒人于千里之外的表情也会消失。也许就像照在她家阳台上的晨曦或者餐厅的烛光。

我每四五个星期去看她一次，有时候我们一起去看看电影或者在城里吃个晚饭——这是不费劲的，甚至有点无聊的碰面。我母亲过去在对待我的时候并不完全毫无爱意，但总是一副平平淡淡的样子。她一直就是这么干巴巴的，面对我的时候她还会更加突出表现自己的无聊，因为她想在对我的教育中加入男性的元素。温柔、可靠、对悲伤的同情或者惋惜，决定前的犹豫——这对于她来说都是陌生的。要么就是她藏了那么久，那么深，以至于她根本不敢表现出自己的这一面。我们会互相叙述在彼此的生活中发生了些什么，也不发表什么长篇大论。她对我的批评并没有减少，只是在一些事务性问题上变得更加隐晦。“你有时候是不是还想起你在大学的职位？你还看得见那个当时你向我描绘过的人吗？”

有几次，我把所需的东西都带上，自己做饭吃。我母亲不喜欢做饭，她也不会做饭;我是吃着面包、火腿片和加热之后的熟菜长大的。很少见的情况下,她才会如此开明和令人欢欣,才像个女人,当我在灶台和餐桌前忙活的时候,她就会给我添乱似地打打下手,或者喝下第一杯开胃酒。

不能说的话题还是不能说;关于我的父亲,她与他的关系,她与其他男人的关系,这些是禁忌,我再也不知道她与她老板的关系。不过她有时会说起她小时候的事儿,说起逃难之后新生活的开始,周围农庄里的守财奴、木匠,如何收集荨麻和煮荨麻。

"你煮荨麻菠菜?"

"对啊,你想象一下。"

"你是不是曾把我带到守财奴那里去过?"

"我就是那个瘦小勇敢的金发女人,手里还抱着个孩子。你那时候就挣钱了。"

我问起过她关于《通俗小说》。她从来没有和我一起坐车去过祖父母家,据我所知她也没有独自一人去过。我小时候就对此难以释怀,直到她向我解释说,是因为祖父母一直不肯原谅她,他们觉得他们的儿子就是因为爱上了她还和她结了婚,所以留在德国,最终丢了性命。她尽管能够理解祖父母的痛心,但是她始终不能理解,为什么她要面对这种荒唐的指责。我当时用骄傲的孩子气说,那我也不愿意去祖父母那儿了。我本不应该这样和祖父母生气的,他们对我疼爱有加,我也很爱他们。他们都是好人,只是无法排遣他们的痛苦。

"你还记得在战争结束后,祖父母出版的那些小说杂志吗?你有没有向他们推荐过作家?那些喜欢写作的朋友或是熟人?"

"你知道的——我只和你祖父母保持必要的接触。你的火车什么时候到他们那儿,又是什么时候回来,你在那儿待多久。我没向他们推荐过任何作家。"

"那你认不认识小管家大街三十八号的那座房子,就在弗里德里希广场上,旁边是耶稣教堂,大块的砖石……"

"你在审问我吗?我至少应该知道,因为什么而被起诉吧?"

"不是,我只是尝试着从那些杂志中的一部小说里找出些什么来。"我就跟她说了我多年前读到的,还有在几天前读到的,关于卡尔的冒险经历以及我关于那座房子的发现,"作者肯定就是从这个地方来的!"

"你就不能干点更有意义的事吗?"

"噢,你是说我在大学里的职位吗?我不会接受它的,妈妈。我没法告诉你,能够不去做这件事我有多高兴。有时候我也愿意审视这些问题,但是到最后,我还是更喜欢听到关于卡尔的故事。"

"有好多种方法把故事讲完整。你根本不知道,战后出现了多少返乡题材的小说。它是一种自成体系的门类,就像爱情小说和战争小说一样。"

"那你告诉我故事的另一种可能性。"

她沉思了一会儿。她的确在花时间思考,仔细思考。然后她说:"他妻子已经跟了别人,她听说卡尔已经死了,为此伤心欲绝,然后她遇到了另一个男人,并爱上了他。她跟卡尔叙述这一切的时候,他都很平静。随后他要她和那个男人以他们女儿的生命发誓,她们不会告诉任何人,他还活着。她不明白为什么,但是卡尔很坚持,她于是发了誓,那个男人也发了誓。卡尔就离开了。"

11

你就不能干点更有意义的事吗？

母亲一直都用一种让我觉得问心有愧的方式教育我。这就是她的教育方法，让我成为一个好学生，让我在家里忠实地履行自己的责任，把杂志分送到用户家，关心我的朋友和周围人的痛苦。被允许学习的特权，生活在拥有漂亮花园的美丽房子里，在生活必需品上的足够花销，然后才是剩下来的钱，朋友之间的友谊和母亲的爱——这一切都是应得的。应该是怀着自愿和喜悦，我母亲解决了义务与倾向之间的矛盾，让我有倾向性地去履行义务。

之后，我也经常开自己的玩笑。我也考虑过，我本该满不在乎，怀着轻松愉快的心情放弃大学助教的工作。但是每当母亲提出她那些批判性的问题之后，我就觉得问心有愧，就像小时候一样，那时候我其实还什么坏事都没有干过。无论我是否有责任，我都有这种悔恨的情绪。

但是如果真要找我做错的事情的话，那总能找到。在加利福尼亚的天堂海滩，我有意让自己成为我女友和她儿子需要的好男友。但是事实上却没有成功。不过我的出发点还是好的。我那混乱的女友维罗尼卡需要一个好的男友，她儿子马克斯的老爸不管他，也从来没有管过他，他八岁之后就跟我同住在一个屋檐下，跟我说他不多但足够烦人的无聊事。我希望别让马克斯遭殃，因为我不愿意和那个我和维罗尼卡分手前与其发生关系的男人见面。

我不愿意和这个男人见面，也不愿意和下一个。维罗尼卡背弃了我的友谊，当前一个离开她的时候，她利用了我，现在她舒服了。但是马克斯却很高兴见到我，我们还恢复了以前的习惯，每两周去一次电影院，有时我们不进电影院，一起吃比萨或者咖喱烤肠和薯条，喝杯可乐，然后再来一杯。

现在我有更有意思的事情做了，每两周一次。不过这件事却加速了我寻找卡尔故事结局的进程，它不断给我新的线索，我把这当成是提醒我应该毫无愧疚地继续前行的暗示。我和马克斯一起去电影院看了柯克·道格拉斯主演的《奥德赛》，突然之间我恍然大悟：让我魂牵梦萦的不是里海或者黑海，而是爱琴海。这种模式，卡尔和他的爱人，她的孩子，他们的冒险经历，战胜千难万阻，遭遇的挫折，还有卡尔的返乡，这就是奥德赛的模式。

小时候，我曾在一本希腊神话故事集里读到过奥德赛的故事。读中学的时候，我也曾把奥德赛中的选段从希腊文翻译成德文，因此我就深入学习了那九十六行的希腊文。独眼巨人，塞壬岛的女妖，斯库拉怪物，卡律布狄斯女妖，瑙西卡公主，奥德修斯的妻子珀涅罗珀，对那些求婚者的复仇——我记得的就是这些了。

当晚我就重读了《奥德赛》。我从结尾开始读的，我原来以为，奥德修斯和珀涅罗珀在伊大卡岛上找到了他的幸福和家园。但是我发现，其实他又一次离开了妻子，背着一个舵去漫游世界，直到他找到一个国家，那儿的人完全不知道什么是舵，什么是船，什么是海，什么是盐，那时，他才会重新归来。不过他想要在远离大海的地方死去，既然伊大卡岛是个四面环海的岛屿，也就是说他想要在远离家乡的地方死去。在地狱里，泰瑞西斯正是这么对奥德修斯预言的，荷马自然也在《奥德赛》的结尾处实现了泰瑞西斯的预言。

从结尾处，我能看出荷马在书中的暗示，奥德修斯堕入地狱，从泰瑞西斯处了解了自己的未来。书中还写道，那些莱斯特吕恭巨人吃了很多他的同伴，砸烂了他们的船，在此之前他在一座移动的岛上找到了风神艾奥洛斯一家十四口人，继续追述的话，还要再往前，他用暴力强迫他的同伴继续前行，因为他们吃了忘忧果，把家乡都给忘了。在地狱里，奥德修斯不仅与泰瑞西斯进行过对话，还遇上了自己的母亲，然后他的同伴吃了太阳神的牛羊，遭到惩罚在风暴中丧命，奥德修斯漂流到了卡吕普索女神所在的俄奇吉亚岛，在此他居住了长达九年的时间，直到她让他离开。

这其中还穿插了与独眼巨人的故事，和巫术女神喀耳刻共同度过的愉快一年，抵挡塞壬女妖的甜美歌声，穿越卡律布狄斯女妖的漩涡和斯库拉怪物栖身的岩石。可能我这本小说的作者正是从这些情节中发展出了那些没能保存下来的章节上的冒险故事。与独眼巨人的遭遇演化出了卡尔和他的伙伴被掩埋在洞穴里的情节，他们正好借此巧妙地与俄国军队擦身而过？从喀耳刻女神演化出了一个西伯利亚萨满教的女巫？从塞壬女妖演化出了克格勃的合唱团？漩涡和岩石可以保留，也许可以变成一条狭窄的水道或者高高的瀑布。

作者随心所欲地变换着形式。艾奥洛斯不是风的主人，却是一架飞机的拥有者，还想帮着卡尔坐飞机逃走，卡尔的伙伴们也跟着他胡闹，正像奥德修斯的同伴用风神艾奥洛斯的风袋瞎搞一样；巨人倒是没有出现，不过自然力量的震怒，和巨人出现的效果也类似；卡尔的母亲没在冥界，而是在梦里与其相见；盖特虽然没有吃太阳神的牛和羊，却从泉水的主人那里偷了些硬币。沙暴替代了海上的风暴——为什么作者不用里海或者黑海作为题材？在卡林卡家呆的九个月替代了在卡吕普索女神处呆的九年，是因为我们快速的生活节奏，因为小说的作者在战后写了这本书？

约根散发着臭味的手与菲洛克特受伤而发臭的脚继承关系明显，奥德修斯在伊大卡岛上遇到的第一个人——忠诚的老猪倌俄迈耶奥斯，后来还在与求婚者的拼杀中帮助他。这对于卡尔所遇到的那个忠心耿耿的老人来说就难度过高，他都快瞎了，也快聋了，腿脚还不便。

到了小说的结尾，有太多内容和模板不尽相同。我本来还以为故事的模板可以帮助我解开结局的谜团呢。忒勒玛科斯，或者是卡尔的儿子就不存在。卡尔的珀涅罗珀就没有拒绝追求者，而是选择了他们其中的一个，还跟他生了一个孩子，也可能是两个。如果卡尔杀了他，那也和奥德修斯对于那些追求逼迫和抢走珀涅罗珀的无耻之徒的愤怒不同。

不，在小磨坊主大街还是小管家大街五十八号或者三十八号并没有发生什么大屠杀。

12

为什么作者在小说的最后脱离了原来的设想？另一个问题也很值得探讨：为什么他按照原来的设想写到了最后？

根据我读到的内容，就好像作者面对着一堆白纸，一本《奥德赛》放在手边，把一个接一个毫无悬念的冒险故事，从神话世界搬到卡尔的世界里。这看起来很不严肃。如果有人要写一个故事，想要叙述一个战士和他返乡的故事，他懂些术语，看过《奥德赛》，自然就很容易了。他根本无需费力，去查证西伯利亚的植物、地理和边界。至于西伯利亚的河流不是朝南流，而是向北，对于他来说根本无所谓。他只需要知道，在西伯利亚有着苔原、森林和河流，朝南边温暖干燥些，周围还有些其他国家就行了。何必要告诉读者所有的名称呢？

我们是真的不想知道吗？我想到了一个老朋友，他对于星星和星座的名称知道的比谁都多。他编造所有的名字，不过即使人们知道这一点，听他娓娓道来仍然是种享受。因为我们并不知道怎么用正确的名字称呼他们？是不是因为其实重要的是，通过命名和释义使自己熟悉星空中的熠熠光辉？

读完《奥德赛》之后，我又开始看约瑟夫·马丁·鲍尔的《极地重生》[①]，我还记得该书在一九五五年问世时所取得的成功，这也得感谢这一点，该书叙述的是一个真实的故事。一名德国士兵，靠着自己的力量从西伯利亚返回家乡，这很符合德意志

---

① 《极地重生》，1955年出版的畅销传记小说，故事讲述了德国士兵科莱门斯在二战中沦为苏军战俘，被放逐到寒冷的西伯利亚，接受长达25年的劳动改造，他矢志要离开这人间地狱，回到家乡，遂展开了这一段长达1万4千公里，时间跨度超过3年的大逃亡。

精神。和卡尔一样，科莱门斯·弗赫斯在一路上也与宽阔的河流相伴，他也得跨过河流，穿越苔原和森林，走过戈壁和山岭。两人走的方向都是朝南；路线大概也都是从西伯利亚越过乌拉尔山，穿越俄罗斯和波兰或者是捷克斯洛伐克，最后到达德国。科莱门斯·弗赫斯一路上所经过的地点都被一一精确地标出，特别是对于他到达伊朗时的艰难困境进行了细致的描写，读起来就像真的一样。我会问自己，是不是我对一个想象力丰富且妙笔生花的作者的要求太低了。难道卡尔的故事的作者就不能也写出这样一个真实，或者至少看起来像模像样，哪怕再多一点细节的故事呢？

不过，那些个身处西伯利亚的德军战俘的情况是有据可查的，那些相关文献也都在。我从中发现，绝大多数的德军战俘尽管有反抗的意愿，却没有反抗的能力，没有逃跑的胆量。只有极少数人试图从西伯利亚逃跑，没有人成功。在小说《极地重生》中，劳改营发生了一次可信的暴力冲突，主人公从中发现这里并不是没有逃出去的路，逃跑是可行的，尽管一路艰难险阻，但最后会回到家园。

看来作者也只是想写一个故事然后完事儿。一个对于《奥德赛》如此熟悉的人，为什么要给《通俗小说》写文章呢？我无法想象他没上过中学，他可能还上过大学呢。他是否被征召入伍，战后没有回来从事他过去的职业，而是靠着小说维持微薄的生计？在写完类似《奥德赛》的作品之后，再来个类似伊阿宋①、俄狄浦斯和俄瑞斯忒斯②的？等到好时候来了，他就可以成为希腊语老师、哲学教授或者剧院经理？

我给德意志图书馆和瑞士国家图书馆写了信，询问他们是否收藏了《通俗小说》。回答是否定的：理论上他们收藏了所有在瑞士和德国印刷出版的杂志，但是过去有些发行量特别小的版本可能未被收录在内。

在《新苏黎世报》上，我登了一则小广告。“为了科学研究目的，征集从四十年代早期至六十年代早期出版的《通俗小说》，请将杂志文章标题、该期杂志的作者以及

① 伊阿宋，希腊神话中取得金羊毛的英雄。

② 俄瑞斯忒斯，希腊神话中迈锡尼国王阿伽门农的儿子，为父报仇，杀死了母亲及其姘夫。

报酬价格告知本人。”只有一个人做出了回应，免费给我寄来了第二百四十二期的杂志，《午夜惊魂》，作者叫戈尔图特·里特。

好在我总算知道了，这本杂志是在巴塞尔的莱茵出版社推出的，出版社的标志是河流上的一艘渡轮。我的书商都没听说过莱茵出版社。不过我在工商登记册上找到了它的名字，然后又在巴塞尔的电话黄页上翻到了出版社所有者的名字。我打电话过去，接电话的是同名的儿子。他父亲已经过世，出版社也关了门，儿子做起了电脑生意。他还记得我的祖父，他还很小的时候，祖父曾经常带着手稿、长条样和打样来出版社，要么就是来取。可惜，出版社没有档案库。

13

一个星期四的下午，我下班之后开车前往小磨坊主大街三十八号，在二楼的门前按响了门铃。二楼——我脑海中对于小说结尾的模糊记忆越是长久，我就越是肯定，卡尔没有沿着台阶走得更高。我既没有事先写信也没有打电话；我就想上了楼梯，然后站在门前，就像卡尔一样——没有预先通告，也对于即将发生的事情毫无准备。

在门铃旁的门牌上写着“宾蒂恩”，我站在那里等着。孩子们在弗里德里希广场上嬉戏玩耍，耶稣教堂的钟声敲响了，六点了。正当我准备第二次按门铃的时候，我听到了电动开门装置的蜂鸣音，沉重的门打开了。

楼梯间很宽敞，梯级高而宽，齐胸的曲柳木护墙板明显经常有人打理，在对着底楼入口的墙上挂着一幅深色调的画，画撑满了整面墙，描绘的是一位骑在马上的男士受到身着各色服饰，手拿小旗的群众夹道欢迎。

我沿着台阶往上走。在门口站着跟我年龄相仿的一位女士，中等身材，浅金色头发朝后面梳着，还有一个发夹，宽大的蓝色牛仔裤，宽松的红色羊毛衫，光着脚。她从头上取下发卡，晃了几下头，直到头发完全蓬松，开口说道：“我才回到家。”

“刚下班？”

她点头，“您从哪里来？”

“我也是刚下班。”

她笑了，“我是说，您来干吗？”

“问题解释起来挺复杂的，这是许多年前的事情了，不是和您有关，而是和您住的这套房子有关。您知不知道，在二战之后是谁住在这里？”

“我们住在这儿。”

“我们?”

“我父母,我姐姐和我。您是谁?”

“德鲍尔,彼得·德鲍尔。”

我在包里找到一张工作用的名片并递给了她。“能否允许我把整个故事的来龙去脉向您解释一遍?”

她看了看我的名片,又看了看表,回头看了眼自己的房间,转回头又看看我。她终于点点头,向我伸出了手,“芭芭拉·宾蒂恩。”

走廊挺宽敞,和楼梯间一样的实木护墙板。我的目光穿过一扇打开的双重门,望见了一间石膏装饰和镶木地板的房间,在另一扇打开的双重玻璃门后是阳台。所有一切的装修都很大气,风格奢华明亮。不过五六十年代的家具、窗帘和地毯显得不太和谐,看起来就像是这房子已经好久没有人住过和打扫过了。

“我们要不要坐到阳台上去?我想天气已经足够暖和了。”

我开始讲我的故事。过了一会儿她站起身来,拿来一瓶葡萄酒和两个杯子,给我们倒上酒。她听得很投入。她站在门前的样子,在我身前走过走廊和房间,进入阳台的姿态,还有现在我们面对面而坐的姿势,都不够亮眼。可是我喜欢她摇松头发的动作,还有她暧昧、调皮还带点温暖的笑容。

坐在光线充足的阳台上,我才第一次看清了她浅蓝色的眼睛和脸上的肤色。那是一种微弱的薄薄一层粉红,如此粉嫩,如此白皙,以至于我被一种感觉所驱使,好像是我在一瞥之间看到了她胸部或者私处。她的上嘴唇,我发现有个小伤疤,应该是一次特别成功的甚至是无迹可寻的手术或者冲撞的结果。她的嘴唇好美。

我说完之后,她又笑了,耸了耸肩,“我不记得自己曾经害羞得躲在我妈围裙后,偷偷瞧过那个陌生男人。要么就是我姐姐曾经害羞地躲在围裙后看过那么一眼,那时候我还在妈妈怀里?我是真的不记得,这里还有过除了我父亲以外的其他男人,以前没有过,以后也没有。我父母的婚姻生活很幸福,就像他们那一代人普遍的幸福婚姻一样。我根本无法想象我妈有个秘密瞒着我,她居然有个情人。不过也有可能我不知道。我姐姐保管我妈的一些材料,也许其中有个日记本,也许其中夹了些情人的照片和书信,还有压扁了的玫瑰花,大概是他在宾馆的初夜之后送给她的。我由衷地对母亲感到钦佩,特别是做了这么多年寡妇之后。可是您那本小说到了结尾处也没有更明确的描述了,对吧?"

"那我能不能和您的姐姐聊一下呢?"

"她不住在这儿,但是她住得不远。"

我不知道这是对我所提问题的回避还是鼓励。我也不想太过坚持,事实也不允许我这么做,因为她又继续说了下去:"符合关于这套房子的描述的,还剩下房子的楼层和两姐妹。大概那位作者住在这里?如果在战后在这里住过一位吃不饱饭的希腊文老师的话,我们一定会知道的。您还说有什么可能来着?哲学教授?剧院经理?楼下倒是住过一个剧院经理,我们感谢他在楼梯间里堆放的舞台道具,不过他五十年代才搬进来,六十年代又搬走了。实在可惜,我们不能问母亲更多的问题。"

"她过世了?"

"她是在三个月前过世的。这些都是她的东西;两周前我才正式搬进来,在下班之后还要打理这套房子,我实在做不到。幸好玛格丽特从我妈的物品中整理出可用的东西,我只要清理这些东西就行了。"

我就跟她说了我至今还空着的房子。

"这样是不是更好?一套空房子比一套有着我不喜欢的东西的房子。"

"我觉得这样棒极了。我只是现在还没有兴趣去逛家具店和旧货店,发现些新的家具。"

她问我,能否帮她清理这些废旧物品。她是一名教师,曾在肯尼亚教过六年的书,对这一带周边的情况还不太熟悉。"要么星期六吧?我负责找辆搬家车来,晚上我来做饭。请相信我,我做饭很不错。"

14

周六我们一起把她母亲的物品从房间里搬出来，卸在垃圾堆上。芭芭拉做了一顿非洲风味的饭，我们坐在地板上吃的。芭芭拉只留下了冰箱和炉灶，碗碟和餐具，毛巾、床单和棉被。她睡在地上。我问她是怎么处理她在肯尼亚的家具的，她说她已经对它们完全厌倦了，全都留在了肯尼亚。在那里，她就靠三个很漂亮的带衣架以及抽屉的大衣箱过日子，都是她在当地买的二手货。“我不是特别家庭型的。”

但是找点漂亮的家具对她来说还是很重要的，在接下来的几周里，我们每周五都开车去旧货和古董店淘家具。一开始还仅限于在周边的店里找。后来我们一直转到了施佩萨特①、洪斯吕克②和艾弗尔山③。芭芭拉每周翻看行业分类电话簿，打一圈电话，最后确定下周末去哪几家。令人喜悦的事情就是大的店家有大的仓库，在一片狼藉中总有些便宜货可淘，在小店里总是那些昂贵的顶级货陈列在橱窗里。

她找的是青春艺术风格的家具，餐厅的陈设，书桌带坐椅还有书架。这些她都在几周里一件一件找齐，放入她的房子，看起来就像是为这座房子特制的。她很有品位。

我就不会找一种特定风格的家具。我找到了一个又瘦又高的柜子，还在一边的

---

① 施佩萨特被公认为德国森林最茂密的中等高度山脉之一，位于南部的巴登-符滕堡州，施佩萨特自然公园是徒步旅行者最喜欢的去处之一。

② 洪斯吕克地区位于摩泽尔河、那厄河、萨尔河和莱茵河所组成的河流景观中。此处原始的自然风貌，以及风景背后的古老历史令人流连忘返。

③ 艾弗尔山位于亚琛、科隆、科布伦茨和特里尔所连成的四方形的中间，是一条中等高度的山脉。这个区域的风景有地球新生代时期火山爆发留下的印记，从而形成了纵横交错的湖泊水网(火山口湖)。

门上带着一面巨大的椭圆形镜子，一个宽大的床，两样都是樱桃木做的。带玻璃门的书架，配祖父给我的书桌和沙发正好。

“要是我们两个一块儿住的话，现在可就全齐了。”她笑着说。

刚开始的时候，我们周五两点出发，晚上回来。到后来我们索性在外面过夜，要一间双人房。“你没问题吧？我们的钱得花在其他地方。”我不想承认，其实这对我来说有问题。夜晚并不伴随着身体亲近的肢体距离，对我来说很难忍受。在学校宿舍和山上小屋的过夜，无论是和朋友，还是和母亲，甚至和祖父母，当我小时候在他们的卧室里睡觉的时候，因为工匠要在我的房间里修理一块漏水的地方。我当时没说什么。

我惊愕于一起过夜居然可以那么简单，那么舒服。芭芭拉晚上起来上厕所，然后再看会儿书或者直接入睡，偶尔的半夜醒来，起床的动静和味道，当她洗澡时我的等待，她睡着时的脸庞，起床时的脸庞，镜子前的脸庞，她过于丰满的乳房，过于粗壮的大腿，大腿上的橘皮组织，以及她经常穿的旧的磨坏的内裤——并不是因为这使我烦恼，而是太多了，感觉太近。

她在所有情况下都表现出一种所谓的满不在乎，尽管我曾经在加州天堂海滩和按摩中心呆过一阵子，但是我在身体方面还是相当害羞，不过和她在一起，我又赢得了一种新的轻松感觉。她很活泼开朗，也很风趣，我一开始根本不愿相信，随后这种快乐也传染给了我。她摆出巴洛克天使、帝国之鹰和联邦之鹰的造型，还有不知所措的海狸和垂死的天鹅。她跟着收音机里传出的音乐翩翩起舞，从卧室跳到浴室，然后再回来，最后我都跟着跳。当她讲述关于格恩哈特①的有趣小故事时，这些故事我都耳熟能详，但是看到她笑得花枝乱颤，我又学会了一手。即使她沉默的时候也让人觉得很快乐，至少很满足。

---

① 此处指罗伯特·格恩哈特，德国著名作家与画家，新法兰克福学派代表人物。

我还从来没有爱上过一个完全相信我的人。很少见，居然在第一次，更多是在第二、第三次见面或者在这其中发生。我醒悟过来，我爱上了这个和我共度夜晚的女人。

芭芭拉则还不是这种情况。当她在买家具的时候说起关于"要是我们两个一块儿住的话，现在可就全齐了"的话时，我想都不想，跟着她笑。随后我才意识到，我们的确可以在一起很好地生活，我也很愿意和她一起好好生活。然后我觉得，其实比这种感觉还要更多，它就是我的幸福和喜悦所系，它正是我想要的；和她一起生活，在她身边睡着醒来，和她一起烧菜吃饭，和她分享每一天，和她要几个孩子。然后就像我坠入爱河那样，我想，我得再有所保留，决定一下我是否要跳入这场爱情。但是我已经完全对她着了迷。

在之后的那个周末我们到了艾弗尔山附近，在波恩和科隆之间，在一个巨大的破烂和旧货的堆物场上，有一些漂亮的家具，从比德迈耶①到 Art Déco②，其中有一张床和一张皮革沙发，芭芭拉特别喜欢。当她开始为了那张床讨价还价的时候，我笑着说，她也可以当成是玩笑，"不要沙发吗？床上我们已经很完整了。"她也冲着我笑，开始为沙发讨价还价，不理那张床了。

当天晚上，她钻进我的被窝里，紧紧依偎着我。过了一会儿她起身脱掉了她的睡衣，对我说："把你的也脱了，我想感觉到你。"她用一种我从来没有从她那里听到过的声音说道。于是我们做爱。

---

① 比德迈耶，1815 年至 1860 年在德奥流行的一种艺术风格，介于浪漫主义和现实主义之间。

② 法文：装饰派艺术。奠定于 1925 年以"现代工业装饰艺术"为主题的巴黎国际博览会。从非洲原始艺术和东方艺术中汲取了大量灵感。

15

我把这作为一种不用说出口的约定。当第二天早晨醒来的时候，她的头枕在我的臂弯里，她的手臂放在我的胸膛上，于是我想，现在一切都不一样了，一切都那么美好。第一次我们激情似火，还显得有点笨拙。不过在夜半时分我们醒来，觉得是如此自然，就好像对彼此的身体都熟悉已久。

芭芭拉的温柔，还有那让我一开始都不敢相信的幸福，这种幸福也传染给了我。我们的手握紧了就分不开，在车里，在路上，在商店里，在餐厅里。在她的激情里她是如此毫无保留，这激情也吞没了我，冲走了我的拘谨、我的呆板，还有我的笨拙。当她想要和我做爱时的那种嗓音，在我的腹中燃烧；当我们接吻之后，有时从她上嘴唇伤口流出的细小暗色血珠，让我的心奔腾似火。在每次经历之后，我都感觉自己更有活力。不过，比她的激情更大的奇迹就是她的温柔，在每一天和每一分钟流淌的温柔。是啊，一切都不一样了。

不过一切都还是原来的样子。把这段感情带入我们的生活的空间，并没有变大。不变的是，我们还是周末出行。不变的是，我们在一周里最多只见一次面。要么是她请我到她家去吃饭，或者我请她到我家来吃饭，以前我们在深夜彼此告别后回家，现在我们则一起过夜。不过如果我在出版社工作到很晚，在惯例之外给她打电话，问她我能不能来她家过夜，总是没有结果。她要么不在家或者必须马上出门，她得备课或者修改作业，她很累，总有身体不方便的时候，或者是头痛和背疼。她总是用一种轻柔的语调告诉我，带着浅浅的笑，对我们下一次见面充满喜悦。我觉得挺可惜，不过没有她我也能好好利用时间，我也并不烦恼。我不想增添烦恼。

既然我不能把我们发生关系的空间变大,我就总想改变一下目前的布局。在她那里或者在我这里度过一个周末,我们一起和她的新朋友或者我的老朋友碰头,一起购物,一起做饭,一起看电影,一起看话剧,一起听音乐会。或者去拜访她的姐姐。

这就引发了第一次争吵。我问她:“为什么你把她当成一个秘密藏起来? 她曾经住在这里,也必须注销登记——我可以去居民登记处查她的地址,然后找过去。”

“你想跟她说什么?”

“我就说,她出现在一本小说里,这本小说和她的关系,我想找出来她是不是……我说什么呢,这些你都知道啊。”

“那你怎么跟她解释,你是怎么找到她的?”

“这又不难,我可以……”

“通过我。你想告诉她,你跟我谈过了,是我告诉你她的事。你还想跟她说些什么关于我的事?”

我们在我家坐着,刚吃过饭,喝了浓咖啡。我继续建议,我们应该搬到一起住;尽管我们还没有聊过这个问题,但是既然我们已经一起买了家具,这些家具都可以在一套共同的房子里互为补充,她的真皮沙发,我的真皮椅子再配上桌子,她放在走廊里的镶金的大镜子,我的走廊里也有一盏 Art Deco 风格的灯。她也曾多次表示过,这盏灯装饰在她餐厅里再合适不过。因为我家没有餐厅,我们只能在厨房里吃饭。她坐在我对面,她身后打开的黑色窗户恶狠狠地望着我。在她左边眉毛的内侧,就在那儿,出现了一道皱纹,露西娅酒窝,代表着顽固和愤怒。我却看得很高兴,笑了,当然我的高兴让她更加恼怒。她拉长了脸,对我怒目而视,她的脸看起来很陌生,很光火。

“我还没想好,该跟你姐姐说点什么。我想,我们应该一起开车去她家,和她聊一聊。如果不行的话,由于你和你姐姐有什么问题,你可以告诉我,给我些导演提示,我应该如何面对她。”

“好!”她说着,每句话都越来越大声,“我和我姐姐有矛盾。我不明白,为什么我必须得这么表达出来,我觉得你早就应该察觉到了。不过既然看起来这没有奏效,那么我就告诉你:我跟我姐姐有问题。你早就应该知道,我不愿意说这个话题。不过既然这也没有奏效:我不想说我和我姐姐的问题,够不够清楚?"

"你是不是说,我们就不去她家了?"

"不去,不去!我不知道我们是不是要去,什么时候去,再说再说。"

"如果我一个人……"

"你就不能找点更有意义的事情做?"

我笑了,"你说话像我妈,这可不好……"

说她讲起话来像我妈让她彻底失去了控制。我不明白为什么。

她没遇到过我母亲,我也只跟她说过很少关于我母亲的事,其中更没有什么坏事。是不是女人都有一种原始恐惧,男人把她们当成是自己的母亲?我没在事后这么问芭芭拉。她咒骂我,我的行为,我的性格,我的外貌,我性器官的形状,我怎么爱她和我怎么过日子的方式。我注意到,把她和我母亲做对比,以及谈到她和她姐姐的问题,都会给我们的对话甚至是我们的关系制造一种紧张气氛。不过为什么会造成这种紧张空气,我即使到芭芭拉重新恢复平静、活泼和温柔之后都没能发现原因。

"我从小就是这样子。没什么恶意。就是这样。实在抱歉。"

16

八月份，我敲响了她家的门。学校刚刚开学，在暑假里她带着她从肯尼亚来的大箱子来到这里。

秋天直到十一月都还很温暖。然后一天比一天冷，还开始下雨。我喜欢晚上听着大雨滂沱，还喜欢从我的办公室里透过雨水看出去，感觉很亲切。现在，我想，应该是时候搬到一起住了。

星期三，芭芭拉给我办公室打了电话，确定一下周末的计划。"我们去巴塞尔吧。我小时候曾跟父母一起去过，我很喜欢那儿，想让你也看看。"

"嗯，我也喜欢巴塞尔。但是周末会下雨，那样的话城市就会灰蒙蒙的。我们还有好多事情没有做过呢，如果这些你都还不感兴趣的话，我们可以烤点小点心。还有六个星期就是圣诞节了。"

"你知道的，我不想周末呆在这里。"

"自从我们认识以来，周末总是出去的。"

"那是因为我们两个都想出去，还是你其实不想？"

我从她的声音里又听到了那种紧张，实在不想再次经历她爆发的时刻，"没有啊，之前的周末都很愉快的。"

"那就成了。我们一起去，因为我们想一起去。如果你想留在这儿，而我想出去的话，那你就呆着，我去。我周一再给你打。"她挂了电话。

我很生气，也很失望。如果这就是一切的话——那么我所期待的又会变成什么样呢？一起住？我还是省省吧。但是她干吗要和我玩家具的游戏？还是她根本就没玩？是我把家具的事情想象成了一场游戏？我实在无法想象。

我就当作，我得一个人享受我的周末。我想要证明给她和自己看。然后我就真的开始享受了。我和马克斯一起去电影院，前几周都没有去，但是这次比以前时间都长。这次我们吃完了比萨还吃冰淇淋，我还试着解决马克斯与维罗尼卡新男友之间的问题，毫不掺杂个人情绪。我清理了我的房间，由此产生了一种舒服的感觉，好像我的生活也得到了清理和规整。我检查账单，填写银行转账申请，收好已经了结的资料，把那些等待处理的事，也是我不想马上了结的事扔进纸篓。我读为第一期法学杂志而写的手稿，精心构思给难搞的作者写信；这两件事，我在办公室的时候总是没时间，也没心思做。

然后我做了一些我长久以来想做的事。我整理那些与卡尔的故事有关的材料。其实东西也不多。我在大学图书馆找关于四五十年代小说读本的资料，可惜一无所获。倒是有很多关于德国战俘和返乡者的历史学与社会学著作，从中我发现了一些有趣的事，但是对我帮助不大。反纳粹组织——自由德意志民族委员会，草率的庭审和判决，根据德国军队军阶而产生的社会结构取向，然后根据与俄国仓库管理的合作程度，最后，当俄国人不再限制接收包裹的时候，就完全根据市场需求，货物通过邮包得到处理——这显然既不是卡尔的世界也不是该书作者的世界。晚归的返乡者的命运也是如此，他们的习惯问题，适应问题，他们的婚姻问题和与孩子的沟通问题，他们的酗酒问题和他们的沉默无语，也是返乡文学最喜欢关注的话题。

漂亮的文学最可能提供线索。也许作者在故事的结尾没有从《奥德赛》中借取，也没有自己重新构思，而是从其他地方截取了片段。如果我找到这些片段，它们就能让我离作者更近。也许是希腊语、德语老师写的一位希腊语老师，或者是剧院经理写的剧院经理，一九五〇年根据一部返乡小说改编的剧本，搬上了舞台。

除此之外，我还得去居民登记处，不是因为芭芭拉姐姐的事，而是为了找出到底是谁，在一九四五年还住在小磨坊主大街三十八号，并在邻近的房子里住过。我得给那些人写信，拜访他们，向他们描述作者，尽我一切所能，然后看他们有什么想说的。我设计了一封信，是写给芭芭拉的姐姐的，要让芭芭拉看看。

我洗了个澡，读了莱昂哈德·弗兰克[1]关于卡尔和安娜的小说。那个女人的丈夫并没有回来，而是他的朋友回来找她，因为这个朋友不断听到关于这个女人的事，向她介绍了自己，并爱上了她。这样他忍不住想要尝试，扮演他还在监狱里的朋友的角色，从监狱逃脱并成为她的男人——要是她从一开始就知道这不是她的男人，为什么她表现得好像他就是一样？如果她不知道，但是感觉到不对，为什么她就是不问？为了留住可能性，等她男人回来时再惊讶地大叫？但是在她男人回来之前，她和他朋友离开之前，她就已经和他崩了。

我知道马丁·格尔[2]的故事，他那充满魅力、精力充沛的双胞胎弟弟也得到了他的女人、他的王宫和他的国家，贪婪地和他的家族一起，要获得更多的土地，却在法庭前因为突然出现的被认为已经是死人的马丁揭露了。

这样我就可以理解这个女人了。马丁·格尔不爱她，对她很恶劣，毫无理由地就离开了她。但是在莱昂纳德·弗兰克的小说里——一个男人怎么能靠一直对着自己的女人说话而爱上她，而另一个人却只靠倾听也爱上了她！或者是他背叛了她？是不是因为这种背叛，他离开了他的女人，她从此不肯原谅他？

周日我确信我又找回了我生活中的特色。这是一种一开始悲伤，然后变得顽固，最后被宠坏的特点。天黑了。外面又冷又潮湿，我的屋子里却很温暖，音乐震天响，还有迷迭香的味道。

---

① 莱昂哈德·弗兰克，德国表现主义小说家和戏剧家，是魏玛共和国时期最成功的作家之一。此处所说的卡尔和安娜，是 1926 年的一部作品的名字。

② 《马丁·格尔》，又名《马丁·格尔归来》，讲述了一个 16 世纪的法国农民马丁·格尔在失踪七年后突然归来的故事。

17

五点的时候，门铃响了，芭芭拉站在门前。她全身都湿了，头发贴在头上，大衣滴着水。"我……我跑着来的。"

"从巴塞尔……"

"不是，你这个傻瓜，从桥上。我的车抛锚了，就在桥上。我没去巴塞尔，我在家。你有干的衣服给我吗?"

她冲了个淋浴，穿上了我的内衣、袜子、牛仔裤和羊毛衫。走过来坐在另一张沙发上，她手里拿着一杯热巧克力，想要暖暖手。"谢谢你给我的热巧克力。这是什么音乐？很不错啊。"

"阿尔沃·帕特①。这是一种没有开始也没有结束的音乐，我已经听了几个小时了。"

她喝了一口热巧克力，"我得跟你谈谈。"

我等着。

"我有另外一个男人。不在这儿，在肯尼亚。我回到这里以后，就再也没有见过他。在我离开肯尼亚的几个月前，见过他最后一次。准确来说，是在三月份。不过他还在我心里，我能感觉到。也许什么时候他就来找我。"

"你想让他来吗?"

---

① 阿尔沃·帕特，爱沙尼亚当代作曲家，1982年起在柏林居住，其早期作品受肖斯塔科维奇影响，后来采用严格的序列主义，并逐渐采用拼贴和简约派的手法。

她望着我，好像我在折磨她一样，"他是……我们是……我们有点算是那种结婚了。"

"哪种结婚？我还不知道，还有其他类型的结婚。"

她又用那种痛苦的眼光看着我，"他是个记者，美国人，一直出差，我们从来没有好好一起待过。我们本来也不想结婚的。这又有什么意义呢，他今天在这儿，明天在那儿的，我在德国，他又不会说德语。可是我们当时想，这就是我们的生活：不稳定，没有家，不合群，无论我们在哪里，总是想拥有彼此。你知道吗，我真的是一直很不稳定，即使当我还是一个孩子在德国生活的时候。"

我冲着她微笑，"是不是总是周末出游？"

她回给我一个笑容，"总是这样。"又喝了一口热巧克力。"三月份的时候，他去了苏丹南部，那里是叛军的地盘，我们之间不是没有争执，还大吵了一架。从那以后我就和他失去了联系。我倒是听说了有关他的消息：他被叛军俘虏了，或者是被政府军，他参与到了两方的谈判之中，或者为了救援手段而努力着——这些都有可能。有时候我也替他担心，随后也就释然了；他已经在外一年多了，没让任何人知道他的情况，然后就带着一篇令人震惊的报道回来了。或许你还知道他的名字，奥吉·马科维奇，他拿过两次普利策奖。我们也曾彼此承诺，不为对方担心。"她摇着头，"他有时候尽管可以让我知道他的险恶情况，他都故意不让我知道，这样我就能学会坚守承诺。"

我等着，我想要那个问题的答案，我已经提出的问题不想再提。她是不是不想自己说出答案来？我不想逼她，不过我还是忍不住，就问她："你想要的是什么？是他重新回到你的生活呢？还是他就永远停留在那里？"

她很迷茫地看着我，"我不知道。我不想，这跟你……事情就是这么发生了，很美好，我都说不出来究竟有多美好。但是同时……"她又摇着头，"我都不知道我到底是谁。我是否不再是那个一直飘泊，一直无家可回，一直不合群的人，我一直以为我是那样子的。结果到最后，我还是和其他人一样？渴望着有个家，有花园，有狗，有朋友和孩子，还有男人，然后日复一日的回家，为了在家里享受温暖？我不想这样，我讨厌这一切，一直都很讨厌。”

“那么先渴望有个男人和孩子，然后再渴望朋友以及狗，最后再渴望房子和花园呢？”

她表情严肃，“我知道你想说什么。我会考虑一下的，OK？”

“OK。”

她把剩下的巧克力喝完，“你能不能帮我把汽车弄到修理厂去？要么我们今天晚上去看电影？我能不能今晚就住在你家，等我的衣服晾干为止？”

18

从那天开始我们之间发生了一些变化。下一个周末我们又一起开车出去;雨停了,巴塞尔就像玩具般精美地呈现在明朗清冷蔚蓝的天空下。在圣诞节前的几个周末我们都呆在家里,我们在一周中见面也更频繁了,像一对正常夫妻那样生活。她认识了我的朋友和同事,我也认识了她的;我们去看歌剧,尽管我其实喜欢听音乐会;我们看每部在电视或者电影院里上映的非洲影片;我们烘焙肉桂星星饼、榛子甜饼和夹心果酱柠檬糖面小花饼干,我们一起上瑜伽班。她不愿意我就这样把她介绍给我母亲,暂时还不愿意,她也不愿意和我一起去拜访她姐姐。不过作为她良好意愿的表示,她把她姐姐的地址给了我。

她还是那么风趣,就像她在一开始那样,但是显得不再满足,不再那么活泼。似乎最初我们的关系像是一块本国境内的外国领土,给芭芭拉的烦恼留下了空间。而现在这块飞地已经融入了她的生活,对我们关系的忧虑自然也就毫无阻挡。芭芭拉责怪自己没能在母亲过世前回来看她,就像当初在她父亲身上发生的事情一样。这两次都不容易,这两次都还有可能,这两次都不是十万火急:当年父亲进医院的时候,芭芭拉在爱丁堡做交流学生,他还顺利挺过了又一次心肌梗塞;母亲由于罹患癌症很快就不行了,即使芭芭拉立刻回来都赶不及,医生也没有注意到或者没有告诉芭芭拉。我还得知,芭芭拉和那群兴致不高的学生所组成的大班相处得不容易,在结束小班教学后疲惫的同事也不好相处。她要想在那里把德语课和英语课上得更有趣,也很难,要在那个寒冷潮湿灰暗的秋天做比以前更多的事,要和很多老朋友疏远也让她很为难。

我们说了很多关于我们自己的事。我讲了有关我祖父母、我父母、维罗尼卡和马克斯，公正性的作用以及返乡的可能性。她觉得，我必须多问问我母亲关于我父亲的事，必须得跟维罗尼卡谈谈我为马克斯忧心忡忡的事，还应该就我知道的关于公正性的作用的话题写一篇文章。当我在出版社发怒的时候，她注意倾听；当我在厨房切到手的时候，她给我拿来绷带。她做她能做的一切，只要她在场的话。

有时候她晚上尖叫一声醒来，或者她睡不着的时候就摇醒我，尽管她困得眼睛都快要闭上了。有时她在夜晚哭泣。我把她抱在怀里，当她做了一个噩梦之后，她会告诉我她还记得些什么。不然她就什么都不说。我给她讲了返乡的故事，战场上的故事，关于公正的故事，口头传颂的森帕赫战役故事，门农的故事还有欧根亲王的故事。大多数情况下，在我讲完故事之前，她就已经先睡着了。有时候她背部和四肢疼，我就给她按摩。

当然她也跟我说了她丈夫的事。不过我真想知道的关于他的事，却没能得知。我不想知道，他到底处于何种危险之下，他曾经历过什么样的危险，又是怎么挺过来的。我也不想和她讨论，约定对彼此其实是亏欠了希望、守候和忠诚。我想要弄明白，她究竟爱他的哪一点，是不是还爱着他。尽管她不能给他写信，已经结束了，她不愿意写。但是如果她能写的话，她会写些什么呢？

19

他看不见摸不着,却始终存在。也许正因为如此他才存在着。每次当她沉默、出神、沉思、悲伤时,我都觉得,她是在想着他。她翻报纸的时候,就好像她在找些什么,我就觉得,她是在找关于他的消息。当她家电话铃响的时候,她比平时更快地去接电话,我就觉得她想接到他的电话。

有时候,我实在忍不住,下了最后通牒:“我受不了了,芭芭拉。如果你不能选择我的话,我得有所决定。”

“但是我还是选择了你,每天我们生活的每一刻。”

“不,只有你不选择他的时候,才是在选择我。”

她悲伤地看着我,“我该怎么做到这一点呢?我是不是该写封诀别信,粘在镜子上,等他来了就话也不说地交给他?我可以在内心做决定,只要我愿意——但是实际上,只有在我当面对他说的时候才是这样。”

有几次,我在她家过夜,半夜里就会醒来。我是不是听见了点什么?是车门关上的声音?是有辆汽车开走了?他来按门铃了?他扔了块石头在窗子上?然后我躺下,听着夜晚的声音,耶稣教堂的钟声,在西站的一列火车,也许是雨水洒落到窗前的栗子树上,我会一直等到他,如果他真在那里的话,等他第二次按响门铃,第二次打电话,第二次用石头敲打窗户。

“他知道你现在住哪里吗?”我在第一次醒来并听到动静之后就问她。

“嗯,他动身去苏丹的时候,我母亲正好过世了,我当时就决定要搬进我母亲的房子里住。”

这样我就明白了，我在夜里听到的动静不是全无来由的。在我重新入睡之前，有时我会想去研究一下航班时刻表，最晚一班和最早一班飞机是什么时候从非洲抵达法兰克福，他最晚以及最早什么时候会按响芭芭拉的门铃。但我终究没有那么去做。

他真的到来那天，是个大晴天。星期六。我们去购物，回家正一件件搬空购物袋。我们买的四箱葡萄酒应该由店主送过来。因此有人按门铃的时候，芭芭拉就说："葡萄酒来啦！"于是她跑去开门。但是她没有说："酒要搬到地窖里，我指给您看在哪儿？"或者"您放下吧，我们自己把它们搬进地窖。"她没叫任何人，尽管这是她的风格，不叫送货的人，不叫送包裹的人，不叫房客。她就呆呆地站在门口听着他在底楼和台阶上的脚步。

到我走向她的时候，他已经转过了楼梯间的拐角。这时芭芭拉叫了一声，跑下楼梯去，抱住他的脖子哭了起来，他手上的包也掉在了地上，从台阶上滚了下去，他也抱住了她。我犹豫了片刻。然后我拿上大衣，走下台阶，从两人身边走过。他闭上了眼睛。她用含泪的眼睛看着我，低声地说："不要。"我等着，但是她没有再说话。于是我继续走下台阶。在底楼入口的门关上之前，我又犹豫了一下。可是，她没有跑过来，也没有在身后喊我的名字。

第三部

1

过了很久以后，我学着用讽刺的口吻讲述这件事，我是如何试图重新构建关于一个男人的小说的结尾，他在离家很长时间之后回来，走上台阶，看见他妻子和另一个男人站在门边，有一天，我又是如何和女友站在门前，看着她离开已久的丈夫回到家来，走上楼梯。一般别人都会问："你不知道那个男人的存在吗？"我说了真话："我希望，她爱我比爱他深。但是她冲着他跑了过去，勾住了他的脖子。"我会在这里停顿一下，然后笑着说："不过总算我找到了我的故事的结尾。"

这故事的效果很好，特别是对妇女来说。她们对敏感忧伤而又能勇敢地笑着的失败者感兴趣。

不过这一切都是很久以后的事了。在那个星期六我自己开车进了森林，我想跑跑步的话也许会好起来。但是我发觉，我每跑一步，每个动作，每次呼吸都更加悲伤。于是晚上我在我一个当医生的朋友那里开了安眠药片，拔下了电话。我曾在书上读到过一次，人会为一段爱情伤心这么长的时间，甚至和爱情持续的时间一样长。我想，到了春天就会好的。

我收到芭芭拉的一封信，信不厚，我估计内容也就是一张纸，我随身带着它，随后看也没看就把它给撕了，扔进了垃圾桶里。

我想把那个装有卡尔故事的文件夹也给扔了。我实在受够了返乡的故事。有些人能回来，有些人不能，那又怎么样？卡尔回来或者继续游荡，那又怎么样？奥吉就像奥德修斯一样回来了，芭芭拉就像珀涅罗珀一样等待着他，一个现代版的珀涅罗珀，只是她不再白天织网，晚上又来拆网了。她可以爱上别人，但是知道她什么时候必须坚决地撕碎爱情的网。这才最重要。不过，我还是把那个文件夹保留了下来。

我给自己买了个餐桌，四把椅子和一个真皮沙发。我经常去见马克斯，偶尔也见我的朋友们。果然到了春天，我好多了，秋天我和一个女记者睡了觉。她是在我们出版社在法兰克福书展的招待会之后，邀请我去她家做客。我们发生关系之后，她谴责我，说她根本就不愿意，是我用暴力强迫她的，我在没有征得她同意的情况下尾随她进了她的房子，她在邀请我的时候就遭到了纠缠和调戏。我十分愤怒，为我自己辩护，就这件事情向她道歉，是我错误理解了她的意思。但是我并没有错误理解，我记得她的邀约，举杯的邀约，我一字一句都记得。这真是一场令人不悦的争执，让我很不舒服。第二天早上我问一个同事，我是不是在那晚喝得太多了。但是我完全忘记了，当几天之后女记者往我家打电话咒骂我的时候，这件事情我已经完全随它去了。

在那年秋天我得到了另一座城市的另一家出版社的邀请，这会是一个吸纳的开始，不再在这个城市生活，这个芭芭拉生活的城市，不用再期待碰见她，不用再害怕碰见她。她是不是搬走了？和奥吉一起搬走了？我试过拨她的号码，听她是否有留言，是否做出让步的态度。

我的出版社想尽办法让我留下，马克斯用一种完全灰心的态度说："那我们就再也不能去电影院了。"这让我很心痛。我还是留下了。我也不要任何藏在逃跑背后的新开始。

2

不,其实不是这样的。我真想那么做。我希望我能做到那样:语带讥讽、保持距离、成熟老到。而实际上,我很孩子气。

我没法戏谑地讲述发生在楼梯间的故事,我的做法很可笑,在人群中显得那么可笑。我嘲笑女人轻率地从一个男人换到另一个男人,嘲笑男人对女人爱情观的坚信。我很尴尬,其他人只是礼貌地笑了笑,女人们用更奇怪的眼光看我,怜悯而非对我感兴趣。

不过我还是必须一直触碰这个伤口。我的一个朋友试图在深夜里,当其他人全都走完了之后,就剩他和我喝最后一杯酒的时候,小心地告诉我,我的行为很可笑。他说到了背叛者,他们愿意通过讥笑自己的生活方式来展示自己的深思熟虑,诸如无神论者背叛信仰,共产主义者背叛世俗的家庭,平步青云者背叛之前的恋情。我不懂他在说什么。

安眠药起了作用。电话不停响的时候,我就把电话线从墙上拉下来。当芭芭拉在楼下按门铃的时候,当有人给她开了门,她站在我房间门前敲门大呼的时候,我都没有开门。我那时尽管已经喝醉了,但事后还是记得很清楚,关于那封信,她男人来的那个时候,我必须得撕了它。

事情并没有完。如果她是认真的话,难道芭芭拉不应该再写一封信,甚至写第三封信吗？如果她是认真的话,难道应该在第一次按门铃、敲门和打电话之后就离开吗？她不可能知道我到底是不是在家,我究竟有没有听到她按门铃、她的敲门声和她打来的电话。她来找我,给我写信,但是却又不再来一次,再写一次信,这让我感觉她不够爱我。尽管如此，也许她来第二次，写第二封信可能还是不够，因为真爱会尝试第三次、第四次，甚至无数次。

桌子、椅子和沙发，马克斯和朋友们——生活当然还是在继续着，过了几个月我也好些了。与女记者的那晚风波也过去了，我倒是害怕我真强奸了她。我没这么干。但她应该感觉到，我没有掺入伤害的方式。对亲近和温柔的需要，对孤独或者过往魔鬼的恐惧，她没有在我身上找到这些，而这往往是让两个人共度夜晚的原因。我给了她我的电话号码，她是如此的恼怒，就好像我使用了暴力一样。

我真想知道，是不是在出版社的招待会上就出了什么岔子。因为和女记者的那一晚的感觉好像：就好像我是个老学究或者戴假面具的人，完全失去了获得必要的参与感的能力，又或者是游戏人间的能力。我是刚领了圣餐，必须得多加谨慎还是怎么回事？我怎么能够问同事呢？

事实是，我没有再给芭芭拉打通过电话，我只听了她接不接。我拨了她的号码，让它响两到三下，我就挂了。我不是想要吵醒她或者惹怒她，也不想铃一直响到她接为止。我就想用这两三声铃声在她的生活里占据一个小角落。

3

我不需要什么心理治疗师，他们只会说，人不应该压抑痛苦。痛苦来自人不全心投入工作，来自和一个自己不爱的女记者睡了觉，来自没能把一个最好的女人变成自己的下一个女朋友。人必须面对悲伤，这就是心理治疗的一般知识。

可是我该怎么办？沉思？想什么？

我要在家里呆多久，只是听唱片和看书？我该多久和我的朋友谈一次有关我的痛苦和我的悲伤？他们听得很尴尬，他们希望在不伤害我的前提下，能够重归友谊的正常轨道。我懂了，悼念爱情意味着不向下一个投怀送抱。从那以后，我再也不这样了。

我看不到朋友们和同事们在他们婚姻或者恋爱失败之后，马上就找到下一个，找一个更年轻的，然后从后者身上找回没来得及回味的过去，并帮助自己克服过去的悲伤。我也没有看到那些在悲伤之后回归自我，随后更坚强地面对生命的人。有时候，压抑与面对，对我来说就好像婴儿的俯卧还是仰卧一样，一代又一代的人总有不一样的推荐和指责。我想起了在马克斯出生之后，我与医生和护士的这一番对话。

于是，当我能重新投入工作之后，我比以前任何时候都要卖力。这与出版社的情况也有关系；出版社买下了另一家科学读物出版社，经过合理化运作和辞退员工，最后我成了法学部惟一一名学法律的，因此也就承担更多的责任。其实法学书籍的门类比医学、自然科学都要狭窄，甚至比钓鱼、帆船和潜水以及其他业余爱好类书籍都要窄。我猜大概出版社的领导都是其他领域出身的，对于法学不太关注，如果我负责的方向被认为是小隔间，而且收益也不太好的话。不过我必须或者把已经开始的教材系列完全放弃或者很快将其完成，然后才能够对其进行投资，让这些书能在市场上立足。对于那本杂志来说也是同样，要么放弃，要么注重质量、可读性和成功。我在这两个项目里都已经塞进了太多的想法，付出了太多的精力。我不能够放弃它们。

在出版社新架构下的头几个月，我根本没时间去找个女人，连见一个都很难。我很早就进办公室，很晚才回家，经常出差。连我母亲都觉得我工作“很卖力”——在她那里没有“太卖力”这一说，只有“很卖力”。成功如期而至，该系列的几本教科书登上了畅销书排行榜，杂志的发行量也每月递增，随后我变得很积极，去高效成功地完成我不断增长的工作定额。太快了；在杂志和新的教科书系列成功之后，旧版的手册和教材又必须在内容和包装上更新了，还有那些在校期间就习惯了出版社工作的年轻法律系学生，想要在实践活动中获得他们需要的评价。出版社领导同意让我雇两个大学生。

我没雇用贝蒂娜，因为她像丝绒一样温柔美丽。她在出版社实习时，我才第一次感受到她不拒人于千里之外、不带挑逗，而是沉静的美丽。我无法形容看到她的时候，眼睛和心灵是多么的舒服。棕色的头发，棕色的眼睛，上下嘴唇之间总是露出一小条缝，她行为特有的沉思感——为什么这种感觉让我有了脾气转好、被接受和被宠爱的感觉？

她富有同情心。她接受了我，宠坏了我，用一种我从来没有被接受和宠爱的方式。有时候我甚至有种感觉，她让我做我愿意做的一切事情，因为对她来说，我做什么都无所谓。这本不应该干扰到我的决定。为什么不要一段两边都感觉舒适的平衡的关系呢？不过我注意到，我不能够让自己被宠坏。我不想成为贝蒂娜的债务人。我看到了她可能会要的代价或者有权利想要的代价。人宠爱别人，不会为了其他的。人才不会为了爱去宠坏别人。不只一次我想要爱上贝蒂娜的时候，我有一种能为这么多的宠爱付出代价的感觉。

4

我工作得太拼命了，就好像我是为了看书而生的。但是那本《奥德赛》还在我床边上。当我太兴奋不能入睡的时候，或者在半夜醒来的时候，读几行熟悉的文本是正确的选择。

在第九章和第十章，奥德修斯叙述了他经历的第一部分。他和他的伙伴从特洛伊来到了基科涅斯人的地方，他们攻下了那座城，屠杀了那里的男人，强奸了妇女，分了财宝。从基科涅斯人那里，他们又到了忘忧国，奥德修斯的伙伴们吃了忘忧果，忘记了启程和家乡。在那些痛恨人类并吃人的独眼巨人那里，奥德修斯和他的伙伴们历经磨难，但在风神艾奥洛斯家，艾奥洛斯和他妻子、他六个强壮的儿子和六个可爱的女儿每天庆祝，在他们那里享宴留宿了一个月才走。莱斯特吕恭巨人又给奥德修斯和他的同伴带来了灾难；他们和独眼巨人一样，只是有两只眼睛，也像独眼巨人一样憎恨人类，也吃人。奥德修斯仅剩一艘船和少量同伴来到了巫术女神喀耳刻身边，后者把他的同伴都变成了猪。正如神谕所警示的那样，她本来还想把奥德修斯也变成猪，如果他没有挥舞着剑，勇敢地面对她的话。只有这样他才能赢得她的爱，并让同伴重归人形。在他的冒险经历的剩余部分里，奥德修斯在第十一章和第十二章，在死亡之国碰见了他母亲和其他伟大女性的魂灵，还碰见了想用迷人的歌声引诱他进入死亡的塞壬女妖，有着六个头、十二只脚以及无数尖牙的斯库拉怪物，还有每天三次把海水吸进吐出的卡律布狄斯女妖，之后在美丽动人、衣服都散发香气的卡吕普索女神处坠入温柔乡。在奥德修斯回家见妻子珀涅罗珀之前遇到的最后两个女人是诺西卡和阿瑞忒，一个是国王端庄的女儿，一个是法伊阿基亚国王善解人意的王后。

如果说那被强奸的女记者是我的基科涅斯人，宠坏人的贝蒂娜是我的忘忧果，那么现在我面对的就是一个独眼巨人。可是我不愿意把这想成额头正中长着一只眼睛的巨人，也不愿意想成有着无数头、牙齿和脚的斯库拉怪物，或者是吞吐海水的卡律布狄斯女妖。从六位姐妹中找出一位匹配也是无望的。

我母亲有一部五十年代的消遣小说，名叫《多生孩子好过活》。一个有六个儿子和六个女儿的家庭成为媒体事件，如果真有这样一个家庭在我住的地方的话，我一定会知道的。难道我不是因为没有什么兄弟姐妹而幸福吗？难道我应该接纳的不是一个家庭，而是一个群体，难道应该在一个混合合唱团中寻找一个女歌手，从一支交响乐团中找出一名女音乐家，或是从一支混双网球队中找出一名女球手？女巨人我已经知道了：一个超市里的女收银员，不像莱斯特吕恭巨人女王那么高大，荷马把她描写成了和山峰一样高。但是就像她不那么巨大的女儿，荷马把她们称为健壮。她们统治着收银台，就好像成人在玩具世界里，当她站起来，从香烟盒里拿出一包烟的时候，她那庞大的女性气质超过了我一个半头。

我还是选择了混合合唱团。我以前很喜欢在中学合唱团里唱歌，我总是认为，如果我能够坚守排练时间的话，合唱团会是许多功课的良好平衡。我参加过弗里登教堂的合唱团，不仅仅在礼拜时出场，也经常在音乐会中露面，全城皆知。如果不是世俗的巴赫协会有一张长长的候选人名单的话，我更愿意成为他们的会员。那么，在教堂的唱诗班里寻找艾奥洛斯的女儿算不算是亵渎的行为？

我的行为让我不太舒服。另一方面，这也不过是给这古老的寻觅与追求、找到与离去的游戏加了点规整的因素。这还是一场和修女的游戏，对于一个亵渎神明的花花公子来说最经典的挑战，当然这不能和引诱教堂合唱团里的一个女孩相提并论。

完全不能比。当我跟着大家一起歌唱的时候，我就知道，在教堂唱诗班里已经不能再世俗了。两名招蜂引蝶的漂亮姑娘，一个金发的唱女高音，一个黑发的唱女低音;年轻的男高音无限崇拜着年纪比他大的女性;那些一开始就在合唱团里的人有自己的小圈子,总是守着自己的规矩;那些上了年纪还充满好奇,喜欢指责别人的低音部的男人们——这里和任何一个协会没有什么不同。我没努力去追求那两个美人,也没有去追那个乐呵呵的麻醉师或者那个事故的律师助理和公证助理,这两个还算是在女低音里面讨我喜欢的。我把自己想成是奥德修斯在艾奥洛斯家做客,对所有的女儿都以礼相待,等着其中的一个看上他。

喜欢我的人,我却不要。她们是在她们父亲开的驾校里的教练,狂热地喜欢汽车,这种激情我只在男人身上见过,我讨厌这种感觉。当她们邀请我的时候,我毫不犹豫地就跟她们回了家,上了床。

5

和那个售货员就要困难得多了。她很清醒,不轻易相信别人。她觉得我的追求不是真心的。我必须把她买下,不是用钱,而是用她特别喜欢的礼物,她完全无所谓我究竟是出于何种不正当的理由给她买礼物。要是在我们上过床之后,我再给她买礼物,她就已经忘记了她对我的不信任,那我就该离开她了。但是这个女人却没有做她应该做的。芭芭拉也没有做她应该做的。我凭什么却要做到呢?

此外,她做爱时是那么义无反顾,那么排山倒海,那么反复纠缠,我感到自己从躯体解放出来。是的,她个子很大,没把我撕碎,倒是剥去了我的自我抑制,身体如此颤抖,把我身体最后的一点精力释放掉。直到有一天她相信,我是认真的,这件事本身就是认真的,她便突然变得温柔起来。

接下来我得找一个女魔术师。如今我已经培养出了收藏家的激情,并不只是针对一样东西,而是追求收藏品的完整性。或许应该找一个外科整形女医师?她并不是让人自愿地从人变成一头牛,而是反过来,从歪瓜劣枣般的脸庞发展出美丽动人的容貌。要么找一个看手相的女人或者看水晶球预测命运的女巫?她们尽管不能掌握变化的魔术,却能对未来做出预言。或者找一个女艺术家,毁灭幻想的同时创造幻想?

我最后选了一个女化妆师。化妆的艺术并不在于把美丽的人变成丑小鸭,而是把丑小鸭变成美人。不过正像外科整形女医师一样,她也具有把人变成丑八怪的能力,只要她愿意的话。在我家旁边的街道拐角处就有一家化妆品店。那里面有两位女化妆师,年纪较大的是店主,年纪轻的则是雇员。我先跟年纪大的打了招呼,不过等我来的时候，她不在，于是年轻的那个接待了我。她来自波斯，有着杏子一样的皮肤，如同风笛一样的嗓子，全身心地给我的脸按摩，我禁不住热泪盈眶。

我突然开始惘然若失。泪水在我的眼里打转。但这是从小时候起再没有发生过的事，这令我不禁烦恼起来。进而我开始做梦，让我更加郁闷。

醒来的时候，我知道我是梦见芭芭拉了。在我记起梦的内容之前，我就知道：一个陈旧的小场景，我们一起坐在车里，要么就是在铺床或者做饭。我知道这一切，因为我是在自然熟悉舒适的感觉中醒来的，就是我和芭芭拉在一起时的感觉。我清醒过来，这感觉变成了渴望，一种必须立即满足的渴望，我好像转向芭芭拉，把手伸向她。接着我更明白这种渴念的无法实现，当它在失望中消失之前，我还能最后感觉它一瞬间。然后我就醒了，在记忆中寻找梦的痕迹。

白天我没有去想念芭芭拉。最初的想念早已变成了嘲讽和实际。梦中的渴望为何不记下这一转变？为什么不能过自己的生活？

另外，我不再做从小就做的那样的梦。被人追赶的冒险经历，逃亡与跌落，学校的考试，与母亲相处的日常场景，有一次还梦到坐着火车去祖父家，一路上我们打开一个又一个干粮口袋，却一个也没有吃。

我还梦到过一个完全不同的梦境。梦里，我在一天夜晚出差回来，下了出租车，站在房子前。房子都被烧焦了，应该就是同一天发生的，废墟还在冒着烟。我并没有震惊，一开始吃了一惊，但是随后被一种巨大的自由和幸福感所充满。啊，我终于一无所有，没有了房子，我一手布置起来的房子；没有了家具，一直包围和窥探我的家具；没有了我的一切物品，我整理、保洁、维护和整修的物品。终于我和我的生活一刀两断，可以重新自由地去过另一种日子。

每次当我从外面旅行回来，当然是为出版社出差，我总是想起这个梦。我坐在出租车里，想着那幢烧焦的房子，立即充满希望，也一片茫然。因为我不知道，我还可以过哪种生活。

可是，屋子还是这间屋子，我还继续过我的日子。

6

仲夏的一个傍晚，我从外地回到家，发现马克斯站在我家门前。他的衬衫很不规整地掖进裤子里，头发蓬乱，他看起来茫然若失，很不开心。

“你怎么在这儿？”

“我……妈妈她……”

他指着放着垃圾桶的水泥墩子旁的箱子说，“妈妈说，我得在这儿呆一阵子。”

“她又有一个新男朋友了？”我摇了摇头，“这可不行，马克斯。来吧，我送你回家。”

他一句话也没有说，我拉起他的手，提着箱子，走向我的汽车，和他一起上了车。“她真是疯了，我万一在路上耽搁更久怎么办？”

“她给出版社打了电话，他们告诉她说，你今天晚上回家。”

“他们不可能告诉她这个的。他们根本不知道我什么时候才能回家，他们只能确定我明天一早会去出版社。”

我们开上了高速公路。太阳已经沉到普法尔茨山的背后，不过傍晚的天空倒还亮着。旅途归来我已经很累了，想坐在阳台上，然后早点上床睡觉去。我同情马克斯，我也同情我自己。

“妈妈她不在家。”

“怎么会？”

“妈妈和她的新男朋友飞去佛罗里达了。他是从那儿来的。妈妈说，如果你不愿意收留我的话，你可以星期天把我送到英尔阿姨那里去。她星期天度假才回来。”

今天才是周二。周三和周四我在出版社满手都是活儿，星期五我得去慕尼黑出差，然后想在基姆湖旁度个周末。“那上学怎么办？”

“上学怎么了？”

“你还是想早晨上学，中午回家吗？”

“这个妈妈没说。”

我驶进了高速公路的分岔口，绕过一个环岛，又绕过了一个，今天第二次驶上了回家的路。马克斯坐在我身边一言不发。“你是从什么时候开始在我家门前等我的？”

“她两点钟把我留在那儿。她的飞机是五点起飞，我遇到了几个孩子，和他们一起玩。”

“你吃过饭没有？”

“没，妈妈说……”

“我不想再听到妈妈到底说了还是没有说。”

马克斯又沉默了。平时他在电影院里总是手脚不停，在意大利餐馆也是又哭又闹，直到比萨摆到他面前为止。

我驶过一家麦当劳，买了汉堡和薯条，还有番茄酱。我们坐在我家的餐桌旁，两人都不知道该说些什么。

“我们明天得一早就起床，我八点就要到出版社，之前我送你去学校。”

他点头。

“我给你铺好床。东西你都带了吗？牙刷、睡衣、明天的换洗衣服、你的作业本和课本？”

“妈妈说……”他想起来我说过不想听维罗尼卡到底说了什么，就没有继续说下去。我打开箱子，叠好他的睡衣和明天要用的东西，他没带牙刷，我就给了他一把新的。马克斯刷牙的时候，我在沙发上铺好了我的床，把自己的床让给他。他很快就刷完了，我整理完床铺想退出去的时候发现，他不想一个人睡觉。躺下来的时候，他问我:“你给我讲个故事好吗?”

我能给一个十岁的孩子讲童话故事吗？我试着讲希尔德布兰特的传奇故事,他在多年后重回故土,并遇见了另一位骑士。那是哈杜布兰特,他的儿子,却认不出父亲,父亲也一样不认识儿子。儿子现在统治着希尔德布兰特的故乡,他很生气这个陌生人居然不用谦卑的态度向他致意,他很在意这一点。这两人打了起来,直至两人都精疲力尽。然后希尔德布兰特问哈杜布兰特的姓名和氏族,并告诉他,自己正是他的父亲。可是哈杜布兰特不相信他的话,在他眼里父亲早就已经死了,希尔德布兰特被认为是个骗子。两人继续战斗。

“然后呢?”这个古老的传奇故事让马克斯放下了自己的漫画和电影式思维习惯,他想知道故事是怎么发展下去的。

“希尔德布兰特只有杀死哈杜布兰特,才能防住后者致命的一击。”

“啊！我的天哪!”

“对,传唱这个故事的吟游诗人们有一天也这么想。从那以后,他们就把故事唱成了父子二人相认,拥抱亲吻在了一起。”

7

就这样,我开始了和马克斯的生活。我取消了去慕尼黑的出差计划。周三、周四和周五我都送他去学校,并去学校接他。周末我们就演练如何一半走路,一半坐火车的路径,这条路连接两个城市,然后如何从火车站过桥去学校的十分钟路程。我们还演练了如何到我出版社来的路。马克斯从周一开始就在放学后和我一起在食堂吃饭,然后在我办公室里做作业。周一晚上,我收到一封维罗尼卡的信,信里说她要过七个星期才回来。我希望,我这代理家长的角色并非理所当然,应该收到好的回报:马克斯的这种感觉能持续七个星期。

事实没那么糟糕。马克斯一天比一天活跃、自信、积极。他找到了一间闲置的办公室,比起在我旁边,他更愿意在那里面做作业。在等我的时候,他更愿意和孩子们一起玩耍,而不是做功课。等我完成工作之后,他想要和我一起去游泳或者看电影或是去酒店;当他坐在酒店大堂里喝上一杯可乐时他得到一种奇特的满足感。

他的生活越来越活跃,我的生活却越来越平静。我的欲望越来越少。我的工作时间越来越少,这样也不错。我不再提起奥德修斯的女人们,不再寻找故事的真相:魁梧女人的身影,死亡的诱惑,漂亮的头发与香气袭人的衣服,贤淑的女儿和善解人意的母亲。我很少出门,花更多时间占据我的公寓和厨房。每晚九点马克斯躺在床上,听完一个故事入睡。那时我不再坐在一个餐厅里,等着上菜或者账单,而是早已用过晚饭,洗漱完毕,还有两到三小时可以做点自己想做的事。

所以我又开始关注卡尔的故事。我给居民登记处写信,随后得知在三十年代晚期以及四十年代中,在小磨坊主大街三十八号底楼住的是卡尔和盖尔达·伍尔夫,二楼则是朗珀以及宾蒂恩两家人,三楼住的是鲁道夫·哈格特。卡尔·伍尔夫于一九四五年去世,盖尔达·伍尔夫在一九五二年移居威斯巴登。鲁道夫·哈格特则在一九五五年进了养老院,一九五七年死在那儿。盖尔达·伍尔夫的名字出现在威斯巴登市的电话簿上,我给她写了封信,解释了我对于当年住在小磨坊主大街三十八号的居民的兴趣,并想约她见个面。三天后我收到了她的回复,我可以过去看她。

周日的早晨,我和马克斯一起开车前往威斯巴登。我们游览这个城市,坐索道,索道利用水的重力下行,并把下面的车厢往上拉升,我们还在葡萄园里散步。离三点还差几分钟,我让马克斯坐在一条长凳上,给了他一本书,他答应我不会走远。我跟盖尔达·伍尔夫约的时间就是三点。

她看起来七十五六岁了,保养得很好,满头白发,还很苗条,行动迅速,动作稳健。她的房子有些窄小,堆满了书籍、图片和勋章,勋章都和照片一样裱在小镜框里。"这是我父亲的勋章,"她边说边指着一张照片,照片上的男人穿着整齐的军装。

"卡尔·伍尔夫是您的父亲?"

"对,当报纸上写着我们的领袖[①]已经死亡的时候,父亲开枪自杀了。他是在家里自杀的,因为他在战争中已经失去了腿。"

我们坐在桌边,桌上铺着桌布,她给我递上了茶,还有她自己做的大理石花纹蛋糕。于是我又叙述了一遍我在信里写过的内容:卡尔的经历,他回到小磨坊主大街三十八号的故事,我的猜测,作者也许在战前或者战后居住在那里,或者经常在那里进进出出。

"您不知道更多的了吗?"

我摇了摇头,"我估计作者有中学毕业文凭,没在西伯利亚呆过,也没上过战场,但是我不确定。"

她疑惑地看着我。

---

① 此处指希特勒,纳粹时期,德国人均称其为"我们的领袖"。

"我觉得,人亲身经历的一切,他会想要说出来。西伯利亚的河流不是向南,而是向北流,作者没让士兵说他们的术语,小说和电影里角色却说,作者应该为读者的习惯服务吗?"

"鲁道夫·哈格特是个化学家,在巴斯夫公司的研究部门工作。他是个汽车迷。我完全无法想象他会去读小说。他也没有转租给别人过,战前战后都没有。我们家也没有当过二房东。朗珀夫人和她的女儿把房子租给大学生们,其实是夫人想给她女儿找个男人,也确实找到了一个。女儿嫁给了宾蒂恩先生,她们家的房客,一个大学生。嗯,大学生。"她皱了皱鼻子,"那时候谁还呆在学校,没上前线的,不是个残废就是个疯子。"

"这些房客您都遇到过吗?"

"在那些年里只有过一次,一个人按响了我家的门铃,自我介绍了一番。就一次。"

"是个残废还是个疯子?"

"一个挺和气的年轻人,挺伤心的,他因为有心脏病而没有被朗珀家的女儿接纳。他不想离战场太远,我就和弗里达说了这件事,她又告诉了卡尔,后者最终把他接走了。"

"弗里达?卡尔?"

"冯·费尔克男爵夫人,我的老朋友,她丈夫汉克是西里西亚纳粹党部头目。"

"那您知道后来这个年轻人怎么样了吗?他叫什么名字?他是不是……"

"……写了本书?这我可不知道。他是个大学生,在写他的学年论文。不过其他房客也是同样,他的名字我已经想不起来了。宾蒂恩夫人应该认识他的。他们两人关系不错。"

"她去年已经过世了。"

伍尔夫夫人微一颔首,这个死亡的消息有着令人痛惜的真实性。

"弗里达·冯·费尔克和卡尔·汉克还健在吗?"

"弗里达又结了一次婚,现在和胡斯勒一起住在比勒费尔德。至于卡尔·汉克——现在的年轻人对于德国历史所知都这么少吗?据说,他途经西班牙逃亡到了阿根廷,要么就是被关在美国人的监狱里,或者被德国士兵吊死了,或者被捷克人打死、击毙了——一九五〇年的时候,弗里达不得不宣布他已经死亡。但是我觉得,他还活着。他是最棒的。"

她起身看着我,"他对玛格达·戈培尔①保持着骑士精神,他自愿要求加入坦克部队,他指挥的布雷斯劳保卫战——我们的领袖正是爱他的这些特点。"

① 玛格达·戈培尔,纳粹宣传部长戈培尔的妻子,一度盛传和卡尔·汉克有一段风流韵事。

8

她是对的。

希特勒十分钟爱卡尔·汉克,他在自杀之前任命卡尔·汉克替代希姆莱,出任党卫军头目。布雷斯劳的人们永远都不会原谅他,正是他负责将这座城市改建成了巨大的要塞,也是由他负责这座城市的防卫和对这座城市的破坏,并要在这里战斗到最后一个人。但是在一九四五年五月二日,他自己却先溜了,从一条飞机跑道上,这是布雷斯劳人民以巨大牺牲为代价修建起来的供小型飞机起降的跑道,而实际上,从来就没有什么飞机从这条跑道上起降过,除了汉克藏起来的那架费斯勒·斯陶克飞机,他早已准备好坐这架飞机离开。不过兴许他并不是个胆小鬼,而是为了和舍尔纳元帅碰头,后者在希特勒临死前被任命为陆军总司令。

没有任何证据表明,他是一个懦夫。一九三九年,当他可以舒舒服服地呆在柏林,在戈培尔身边当国务秘书的时候,他却主动请缨上前线。在此之前,他还曾挑衅戈培尔,后者由于移情丽达·巴洛娃而冷淡了妻子玛格达;再之前,他为了纳粹党的工作置自己的教师职位如同儿戏,并最终失去了这份工作。他擅长组织工作,富有想象力,没人愿意租地方给纳粹作为党员大会的场所时,是他发现了柏林网球中心可以作为戈培尔的就职典礼地点。他组织了战地记者报道团,并自己写稿。但是与此同时,他从纳粹的金库中掏钱,给自己在布雷斯劳修了个奢侈品的王国。他简直就是顽固、飞扬跋扈、无所顾忌和凶狠残忍的代名词。

没错,盖尔达·伍尔夫是对的。卡尔·汉克是纳粹党人中最棒的。

我给马克斯讲汉克的生平,他听得舌头咂咂作响。听着我和一个历史学家朋友的长时间通话，他对汉克越来越好奇。“勇猛是件好事，对吧？”

我们坐在阳台上，一起吃晚饭。我以前总是认为，父亲给孩子解释世上一切的时候会是多么美好——或许我是希望作为孩子，能够从我的父亲那里得到解释。我倒是没有想到，孩子会把他们提出的复杂问题认为是简单的，他们期待着简单的回答，对于得体复杂的回答很失望。现在我可知道了。

我望着傍晚的天空，喝上一口葡萄酒，准备好应对马克斯的失望情绪。“勇猛是件好事，只有当人们做好事的时候才是这样。如果做的是坏事，勇猛就是……”我犹豫了一下，“不好的”我觉得太平淡，“坏的”又太强。

“坏的？”

“这就像努力一样。如果你努力去做件好事，努力本身就是好的。如果你努力挖一个坑，好让邻居掉进去，大声喊疼，那就是坏的。因为你挖个坑是坏的，因此你的努力也不好。”

马克斯努力地思索着，想得他眉毛之间都出了条皱纹。“如果汉克是个懦夫，难道他就变好了吗？”

“勇猛或者懦弱，勤劳或者懒惰——如果做一件坏事的话，那就都一样。”这么说对吗？懦弱和懒惰如果能够阻挠一件坏事的话，那不也是美德吗？

马克斯也这么问。“但是如果我挖坑的时候犯懒，坑就不会那么深，邻居掉下去也就不会那么疼。”然后他自己也对这个例子有点迷惑，“到底是怎么回事儿——如果我自己掉进了这个给邻居挖的坑怎么办？”

“这是另一回事了。”我没顺着谈话的转折说下去，而是给刚才的对话下了一个结束语，“勇猛、勤劳、节俭和纪律意识的价值都取决于，是为了什么而做。”

“我就不知道，我到底为什么节约。”

我想了片刻，马克斯在开我玩笑。但是他的额头之间的皱纹却还在，他很严肃地看着我说，“如果你有足够多的话，你就给我些好品德。”

“如果我给你的是些坏东西呢？”

我发现,尽管我说了我觉得我应该说的,但是对于所说的内容我居然并不相信。如果勇猛是比正直、诚实或者博爱稍小一点的美德——那毕竟是种美德,如果在汉克身上有这种美德,那对我来说,他勇猛总比他懦弱要好。我不喜欢懒人,我也不喜欢不懂得好好花钱的人或者把自己的生活搞成一团糟的人。我是我母亲教育出来的。

我也不想和马克斯就此话题进行任何讨论,我对他在学校所提出的要求——勤奋,他在我家住的时候必须做到的——守规矩,是不是出于好的目的。我本来也许应该对马克斯第一个问题这么回答:对,勇猛是好的,但是光勇猛是不够的。现在已经太晚了。我只能说:“给你些坏东西?那你就留着吧。”

9

我从电话号码簿上找到了芭芭拉姐姐玛格丽特的号码。我给她打过去,还没等我说完我的名字,她就打断了我,“我没想到,您还会打电话来。”

“您……”

“我从几年前就开始等您的电话,您什么时候和我妹妹有联系的?”

“那个,就像您所说的,几年前的事了。”

“芭芭拉那时候就跟我说过了,您想知道,究竟是谁写了关于我们的故事,在我们母亲留下的资料里又能发现些什么。是关于这件事吧?”

“没错。”

“您可以在周六上午十一点来,如果您想复印材料的话,您得自己带机器来。”她挂断了电话。

我想办法搞到了一台复印机,周六上午准时到了她家。为了不迟到,我早早地就来了,一直在拐角处的车里等着。玛格丽特·宾蒂恩住在一栋五十年代的房子里,那是两座连在一起的屋子中的一半,带着花园。我小时候就想搬进这么一栋房子里,有时候我和妈妈周日散步,我看到类似的房子就很妒忌,这样的房子多好多实用:房子有地下室和阁楼,二楼有一个阳台,一进门的小窗后面就是一个厕所,带屋顶平台的花园,秋千,果树和观赏树,以及菜畦,街上孩子们滑着轮滑,有几片公共足球场和划好了的蹦蹦跳区域。现在孩子们和果树都长大了,花园里只剩下野草、灌木和野花,街上一辆车靠着一辆车。

花园的门外面有个球形把手,但是转不动,里面还有个把手。我不敢伸手过去自己开门，于是就按了门铃。房门打开了，玛格丽特·宾蒂恩说道："我走不出来，帮不了您啦。"她就站在那儿，等我站到她面前。她看起来瘦小枯干，脸色灰暗，带着一种恨不得我马上就走的表情。还没等她回应我的问候，她先指着那台复印机问，"这个很费电吗？"

"我不清楚，我想……"

她没听我说话，"我不是要跟您算复印机用电的钱。您的复印机看起来挺轻便，我想知道这东西是否适合我。"她打开门进了屋子。我第一眼就发现，她的右腿要短一点，她拄着一个拐杖。

她带我来到临街的那间屋子，让我坐在有六张椅子的大桌子旁，桌子上有一个文件夹。她坐在我对面。

"我……"

她再次打断了我，没让我说话，提了几个很简短的问题，希望我也简短地回答。如果回答得太长，她就有些不耐烦。当我讲述卡尔的故事，以及我至今寻找作者的情况时，她问道："为什么您对这个作者这么感兴趣？"

"他认识我祖父母，也熟识我的家乡，写了一本书，我想要知道书结尾的内容，我就是这么好奇。"

她看着我的脸，"不，您不是单纯的好奇。但这跟我有什么关系。芭芭拉说过，我应该帮助您。为什么不呢？这也没什么。"她把手放在文件夹上，"我母亲没有日记本，她留着信，她父母的信，她最好朋友的信，我父亲的信，以及和我们两人的通信。有几封信是一个男人写给她的，我不知道他是谁，他们又是怎么认识的。"她站起来，"我让您一个人处理。等您弄完了，就告诉我一声。"

我打开了那个文件夹。

10

尊敬的贝阿特小姐：

一切均有注定。您在世界的明亮处，我在世界的接缝间，这都是注定的。我们的相遇，也自有它的道理。您不爱我，这是注定的。

三天过去了，在您跟我谈话之后。如此丰盈的娇媚，如此充沛的亲切，如此丰富的温暖，尽管我没能找到我追求的幸福，但是却以某种形式实践了这种幸福。人，可以坠入爱河，并从此不再爱人。这是一种多么的不公啊。可是，得不到回应的爱却也是一种公平。

昨晚我抵达此地，从今早起战斗至今。场面宏伟。

我对您心存感激，当我在您身边时，我能有幸让您成为我思想的见证。我能否继续给您写信？

您的福尔克·冯兰德

一九四二年一月十七日

接下来的几封信都是在几周之后写的，内容相似：关于世界写几句，关于战争，关于贝阿特小姐。福尔克·冯兰德把贝阿特小姐比作朝霞、晚星、晨星，温暖的细雨，雷电后的和风，太阳下暴晒一天之后的一捧水，以及一夜大雪之后炉膛的温暖。我觉得他写的关于朝霞的那段非常动人。

不，贝阿特。您令我想起的不是那轻柔亮起的朝霞，慢慢把世界笼罩在越来越亮的光辉里。还有另一种朝霞，持续短暂却充满力量，一刻一刻地驱赶黑夜，驱散雾气，带来光明。让我想起您的，正是这种朝霞。在十月革命中，随着战舰的一声炮响，决定性的讯号发出了，决定性的胜利也获得了。那艘战舰就叫做“朝霞”。

您知道，您可以用一个字就改变我的人生，不是吗？

从夏末开始，书信停止了。一封圣诞节期间的信解释了为什么。他也明白，之前和夏季的书信走进了贝阿特的心灵，改变了她的心意。

亲爱的贝阿特：

去年冬天我写信告诉你，是你让我睁开了对未竟之爱公平性的眼睛。你当时究竟以为我所说的是指什么？

没有回应的爱情不会停息，直到它拒绝那拒绝它的爱情。这样才能公平，或者它不配得到公平。

我们在夏天相处甚欢，然而过去了就是过去了。别了！在回来的路上我遇上了一个姑娘，我喜欢她。你知道这是怎么回事。

福尔克

一九四二年圣诞

下一封信是一年半以后。旁边还有一份剪报。

我敬爱的、亲爱的贝阿特：

请您对那幅画像别见怪。我知道，您自己不愿保留过多物件，也不愿意别人这么做。然而那样的话，我也就不会写了那首诗。那并不是为您写的，而为战地上的人们写的。您站在我眼前，而现在站在这些男人眼前——您难道没有一点小小的自豪？

我认为，您应该自豪。

您的福尔克

一九四四年六月十二日

那篇报纸上半版的文章，题目叫《也是为此》，是福尔克·冯兰德写的。

她不爱我。她在我上次度假时就这么说了。她很同情我，但是我不是她想要的那个人。她知道，更好的人将要回来，她等着他。有时我问我自己，他会在哪里战斗：在意大利，在法国，在俄国？他是不是就在我身边战斗着？

她是个金发碧眼的姑娘，长着一张讨人喜欢的小嘴。她很爱笑，笑声爽朗。她高高的额头显得她充满智慧，抬起的下巴表示她不愿意在任何事、任何人面前屈服。当炸弹坠下的时候，她仍在笑着，聚精会神地工作。她的臂膀有力，能劲头十足地干活。她长得高大挺拔，如果你看到她走路的姿态，就会想跟她跳舞。

她不爱我。有一天她会爱上一个人，一个正确的人。有一天，一个正确的姑娘也会爱上我。她也会在炸弹坠下时倔强地笑着。她也能干活，打扫屋子，在工厂里，在收割时。她等着我，只是她还不知道而已。

我们中的很多人为了他们的妻子和孩子而战。他们知道，每一次命中目标的射击，每一次成功的冲锋，每一次顽强的防御都是对我们所爱的人的支持。你没有妻子和孩子？你也没有女朋友？你有一个，但是她爱的是别人？你爱着她，但是她不再爱你？即使你还不认识她，总有一个端庄的德国姑娘，是对你来说最适合的。她会豪爽地大笑，能干活，还等着你。她需要拥有和那些妻子和孩子们一样的保护。

为了这个，我们战斗着——为了幸福，尽管我们不知道它会何时到来，怎样到来，但我们知道，它一定会来的。

下一封信，也是最后的一封信里，福尔克·冯兰德又夹了一篇文章。但是我找不到它，一定是丢了。

亲爱的贝阿特：

也许您对于我刚写了些什么会感兴趣。我们眼光所及之处，一片废墟，许多人也跟着模仿。就好像我们人类也是房子一样。

我们为什么要像房屋的瓦砾和废墟一样！让我们庆祝那些在我们走过的路上伴随着我们，让我们变得坚强，让我们坚不可摧的事吧。

我希望能再睹您的芳容。

您的福尔克

一九四五年三月十六日

可是，文件夹在最后一封信之后还有内容。我找到一共二十页长，用打字机打出的文字，还有个标题《钢铁法则》，福尔克·冯兰德作为作者，上面没有日期。这是否就是福尔克·冯兰德因贝阿特而生的想法？

可是它们又是为何而被想出来的？只是为了贝阿特，为了自己弄清楚，为了学业？

文章一开始讲的是三个不同的时代，第一个时代认识了自然法则、强权法则、战争法则以及胜利法则，要求消灭弱者，消灭异族，消灭敌人；第二个时代是建筑在犹太教-基督教爱的信条上的；第三个时代则又回到了第一个时代的法则。第二个时代始于罗马帝国的崩溃，第三个时代则刚刚开始。然后文章讲述了禁止屠杀和阿兹提克人残杀战俘，斯巴达人杀害受伤的斯巴达战士，罗马人杀害重病的罗马孩童的故事。在最后的段落，文章点了题。

黄金法则用不同的表达方式阐述了禁止人们用自己不愿承受的方式让别人受罪。有时，这一禁令还通过一条戒律得到补充；他们祈求去为别人做那些愿意他人为自己做的事。这样，黄金法则就成了一条诫命。然而人的权利到哪里去了？法则中没有一次提到权利，包括防御攻击的权利。根据这条法则的规定，既然作为攻击方不想遇到任何防御，那人们也就不能对攻击者的行为做出任何防御。

权利自有它的道理，不是在这条黄金法则中，而是在一条钢铁法则中。你准备自我激励的时候，你也就给了其他人同样的权利。

钢铁法则也有不同的表述。当你准备好接受别人的指责时，你也就有权利去指责别人；你对自己有所要求，自然你也就有权利去要求别人，如此这般。这是一条滋生权威和领袖的法则。领袖要求自己操劳，于是他也有权利要求手下人也跟着操劳，实际上手下人也已经准备好了；正因为他对自己和对他人要求严格，他们才认他做领袖。

作者引述了许多例子。然后文章回到了禁止杀戮的主题上。禁止杀戮会让这条法则不再成立，钢铁法则也适用于死人。

既然我对死亡有所准备，那我也有权利去杀人。我认为战斗事关生死，因此我对死亡有所准备，无论谁对战斗下定义，下什么定义都一样。犹太人没有攻击我们？他们想要安分地经营他们的生意，他们的买卖和他们的高利贷？斯拉夫人只想要他们的小小耕地，烤他们的面包，烧他们织物上的毛绒头？这些并不能保护他们。德意志帝国要与他们进行生死之战。

11

玛格丽特·宾蒂恩偷看我阅读就好像偷听别人谈话一样,她到了最后立即规正姿态,站在门里:“您的所有问题,我都没有答案。我不知道在战后,他是不是曾在我们家出现过。我也不知道,当我母亲认识我父亲时,她是不是已经怀了孕,是不是因此而很快结了婚。冯兰德会是我的父亲吗?我在父母结婚五个月之后就来到了这个世界,但是在家里还是说我长得像我父亲。这些就是您的问题,对吗?”

我点头:“您父母是什么时候成婚的?”

“一九四二年十月。”

贝阿特在那个美丽的夏日之后,圣诞节之前就已经表示过,她和福尔克·冯兰德之间是不可能的。“您母亲曾提起过他吗?”

“没有。”

“也许她也不太愿意想起他来吧。他是……”

“……一个令人不愉快的人?反正他不是个让人舒服的人。不过我母亲会让人偏向不正常。她如果就是这么对待他的,那我就能理解,他想要报复她。”她的目光平视前方,额头皱起,嘴唇咬在一起,仿佛是想起了孩提时候她母亲让她备受打击的所有场景。

“我不是说他想要对您母亲报复,而是他关于公平的那些言论以及……”

她轻蔑地哼了一声,“我从来都不被喜欢,我倒是想要别人喜欢我,但是这有什么不公平的?”她盯着我,好像期待从我这里得到一个答案。然后她失去了对这个问题的兴趣。“就像往常一样——如果感受到了些什么，人们应该有所保留而不是表达出来。”

“为什么您母亲保存下了这些东西？”

“这个问题我也没有答案。我母亲并不生活在她的记忆中。您知道我在说什么吗？摆放照相簿，翻看它们，收集纪念品，留存孩子的照片，讲述过去的故事——所有这些‘你还知道吗？’宝库，每一个家庭都有的，都愿意好好珍惜反复翻看的，在我们家就没有。她留下来的那些信都是为了她自己。”

我拉出绕在复印机上的电线，插进插座并问道：“最好我能把这些都复印——您觉得可以吗？”

“你知道档案馆都是怎么样的：人们对于筛选过的资料必须要留一份样本存库。您要让我知道，您找出了些什么——我们成交？”

“成交。”

她站在门里，一言不发地看着我一页又一页地复印。我没注意她是不是看我有没有损坏物件或者拿走些什么，或者她担心这就是有个人跑到她屋子里来消遣她。

很静，复印机的嗡嗡声是惟一的动静。尽管我知道玛格丽特·宾蒂恩没有丈夫也没有孩子，但是这种安静让我觉得她不仅仅是一个人住，而且她仿佛还不在这屋子里。我终于弄完了，卷起电缆，把复印完的材料放在复印机上，电缆压在材料上。我把东西都掖在胳膊下，站起身来。

“您怎么不问啦？您不敢吗？”

我不明白她在说什么。

“您不想知道关于芭芭拉的事吗？”

“我……我不知道。”话说出口我就知道自己的言不由衷。当然我想知道芭芭拉怎么样了。因此我在来这里的路上就很振奋，甚至昨天当我借来复印机，看着地图确定路线的时候就是。

“您不知道，您是否想知道点关于芭芭拉的事？”她摇着头，露出一丝讥讽的笑意,“那您也就不必听了。”她走向了门口。

“我……”我只是想感谢她。

“您还是想知道?”

我既没有肯定也没有否认,但是要我解释清楚,我和之前一样不知所措。我什么都没说。她用期待的目光看着我,我发现在她眼里的不是讽刺而是残忍。她很享受和我的这个残忍的小游戏。现在我情愿把舌头咬断,也不要问有关芭芭拉的事。她发现了我脸上的蔑视,于是对她的小游戏失去了兴趣,说道:“她和她丈夫一起在纽约住了几年,两人离婚后她又回到了这里。”

12

我回家时绕路经过芭芭拉家门口。弗里德里希广场上的集市已经收摊,各个铺子都已经撂下了门面。我还是买到了几个苹果和土豆,麻烦那个女店主把收银机和秤又拿了出来。地上全是各种垃圾,我得小心别踩到什么滑倒。

芭芭拉的房子还是我记忆中的样子。我在门口等了几分钟,我好像也不是在等门开,等芭芭拉走出来。我又继续开车前行。

过了这个周末,再过了下一个,维罗尼卡就该回来把马克斯接走了。我都已经习惯了和他一起生活。我没意识到,有多少和一个女人一起生活所得到的满足,可以在和一个孩子的共同生活中同样获得:对日常简朴的共同生活的需求,对沟通的需求,对接受和给予关心的需求,对简单宗教仪式的需求。

我和马克斯每天都坐在一起享用早餐,而不是早晨穿衣服时喝一杯速溶咖啡,在车里吃一根香蕉。当我们晚上一起去游泳或者去饭店里坐一会儿,我又有点沉默的时候,他就会问:“你今天是不是工作很累?”或者他会说:“我们在一起多好。日子就是这样,我们做我们愿意做的事。”

每天我都很高兴,能在他睡前给他讲个故事。在听过第一个返乡的故事之后,他还总想再听一个。一个故事里,返乡的男人试着去追求那个已经认不出他的女人,她出于对爱情的忠贞而拒绝他。又或者,当他知晓她的忠贞以后,他告诉她一个关于她男人在国外虚构的幸福婚姻、幸福家庭的故事,这让她很伤心,但是却毫无妒忌充满爱心地听下去。另一个故事里,他发现他妻子和别人在一起,没有与她相认,自己独自生活,因为他已经被宣布阵亡,他也不愿意打扰她新的幸福,他妻子经过了长久的痛苦才终于得到的幸福。还有一个故事，有人误传那个返乡的男人已经阵亡，于是那男人向误传者报复，杀了他。另一个故事里则是那个传话的男人，那个传播谣言的人侵占了他的生活，返乡的男人自报家门，与之搏斗，战而胜之并将自己的妻子从一场错误的幸福中拯救出来，两人得到了真正的幸福。

马克斯特别喜欢这些不同的故事，比如男人正巧在婚礼那天回来，见到那对新人正在宣誓，他必须立即决定他应该怎么做。他还喜欢另一种结局，两个男人彼此认识，共同为这个难解的情况想一条出路。

然后还有这个男人自身的故事，他和另一个女人一同回家，因为他在国外时得到了他妻子过世的错误消息，或者因为另一个女人帮助他逃亡，或是帮他脱离险境。自然也有返乡的儿子有或者没有恶劣的兄弟，恶劣的继母，仁慈或者凶暴的父亲。也有故事里说，返乡的男人因为长期不在家而感到特别陌生，无法正常生活，感觉自己是局外人，被不公平或者卑鄙地对待，他给别人也带来困扰，最后被家人从家里赶了出去。马克斯一直想要再听一个返乡的故事，我这才注意到，原来我知道那么多。于是我再去寻找，再去阅读，就知道得更多。

我应该在马克斯不在的时候花更多时间工作，花更多时间出差吗？还是去找奥德修斯最后的女人？经常和朋友们见个面？去学网球或者高尔夫？在我回家的路上，我很清楚，这些都不足以说服我，但是我又能做什么呢？

这应该就是中年危机了，我对自己说，给自己的问题找到一个名字，让我至少在这一刻感觉好一点。然后这一刻过去了，我再审视一下自己：四十多岁，出版社工作人员，没什么事业上的成功，收入适中，乏味的汽车，一般的住房，没有家庭，没有固定的女朋友，眼前也没有变坏或者变好的趋向。就在我都开始同情我自己的时候，死结突然解开了，正如奥德修斯在地狱里所说的，他宁愿作为打短工者活着，也不要死了成为冥界的统治者。

13

我给位于弗赖堡的军事历史研究局写信，询问有关福尔克·冯兰德的情况。两周之后我得到了答复。他们找到了三篇以他的名字发表的文章。但是他们不知道他的个人情况，也许他的名字是一个笔名，笔名和缩写对于战地报告文学作者来说是非常常见的。

文章就在完整报纸版面的复印件里，报头和日期都完整。《同样赞成》这篇文章应该就是我看过的，一九四四年六月十日刊登于《德意志汇报》上，《战场》和《不可摧毁》分别于一九四二年八月十六日和一九四五年二月四日刊登于《帝国报》上。这两份报纸，一份是日报，另一份是周报，都是在柏林出版的，却都不是柏林本地的报纸，也不能表明冯兰德与柏林之间有什么关系。我知道《帝国报》是戈培尔一手办起来的，有一个固定的知识性宣传性指导思想。如果他在这上面发表文章，这就表明冯兰德在这其中不可能没有关系。

我猜测，这篇《不可摧毁》就是福尔克·冯兰德在他最后一封信里夹带的文章。日期吻合，主题也一致。

关于现今的困难情况我们不需要再多加讨论。我们早就知道。关于有些人变得软弱，对信仰绝望甚至丧失信仰，我们也无须讨论。情况变得困难时就会这样。只要那些软弱的人在履行他们的义务，我们就不会谴责他们，而是帮助他们。

他们应该想起什么是不可摧毁的。是那些让我们在一切困难中坚持以及度过所有这些困难。我们是一个被分裂的国家，穷人对抗富人，工人对抗工厂主，联邦州对抗城市，市民对抗贵族，金钱对抗灵魂。这种对抗在过去的十二年里得到了缓和。我们联合在一起。我们曾经是一个疾病缠身的国家——文化堕落，社会犹太化，遗产丧失。在过去的十二年里，我们的精神和身体受到损害，我们被排斥被淘汰。现在我们痊愈了。我们曾是一个无关紧要的国家，我们追寻怎样的未来，我们走上怎样的道路，我们与谁为友，我们以谁为敌都无关紧要。在过去的十二年里，我们有了一项历史使命。在我们心里为这千年的帝国做好了准备。我们第一次站在了这个世界的开端，一场千年战争的开端。

有些人离开了我们，背叛了我们，他们会试图拿走属于我们的东西。他们绝不会成功。

《战场》这篇文章写的是列宁格勒战役，我仅仅知道这场包围战给当地居民带来了深重灾难，最后包围无果而终。经过查阅资料我得知，一九四一年七月八日希特勒叫嚣着要把列宁格勒从地球上抹去，一九四一年九月八日则将策略由夺取列宁格勒改为包围与饥饿战术。一九四二年九月十四日又重新下达了摧毁这座城市的命令。但这已经太晚了。列宁格勒守军有了其他更为紧急的任务，一九四三年一月十八日包围圈被冲破，一九四四年一月十四日包围军被全部赶走。

冯兰德的文章提出了现代战争的骑士精神问题，并以列宁格勒包围战为例，这是一场以饥饿、掠夺和摧毁为目的的战役。他承认虽然他提出了问题，但是回答它们太困难了。骑士精神对抗布尔什维克？可是，人们不能如此简单地以敌人的素质来决定对骑士精神的要求。因为骑士精神是人们基于自己的意愿而做的事，而不是为了讨别人喜欢，或者让别人受罪。

骑士精神的提法是从“钢铁法则”中发展出来的。骑士精神意味着，不对别人过分苛求那些自己也不愿意做的事情。德国在一场生死之战中，它已经准备好对它的男人、女人和孩子进行最大程度的过分要求。因此即使它用最严酷的方法对待敌人，也是符合骑士精神的。

然后文章就中断了。根据一般的理解，骑士精神难道意味着强者不顾惜弱者、妇女、孩童和老人？这和骑士精神的本质难道可以协调一致吗？

我曾经期待对于这个问题的回答会出现在第三个历史时期，抛弃犹太教-基督教的爱的信条，重新回归自然法则、强者法则、战争法则和胜利法则。不过从抛弃和回归中，进步诞生了——要求越来越多平等性的进步。骑士精神，是与同等对待弱者联系在一起的。在和平时期这意味着，承认他们具有同样的能力和同样的要求幸福的权利。这种情况下，在和平时期对于骑士精神的通常理解是正确的。因为在战争状态下，弱者需要他们的平等权利，将他们视为并且当作具有同样能力和同样有杀人需求的人。杀人？对，即使最弱小的人也已经足够强大到可以去杀死别人。

文章还描述了女游击队员与男游击队员并肩作战，老人和孩子帮助他们，不老也不小的人则组织防卫、扔手雷、埋地雷。围困、饥饿战术、掠夺、摧毁——在他们的力量和他们的需求里，杀死德国人的愿望同样强烈。文章写到了结尾。

在我们眼前展开了争夺一座城市的战斗，历史上自从特洛伊战争之后就再也没有过类似的惨烈战役。这不是平日里的战斗，在列宁格勒城门前可以长久地沉寂着，正像在伊利亚特中，十年时间里，绝大多数时间都在特洛伊城门前保持沉寂一样。特洛伊人没有像列宁格勒居民那样饿死的危险，但是都被拖垮了，被蒙蔽住了眼睛。特洛伊人没有遭到轰炸和炮击，但是在城门前的战斗却也没有任何仁慈和怜悯。当最后的大战打响时，他拥有恐怖的巨大破坏力，他必须以特洛伊被从地球上抹去作为结束。同样的，列宁格勒战役的最后决战也有恐怖的巨大的破坏力，必须以这座城市被从地球上抹去作为结束。这是骑士战争的骑士式结局。

14

然而这些都还不够,我的历史学家朋友给我打来了电话,正是他发现了汉克最后是如何死亡的。

至于他是否联系上了舍尔纳元帅,或者他没能与后者取得一致,或者已为时太晚却还是取得了一些共识——五月四日他和其他人一起踏上了逃亡之旅。他们在德捷边界的科莫陶一个德国农民家过夜,被他们家的捷克雇农出卖给了游击队,遭到了突然袭击并被俘,被关进了格考的监狱里。在那里他们待了几星期,他们中有军官和平民,但是游击队员和看守人员都没有认出汉克,最后他们和其他俘虏一起被运送到了赛施塔特。

那是一个阳光明媚的春天。街上交通繁忙,看守人员就让俘虏们在与街道平行的废弃的铁路路基上行走。一开始他们走在铁轨上,后来一辆火车来了,他们就走在铁轨旁。在火车到达他们身边之前,汉克跳过了铁轨,其他人也跟着他,他们沿着斜坡跑过了小河、灌木丛和小树林。火车很短,很快就开过了,看守人员从路基上向逃跑的人射击。其他俘虏朝另一个方向逃跑,更多的捷克武装人员继续追踪他们。在轨道上有两个战俘流着血,他们都是在跳过火车时被卷到机车下面。事后报告这件事的俘虏把整个事件描绘成是疯狂的逃跑,射击以及疯狂的呼叫。汉克和其他两个逃跑的人被子弹击中,被看守人员给打死了,其他人则跑了。

他们其中是不是就有福尔克·冯兰德?他是不是和汉克一起从布雷斯劳逃出,然后被游击队俘虏,跳过铁轨,沿着山坡跑了下去?

无论如何,我找到了我那个返乡故事的作者。一九四〇年到一九四一年他就在我居住过的城市里上大学，在小磨坊主大街三十八号的朗珀家当房客，对贝阿特·朗珀的求爱无果而终。一九四一、一九四二年的冬天，他成为汉克的羽翼，被任命为战地记者，或者是受到了资助去当战地记者。一九四二年夏天他又见到了贝阿特，这次他的求爱成功了。这说明，他在汉克的最后几周或者几个月的时间里一定在他的身边。这也说明，他在战后曾经又一次回到小磨坊主大街三十八号。这本小说是他在这次回访与五十年代中期之间的某个时刻写成的，也正是我祖父母交给我印刷清样之时。

我挺喜欢他。因为他喜欢奥德修斯，也以这种态度生活；因为他的这本小说读物是我看的第一本通俗小说，他写的并不坏；因为最后开放式的结尾，当然并不是他的结尾，让我畅快地幻想；因为人不能那么长时间研究一个人，如果不喜欢他的话。

或者是恨他。即使我没走得那么远，我在他小说中所欣赏的那些游戏人生的态度，在他的信里和在他的文章里出现，我就不再喜欢了。用同样的轻松态度，他从地狱里演化出一个噩梦，从海洋演化出一片荒漠，从美丽诱人的卡吕普索女神演化出了胸部丰满的卡林卡，还无所顾忌地想出了一条道德准则，对列宁格勒的绝粮围困变成了骑士精神的一种，对贝阿特的引诱变成了对公平的致意。

我还想继续和他打交道吗？我总还是想知道，小说究竟是如何结束的。读过那么多返乡题材的小说，我自己还想出了那么多故事，那么多在小磨坊主大街三十八号的相遇之后可能发生的故事——我就是想要知道，这个相遇的场景作者是怎么叙述到底的。也许这是一个从来没有人说过，没有人写过，没有人想到过的返乡故事。也许这是最烂的一个返乡故事。

15

马克斯不相信一个坏人可以讲述一个最好的返乡故事。好的就是真实和美丽的，坏的就是错误和丑陋的，这就是最倔强的孩子的期望。即便是我也在内心保留了一些这样的想法，纵然小说的结尾很平淡，我也不会失望。我就是想要知道它而已。

不过我能做的已经所剩不多了。我在较大的日报和周报上登了一则启事，描述出了我已知的福尔克·冯兰德各个生活阶段和他写过的文字，广告中我自称为历史学家，要求知情者提供线索。两名侦探提出向我提供他们的服务，一位系谱学家愿意提供冯兰德家族的家谱，还有一个自称是他当年好友的人声称他能提供重要情况，但是索价五百德国马克。

我给冯·费尔克男爵夫人写了信，她回复说，她不记得曾经见过福尔克·冯兰德这个人。那个曾和汉克，也许还有福尔克·冯兰德一起待过的战俘，也就是后来报告在铁路路基上到底发生了什么的那位老兄，仅在一九四九年通过一名记者与《北德意志报》取得了联系，后来是那位记者发表了那篇文章。我得先找到那名记者，然后才能找到那名战俘，他一定已经又老又体弱多病，肯定不愿意像他曾经叙述过的那样再说一遍了。我还是不去打扰了。

关于汉克我还算有点线索。我的历史学家朋友找到了一篇文章，是汉克在《西里西亚日报》上写的，他还找到了当年汉克的演说词，一并寄给了我。这两者之间有内在的联系，外在诉求也吻合。福尔克·冯兰德难道是汉克的写手？

汉克十分认真地对待战败的威胁，他从来不写关于神奇武器和神奇的转折，不谈未来的胜利，而是谈过去的运气。

早在十二年前，布尔什维克主义就已经准备好吞并亚洲帝国。那时它尝试使用所有政治手段去达成目标，现在则试图通过征集它最后的军事储备，征服亚洲和欧洲。我们应该感谢命运赠给了我们这十二年，使我们今天能有机会手持武器与敌人作战。如果布尔什维克主义在十二年前就入侵德意志帝国的话，那些能够幸存的人就会把今天的情况和可能性当成是上苍的恩惠。

在一篇文章里，在与飞机散发下来的传单内容进行论战时，他适时进行了一场小小的词源学研究。

我们领袖的名字。阿道夫·希特勒这个名字表明，他祖母的名字叫做胡特勒(德语意为小农)，来自多瑙河边的复杂地形区，就像我们的山区一样，我们的领袖在《我的奋斗》一书中说，他的父亲是一个穷困的贫农的儿子。希特勒和胡特勒在当地语言里就和德语里的贫农是一个意思。当我们敬礼时说“希特勒万岁”，其实我们就是在向我们自己致意，因为我们也是从山区小村庄的小茅屋里走出来的。希特勒旗帜是一面小农和贫农的旗帜，因此当敌方的宣传说，这场战争是希特勒的战争，我们就应该明白，这实际上是一场为了小农和贫农而展开的战争。

他的最后一篇演讲被通过电台广播，还在《公民观察》上刊登了，在这里面他已经不再尝试赋予布雷斯劳保卫战一个军事上的意义，而是给了它一个存在主义的理由。

理由就是，我们抛开了所有那些我们至今在我们的生命里的负担，那些我们认为是虚假的文化的累赘，和那些仅仅是廉价的文明的负累。我们以前经常坚信，我们毁灭了我们世俗生活的这些外壳，也就毁灭了我们自己。这不是事实。在布雷斯劳碉堡里的上万名男人和女人知道，他们已经和所有那些他们视为个人存在不可缺少的组成部分诀别——他们的房子，他们的记忆，他们的聚会，数以千计他们挂念的小事——而他们却不曾为之心碎。

我们以前曾经提过“全面战争”，意思是我们要全面地进行战争。我们现在知道，发动一场全面的战争意味着什么。

针对这篇文章，我那个历史学家朋友附了一份目击者报告，描绘了汉克的地堡：宽阔的台阶，纵向平砌的砖墙，走下去又是一条宽敞的砖墙走廊，里面就是舒适的功能齐全的办公室，有几条小走道通向现代化的厨房、淋浴房和浴室、卧房和另一个工作人员用的厨房。在走廊的尽头是汉克的房间：宽敞，用隐蔽式的灯光照明，厚重的家具，装饰着名贵的画和地毯。在这里，汉克每晚与漂亮的女人尽情狂欢，美丽无双、穿着讲究的女人们是这里的常客，女人们穿得就像和平时期一样那么迷人那么诱人。她们从哪里来到这个地堡？她们又怎么样离开这个是非之地？没有人知道。凡是能够回答这个问题的人，都已经被埋葬在布雷斯劳。

16

一九八九年夏天，我母亲退休了。我就趁这个机会让她去瑞士提契诺度一周的假。我还是个孩子时，她就跟我说过在那里度假的情形，缓慢的山地火车，从洛迦诺开往瓦尔法尔特基兴，在到达后者之前有机会看一眼尘世和蓝色湖面的全景，一直能看到意大利阿斯科纳的湖岸边的桌子和椅子，那里的酒店里会响起钢琴音乐，坐船上岛，岛上有着童话般的花园，还有不通路途的山谷，最后的狼群在其中嗥叫。当我送给她这份礼物的时候，如果她拒绝的话我反而不会吃惊。但是，她接受了。

单身母亲和她惟一的儿子之间的关系，总有点像是夫妻之间。因此它不一定幸福，和婚姻关系中一样丧失了爱，争执不休，彼此顶撞还存在着权力斗争。和其他类型的母子关系不同的是，在我们两人之间没有第三方，没有父亲没有兄弟姐妹，她们都可能缓和一部分的紧张情绪。而这两人间的关系，只有等到儿子离开母亲才会缓和，而且经常这就变成了一种不相关，就像大多数离婚的大妇之间一样。当然也有可能会有一份轻松的、互相信任的、活跃的关系。多年来，我和我母亲走在各自习惯的道路上，很少难以相处，但还是有点无聊，因此对我来说，在提契诺的一周就好像孕育着希望，我们两人的关系还能这样。

我们不仅在我们所做的事中找到乐趣，妈妈在这次旅行中如此的高兴，我都觉得她脸上的拒绝和轻蔑都消失了。我们谈及她退休后的计划，和我想要成立自己的出版社的梦想——我对她说的很感兴趣，她对我的也是。我很惊讶，根据她多年的工作经验，她居然可以把实现我梦想的机会和问题分析得如此透彻和机智。

因为两人关系越来越好，有一天晚上，我就在阿斯科纳的湖岸边问她："你从来没有跟我说过，你是怎么度过战争年代的？到底是怎么样的？”

她闪烁其词，“能有什么了不得的事情值得说呢？”

“你是西里西亚人，知道布雷斯劳和纳粹党头目卡尔·汉克，经历了对俄军的防卫战，也见证了烧杀抢掠和驱逐德国人的情况——我很想知道，事实到底是怎么样的？”

“为什么呢？”

我就跟她说了我继续在追寻卡尔的故事，“他带我走进了你的领域。”

“我的领域？我来自上西里西亚。布雷斯劳和卡尔·汉克都在下西里西亚。”

“你发现你必须得跟我多说一点了吧？我连上、下西里西亚都分不清楚。”

她笑了，“你发现我其实没必要跟你多说一点了吧？上、下西里西亚的区别是相对来说最不重要的。”她等着，似乎是在期待我也笑一笑，然后这事就过去了。

然后她耸了耸肩，看起来是准备要说更多的样子，“我们在一九四四年秋天从诺伊哈德迁到了布雷斯劳，父亲在城市公用事业局有一个工作岗位，这个职位他以前也做过，现在那个管事的人不在了，我没问是怎样一个人。父亲是个工程师，那时候已经退休了，但是为了城市公用事业局又出山了。当布雷斯劳被宣布为要塞的时候，他被允许和母亲一起离开。在逃亡的路上他们遭到了飞机的俯冲射击，中弹身亡。”

“那你呢？”

“我？”她看着我，就好像不明白我从哪儿来的想法，“我曾……我继续待在布雷斯劳，直到战争结束，然后就来到了这儿。”

“你从头到尾经历了城市的要塞时期？那时候到底怎么样？你看见汉克了吗？你认识他手下的人吗？你曾经进过他的地堡吗？你是不是……”

她笑了向我示意说，“别一下子问那么多问题！”但是她却没有回答我任何的一个。我们就那么坐着，眺望着湖景。在饭店里已经没有弹钢琴的人了。但是在一艘船上几个年轻人在唱意大利民歌。一开始声音很轻，后来越来越响，掺杂着笑声和呼喊，最后又逐渐远去，慢慢听不见了。

“最糟糕的就是军用高速公路。抬车，拖车，推车，被使唤来使唤去，被大声呵斥，被辱骂。我忘不了飞机的轰鸣、吱嘎吱嘎和机关枪的嗒嗒声、尖啸声。子弹打在石头上，我们没命地往前跑，想躲进一间屋子里去。但是房子都被炸了，为了给军用高速公路腾出足够的宽度来。我们跑的时候，天上的飞机追着我们，我们年轻人还行，老人就不行了。一天晚上我回到家，半幢房子都不见了。我看见窗帘在风中舞动，红玫瑰落在黄色的土地上，我还想，为什么这些看起来像是我的呢？那天晚上我们遭到了燃烧弹的攻击，到了第二天早上窗帘都被烧了，房子里剩下的也都没有了。我站在自己的房子前，透过窗户上的洞我看到了蓝天。”

母亲的身子朝我转过来，盯着我看。“还是你想听听我们的士兵是怎么焚烧我们的房子的，并搜刮值钱的物品？或者他们是怎么在地下室里和妓女狂欢？还是炸弹是怎么炸中了邮局，一个女人被炸成了碎片，头在这儿，一条腿在那儿，那里是肠子，最后人们把这些部分装进了一个小盒子里？还是炸弹怎么击中了一辆单架的马车，马当场死亡，士兵们被甩过街道，掉在一幢房子的花园里？当他惊奇他还活着，站起身来朝我微笑的时候，房子突然倒塌了，把他埋在了下面。还是你想听外来劳工的遭遇？这些穷人中最穷的人，当他们受伤时完全没有希望了。”

她说得越来越快，越来越响，邻桌的客人转过头来看着我们。

她又转过身去，继续看着湖面。“尽管如此，春天还是来了。当我在我生日那天醒来的时候，好安静，我听见乌鸫在歌唱，花园里开着雪莲花，丁香花开始绽放。那是个美丽的早晨，尽管我满目看去都是废墟和瓦砾。雨也很美。在复活节前一周，终于在很长时间之后，又下雨了。是晚上才开始的，我睡在朝着花园的开放式的地下室里，被雨声打醒。我就躺着听着，不想再入睡了，实在太美了。温柔的春雨，让我闻到了湿润的泥土的味道。”过了好一会儿，她耸耸肩，“就是这样了。”

“谢谢，是今天就说到这里为止吗？还是永远就只能说到这样了？”

她如释重负地看着我，带着点俏皮，“永远？我怎么知道这是不是永远呢？”

17

我们本可以像来的路上那样就花一天时间赶回去。但是我想在我祖父母居住过的地方稍作停留。我想再看看他们的房子、圣诞树、苹果树、书屋、草坪和花园。我想坐在湖岸边，望着湖水，给天鹅和野鸭喂食。我想听听，两个火车站之间是不是还用钟声来表示一列火车的发车。我想给母亲看看父亲长大的地方。也许我还想给她来个惊喜，来个突然袭击，从她的记忆里再挖出点东西来。不管怎么样，我说，我们到了那里，我们在“阳光里”下车，打开行囊，冲了澡，然后在晚饭之前在湖边散散步。

“你以为，我会没注意到我们途经的这些地方？”她略带嘲讽地看着我，带着些挑战的意味。

我没回答。我们来到了一个河流汇入湖的入口处的小公园。“在这儿，祖父和我一直喂天鹅和野鸭。”我走到水边，从包里拿出装有硬面包的口袋，都是我在吃饭时收集的。就像当年那样，我还没有扔第一块面包屑之前，这些动物就已经聚拢过来了。就跟当年一样，我扔面包屑的时候引起了一片大乱，动作快的、强壮的，从弱小的、动作慢的嘴边把面包屑抢走，于是我试着通过有目标地投食来达到分配的平衡公正。

看到我是怎么做的，母亲笑了，“你想教会鸭子公平吗？”

“祖父也这么嘲笑过我。自然界只有一条规则：强者比弱者获得的多，动作快的比动作慢的获得的多。但我又不是自然界。”

母亲伸出手等着，我就在她手上倒了点干面包，她把它掰碎，将面包屑投给远处的天鹅，两只白天鹅父母，还有它们的五个浅棕色的孩子。“我只是更喜欢天鹅而已。”

“你就从来不想知道，父亲是在哪里长大的吗？”

她又向我伸出了手，朝天鹅扔了更多的面包屑。“我知道，事情会怎么发展：我爸到底是怎么样的？你们两人是怎么相遇、相爱，最后结婚的？他离开的时候，他阵亡的时候又是怎么样的？”她摇着头，“你觉得，我为什么一直没有告诉你？我不想说，不想，我恨这些事。”

她说得如此激动，以至于我差点什么都不敢说了。我见识过母亲的激动，她给我的感觉就是，我必须为可能的一切后果负责，任何的卑劣行为，任何的尖叫，任何的暴力，这些都还只是话语规矩的结构，它们不会让事情朝最恶劣的方向发展。我还是个孩子的时候，有时候她会打我，当然我其实不疼，但是让我感觉一脚蹬空。母亲的责打，感觉就好像她拒绝我，挤走我，不想要我了。每次她激动的时候，我就陷入恐惧。现在我觉得，仿佛她能够对激动收放自如，就好像她在跟我玩一个游戏。我可不想跟她玩。

我又给了母亲几块面包，我们一起喂鸭子和天鹅，直到口袋空了。“我们回旅馆吗？”

晚餐过后她问道：“你知道些什么关于你父亲的事？”

“我知道他是在这里长大的，他小时候有一个木马头和一个纸折成的硬币；上中学的时候有了领带、西服和自行车，以后还穿过一套上面有人字花纹的灯笼裤西服；他收集过邮票，在合唱团待过，打过手球，会画画，看很多书，喜欢诗歌，还有点近视；他在中学毕业后被免除服兵役的义务，在大学里读的是法律，来到了德国，在战争中一直呆在那里。”

她笑了，“你都知道得比我多了！”她又等着我是不是会笑一下，这样让这个话题结束。接着她深深吸了一口气，“他是个冒险家，瑞士人，学了法律，有一天突然说，他呆在讲堂里、图书馆里和讨论课堂里一定会发疯的，对法律和生命追根寻源，当外面的世界正在爆炸，法律和生命跟着一同烟消云散。他是怎么去的西里西亚我就不知道了。我们是在一九四四年在诺伊哈德认识的。阳光明媚，挺温暖的一天，我晚上走进一家花园酒店，他一个人坐着，我坐下来等我的朋友们来，不停地看着他。我都几乎忘记了，当一个大男孩不穿军装，而是穿西装时能有多帅，那是一件剪裁合体的粗花呢西服，里面穿的是西装背心和蓝色的衬衫，配有蓝色斑点的红色领带。突然他站起来，微笑着走到我的桌边，问我他能不能坐在这里，或者他能否跟我一起去散个步，他能否有幸之后邀请我共进晚餐。我……”她不再往下说了。

“然后呢？”

“我们一起度过了那个晚上，在一起日夜不分地又待了两天，在最后一个早晨我们结婚了。接着他必须得走了，我直到一九四五年四月才又一次在布雷斯劳见到他。一天早上，我站在我家地下室的废墟里，他给了我一本瑞士护照。他说话带着瑞士口音，听起来很轻快。就好像废墟、悲惨的命运和死亡都没那么糟糕。他瞧着我的肚子：‘你要保重自己。’几天之后他走错了路，被子弹击中了。”

“你……”

“我看见了事情的发生。他跟我道别之后沿着一条街道朝前走，突然被子弹击中了。有时候就是这样子的，只要你还能在街上奔跑，德国人和俄国人就会为这条街道展开激战。”

她又停下来了，我还想继续问，但是她看着我，整个说话的时间里她都看着自己摸着衣服下摆的手。“他和你一样高，你继承了和他一样的绿眼睛和双手。”这是额外的信息。

她脸上的神色清楚无误地显示，谈话结束了，帷幕该拉上了。

第四部

1

柏林墙倒塌之时，我正在家发着烧，躺在床上。我很早就睡觉了，没看电视，没看新闻，当然也没看到青年男女在勃兰登堡门的柏林墙上的照片，在边界庆祝的东柏林人和西柏林人，还有那些尴尬地突然发现他们也能友好相处的警察。第二天早晨报纸上的照片，已经是历史了。他们是不是记录了一次错误，这么快就被报道，或者这是新世界的开始，写标题文章的人并不清楚。

我记得一九五三年六月十七日的起义，一九六一年八月十三日开始建造柏林墙，匈牙利起义，古巴危机，肯尼迪遇刺，人类登月，美国人从西贡撤军，皮诺切特的政变，尼克松告别白宫以及切尔诺贝利核反应堆的事故。每个记忆都有一张图片：工人们拿着德国国旗在勃兰登堡门前；泥瓦匠们在士兵们的眼皮底下一层一层地砌起了混凝土的墙；从空中拍摄的古巴导弹基地的照片；约翰·肯尼迪与杰奎琳·肯尼迪坐在一辆敞篷轿车里；一个裹得严严实实的美国人站在一面平整展开的美国国旗旁边，周围是一片砂石组成的不毛之地；美国大使馆屋顶上的一架直升机，有人正在顺着绳梯往上爬；萨尔瓦多·阿连德头戴钢盔，手持冲锋枪，准备保卫总统行宫，头盔上耷拉下的皮带已经昭示着他的失败；尼克松站在白宫的草坪上；从一家直升机上照下来的一个核反应堆，看起来并不危险，但是却给人一种致命威胁的感觉。匈牙利革命在我脑子里留下的不是照片，而是声音：母亲和我在电台里偶尔收到了布达佩斯的电台，在起义的最后阶段极度迷茫，用英语、法语和德语向世界发出求救信号。

除了遥远的地方发生的历史事件之外，在我生活的近处也有过历史事件。我本应不止有照片，而是应该亲身经历。可惜我把它们都给错过了。一九六八年学生们走上街头的时候，我却正在打工，当我可能在加利福尼亚遇上最后的嬉皮士和婚礼上的花童时，我却在学习按摩。我既没有在波恩抵制过德国重新拥有军队，也没有在布罗克多夫抵制过堆放核燃料棒，更没有在法兰克福参加过抵制建造西线飞机跑道的示威游行。

这次我可不想再错过历史了。我睡得舒舒服服的，去出版社请了假，当天就飞去柏林，在选帝侯大街旁的一条小街上住了下来。这个膳宿公寓占据了那幢房子的三层和四层，这是一幢曾经华丽的房子，现在却有些破旧。我的房间里被长毛绒、俗气的艺术品和一个塑料的淋浴房塞满了，在昏暗的早餐房里，人造植物的原始森林十分茂盛。看着庭院里让人几乎忘记了外面是白天。

我坐着城区快车去了东柏林，在街上奔跑。那是中午。满满的小吃店，行色匆匆，利用午休时间出来购物的路人，川流不息的卫星牌、瓦特堡牌小轿车和驼背的货车行驶在宽阔的街道上，刺鼻的烧焦的褐煤味，有时在人行道上有一堆煤饼，等待着通过与地面一样高的窗户，被铲进地下室去。有时候是一幅红色的条幅，庆祝德意志民主共和国成立四十周年——这是社会主义的一天。

每天都是那么灰暗。和我之前来到东柏林所看到的几乎没有任何区别，在柏林墙建成之前，还是中学生的我曾和班级一起来过，后来上大学时还曾来这里参加过一个马克思主义法律和国家理论的讲座。和当年一样，它感动了我。

与时代不相适应的慢节奏和生活的艰辛，以及那些无谓的尝试，通过多余的红绿灯、单调的广告和新房子窗户上反光的玻璃所营造出的现代性，这一切让我想起了孩子们无谓的尝试，想要营建起成人的世界，并扮演成年人的角色。

这些感动了我，尽管我知道这里的孩子们建造的世界令人痛苦的狭隘，他们的游戏可能因此卑鄙而残忍。

我走进了亚历山大广场的百货店，这里已经在卖年底才能见到的长翅膀的圣诞天使像。我被柜台前的人群挤来挤去，根本看不见什么，也没找到什么想买的。我想把我换的钱花出去，找了半天纸制品，信纸和信封，还有文件夹这些总是用得到的东西。但是信纸和信封上面都画好了线，文件夹看起来就好像它们在一次使用之后就会裂开。在菩提树下大街的一家书店里，我买了几本关于国际象棋开局的书，我知道我大概不会看它们的。

和我参加讲座那个时候不同，大学已经不再有人把守。我走进去，闻到强烈的消毒水和清洁剂味道，找到海报栏，上面有各类活动、开放和关闭时间的通知，还有“自由德国青年联盟①”的聚会时间以及推迟通知。穿过一扇开着的门，我悄悄走进了一间昏暗的阶梯教室，里面正在举行一场现代民主德国文学的讲座。我一直听到最后，被大房间里魔法般的气氛迷住了，教室里总共只坐几个学生，在女教授的讲台上只点着一盏小小的台灯。

我又重新回到了街上。悠远灰色的天空变暗了，华灯初上。我对遭遇历史有些什么期待呢？是人们示威游行？在街角处成群站着讨论当下的形势？占领各个政府部门和广播电台？攻击警察，并缴他们的械？扒下柏林墙的砖？

显然，历史进程并不是那么迅速的。历史必须尊重生活中的上下班、购物、烹调和三餐，历史必须尊重事实。官方途径、体育活动、与亲友们的见面不是那么容易就能完成的。也许在法国大革命中也是一样。七月十四日当人们冲击巴士底狱却不去上班，于是大家就必须在七月十五日补上鞋匠铺或者裁缝铺拉下的活儿。在早晨看过断头台之后，中午又回到针线旁。人们一整天待在被冲破的巴士底狱里面能干吗？在打开的柏林墙旁边又能干吗？

① 自由德国青年联盟：东德的共青团组织，民主德国时期加入该联盟几乎是强制性的，因为如果不加入就没有在学校获得教育的资格。

2

东柏林人一天中的一部分时间不是在东边度过的，而是在西柏林。他们去购物。比较货品、品牌和价格，发现特别优惠，区分真假折扣，不耻下问，提出自己的要求，讨价还价——这也得学，也得练。

我穿过选帝侯大街和陶恩滋大街，走进百货商场、服装店和鞋店，建材、电器和食品商店，留意观察人们购物的情况。买东西的是西德人吗？那些还没有慢慢习惯购物的人，必须立即转化成西德习惯的人，他们会在这里展露出他们真实的面孔吗？贪得无厌的面孔？然后我见了一对年轻的夫妇，正在温柔地端详着挂着的胸罩、女用内衣和衬衣，轻轻触摸这些商品，最后带着选好的东西那么幸福地走了。我觉得我的商业消费悲观主义实在是太高傲了。在威登堡广场上，站着一个流动香蕉售货员，撕开纸箱、拔去枝叶、把香蕉递到顾客手中和找零这四件事他都快忙不过来了。他不卖单根香蕉，我至少得买十根。一个来自东柏林的顾客送了我一根。

第二天，我也花了不少时间在西柏林闲逛，没有去市中心，而是在居民区。街上坑坑洼洼，人行道上的路面用巨大的石板和小石块，加上碎石和焦油铺了一遍又一遍，篱笆是用暗灰腐烂的木头做的，房屋立面上的灰泥大块地脱落，露出了里面的砖块——我很震惊，这种破败居然让我有了家一般的惬意感觉。

然后我就明白了，我其实是在走过我从前的街道，四十年代末、五十年代初，我家乡的街道就是这样子，我童年时候的街道。我试了一下，像小时候一样徒手折断一根腐烂的栅栏木条，成功了。

天色暗了下来。天空低沉地压在城市上空，一整天。黑暗降临，就好像现在天空就压在房子、公园、广场和街道上了。我渴望看见明亮的窗户和它们错误的安全信号。当我坐在地铁里的时候，看着人们走在回家的路上，我的渴望攥取了我的心，尽管我并不是真的妒忌他们的房子、他们的家庭和他们的夜晚。

在公寓里我遇到一个刚从美国来的记者。一起吃晚饭的时候，他问了我很多问题。情况会如何发展呢？在民主德国的人们会想要建立一个自己的自由的德国吗？他们愿不愿意统一？联邦德国人又是怎么看呢？在民主德国，会对那些共产主义者进行清算吗？俄国人会继续留在民主德国吗，还是会离开？戈尔巴乔夫会坚持下去吗？军队会发动政变，夺取政权吗？即使我不能回答他任何一个问题，他也表示没关系。那么，我自己对于这件事情是如何期望的呢？

我说起了德国的两半，信仰天主教的、莱茵河地区的、巴伐利亚地区的、富裕的、生活乐观的、外向的西德，信奉新教的、普鲁士地区的、贫困的、生活窘迫的、内向的东德。东德和西德一样是我精神世界的一部分，我也愿意在东德一样地工作、居住、成婚和生活。或许对于我来说，一个自由的民主德国可以欢迎我，就像奥地利和瑞士一样，这已经足够了。然而把这两部分组成一个整体，难道不是更理所应当吗？

他让我继续往下说。我所谈到的，都是之前自己都没有意识到的。但就是这样突然之间灵感爆发，就好像我已经就这个问题深入思索了很久，就好像我在东柏林步行的这点路，不是看到了破败的房屋，而是与马丁·路德、巴赫和腓特烈大帝以及普鲁士改革家相遇了。

我还向他解释了，为什么不会有对共产主义者的清算。“奥德修斯返乡的时候杀死了那些追求他妻子的人，绞死了与这些人相串通的女仆，因为他也不会在这里待下去。他远走高飞了。如果人们还想留在这里的话，就必须彼此妥协，而不是互相清算。在美国南北战争之后没有进行清算对吧？因为美国在分裂之后又恢复成原来的样子，要继续保持下去。如果德国要回到原来的样子，它就得这样下去。”

他是在看着我笑，还是在笑话我？我不太确定。我们喝完了两瓶葡萄酒。那两天，我都是同样地醉倒。过去与现在，富裕与贫困，快乐与严酷，外向生活和内向生活——找到这些，它们互为补充，世界才圆满完整。我坐在这其中，身边还有一瓶葡萄酒。

3

在我飞回家之前，又去了一次位于菩提树下大街上的大学。这次我踏上宽大的红色大理石台阶，走过马克思的名言："哲学家对现实进行了不同的阐释，但重要的是去改变现实。"宽阔的走廊空空荡荡，在通往更高一层的楼梯和走廊里我也没有遇见任何人。刺鼻的清洁剂和消毒水味道又一次弥漫在空气中。

在一扇门旁的一块告示板上写着一个关于资本主义国家宪法权利的讲座和讨论会。我正在看这张告示，门开了，一个男人朝我走过来并伸出了手，"您是胡梅尔博士？"

我握了握他的手，"我是德鲍尔博士。"

"普菲斯特教授说胡梅尔博士会来，您是来顶替胡梅尔博士的吗？"

"他大概还是会来的吧。"

"您还是进来吧。"他摆出一个邀请的手势，自我介绍说他是法赫博士，替我脱下大衣，带我又穿过一道门，进了一间房间。屋子里靠墙立着窄柜，中间有一张长桌，几个人坐在桌子边，有几个还年轻，有几个则上了年纪，有几个系着领带，穿着西装上衣，还有几个穿着羊毛衫。法赫博士让我在桌子的尽头坐下，他开始介绍的时候，陆续还有人坐到桌边。

通过他的介绍，我得知来自汉诺威的普菲斯特教授，多年来与洪堡大学的鲁莫教授有着在当时很少见的两德学术来往，他们两人决定，既然现在柏林墙已经倒塌了，应该立即从汉诺威派几个讲师来柏林洪堡大学上课，洪堡大学也可以派几个讲师去汉诺威。他们是在等待个人讲师胡梅尔博士，现在则是我来了。"德鲍尔博士，您也是讲师吧？”

“我还没有完全获得在大学执教的资格。我也不是从汉诺威来的，也没有和普菲斯特教授进行过个人的商讨。但是，”我试着用简单的语言把问题说清楚，“有人认为，在国家行政法有些部分亟待加强。”我的博士论文写的就是关于基本法。

没人问我，“有人”到底是谁。法赫博士觉得，我应该在洪堡大学教授国家行政法课程。我被问及了有关我的博士论文和大学执教资格，其他的科学著作和项目，在众多学生面前以及在少量学生面前的教学经验，实践能力和政治倾向。我试着不去撒谎。不过最后，我还是在美国学习了比较宪法学，而不是按摩，还在那里发表了论文，并在德国领导了相关研究工作，马上就可以获得在大学的执教资格。

这个房间尽管开着一扇窗，但还是太热，我冒汗了。

窄柜、长桌、大型会议——我感觉自己就像一个中学生，在教室里接受教师联席会议的提问并作答。也许正因为如此，我的谎越撒越轻松。我暗示，我是在社会民主党执政的联邦州，曾经参与过很多联邦宪法法庭案件审理工作的法学工作人员，观众不住点头表示承认与赞许。我还自称我被出版社的社长任命法学顾问，并承诺可以为图书馆免费购置书籍，他们都认可接受了这一点。最后，法赫博士以该小组的名义感谢我的到来。“德鲍尔同事，如果您能够在十二月就开始一个关于联邦德国宪法的讲座和一个讨论课，我们将会非常高兴。”

4

就这样，十二月的一切都是全新的。我周一和周二上课，其他时间则在出版社上班。在东柏林两天中的一天我请假，另一天则是出版社赠送的——作为对于德国统一的贡献。一开始我在家备课，然后周一早上飞去柏林。过了一阵子我就干脆周五晚上飞过去，带着我备课需用的书。我住在洪堡大学的招待所，一栋十九、二十世纪之交时的砖结构房屋，从我房间的窗户看出去的庭院，白天和晚上一样宁静，仿佛那些住在其他房子窗户后面的人们都去上班了，或者在家中了邪，陷入沉睡。

有时候我会设想，在我对面一层的那间实验室里，打着鼾的化学家睡在嗞嗞作响的煤气灯旁；在旁边的办公室里，工作人员头枕在桌子上就睡着了；在庭院对面左边的房子里，父亲瘫坐在沙发上，手里的啤酒瓶掉在地上，在炉灶前有着睡倒的母亲。

我在一家两条街之外的宾馆用早餐。我托着一个自助早餐的碟子，拿一个小面包，这里拿点烤肠，那里拿点奶酪，最后还有黄油和果酱，把满满的盘子端到服务员面前，得到一个准确的数字：七十三芬尼①或者九十七芬尼，或者当我对自己特别好的时候，一马克三十六芬尼。

在第一个周二的上午，胡梅尔博士也来了。前一晚他来敲我的房门，自我介绍了一番，并跟我进行了一次谈话，其间我从一个窘境滑入下一个。我招架不住，示意我还要备课，他便建议共进早餐。

---

① 芬尼，德国2002年推行欧元前的辅币单位，100芬尼=1马克。

他觉得要向收银员展示每一块食物，等着他收账，对他是种屈辱。这将他置于令人恼怒的嫌疑之下，认为他可能拿得太多，完全是狭隘的，是束缚和控制达到了顶点。他还认为，可能收银员是为国家安全局工作的。他语带讽刺地说："难道马克思没许诺过，人人按劳取酬，按需供应吗？"

我为自助早餐的辩护，他认为是在替国家安全局开脱。他取得执教资格的论文写的是纳粹对民法典的解释，在社会主义对民法典的解释中也找到了共同点。在他看来，纳粹时期法官与教授的卑鄙无耻，为了个人前途而扭曲法律的行为，和民主德国法官与教授的卑鄙无耻是一样的。反抗的勇气和力量在这两个时期都是必要的。

他把手搭在我胳膊上，"我们不能重犯我们父母犯过的错误。要起来反抗——如果我们没有领会历史的这条讯息，那么历史也就只是无意义、无目标的大屠杀而已。"他捏紧了我的胳膊。"这是我们的历史责任，所以我们在这里。"

我第一次定睛看他：他那友善满足的圆脸，他的肥手，他丰腴的身体。我不知道我究竟对他说的哪些话感到反感。但是我知道，我不喜欢他，不喜欢他的长相，不喜欢他的坐相，不喜欢他用手抓我的胳膊。"反抗？您是想反抗收银员吗？"我并不是想把他赶走。但是当他无语地站在那里，随后走出去，我就替他的咖啡付了六十芬尼，替他的面包、奶酪、黄油和果酱付了八十二芬尼。

一开始我的讲座上有三四十名学生，每周人都变得更多。他们不是因为我是口若悬河的家伙而来的。每周情况都越来越分明，民主德国走到了尽头，两德统一，与联邦德国的统一将要到来。所有男学生都是国家人民军的军官，女学生都是技工。成熟老练的年轻人，一般都有了家庭，与民主德国命运相息，会想要未来成为法官、检察官或者律师。尽管不情愿，但是他们果断地决定开始转型，他们学习新的法律系统，就好像学习一门新的语言，在新的国家里，重要的不是政治倾向，而是职业的必然性。在讲座和讨论课上他们都没有提问或者表达过他们的意见，对于我的问题，他们的反应也像是说，这是令人讨厌的负担。当我在讨论课上布置功课，要求对于一些判断或者论述进行批判性阐述，他们的回答仅限于最简单的干巴巴的复述。

有一次,我听见一个学生听我的演讲时轻声说了一句:“他自己都不相信。”我于是试着由此引起一番对话。我发现,令这个学生恼怒的不是我不相信我自己所说的,而是我想要让他们相信,我所说的就是我相信的。

和同事之间的关系,每周也有变化。之前他们还把我当成是申请人,那个如果被录取就能聊一聊什么是幸福的申请人,现在他们在我身上发现越来越多的一个全新世界的征兆,那是一种不可阻挡地席卷他们的旧世界,改变他们,甚至摧毁他们的力量。

我遭遇到了公开的拒绝,冰冷的礼节,带着讥讽意味的好奇,关于我们不同的世界的信息交换,发现一个共同未来的真正喜悦,以及面对即将到来的挑战的勇气和恐惧。

一个女同事带我去参加了一个系里党员的大会。戈尔巴乔夫进行了一次演讲,会上应该要讨论这次发言。二三十名党员大会的主席用很少的话直接引入了主题,环顾四周,要求众人发言。

那是一个灰蒙蒙的柏林冬日,下午四点外面已经全黑了,在会议室,也是系主任室,只有台灯弥散出微弱的灯光。和其他东柏林的房间一样,这间会议室暖气过大,在主席说完话之后的漫长沉默中,我觉得眼睛变得沉重,自己与疲劳搏斗起来。有个人开始发言了,这人我不认识。我一开始颇为惊异地听着,后来则聚精会神地听。

他发言,但其实什么都没有说。他的发言结构严谨,句子有始有终,穿插在发言中引用的马克思与列宁的话非常优美,他想起来的事和引起他思考的事听起来就好像里面的确有内容。然而,根本就没有主题,没有想法,没有肯定或者批判的想法。避免每一个确定性,每个表达都经得起事后的批判,或者将来自己可以进行自我批评。这是一种说话的艺术,服从自身的艰深法则,一些平时只是轻微的挫顿,在这里却变成了一门艺术。这是一种荒唐的艺术。

当这种艺术随着它所存在的世界而消失的话,我是不会为之落泪的。尽管如此,我还是有点伤心,一门艺术就这么消失了。

5

一天晚上，我在家发现了一封来自东柏林的信件。问我是不是还对福尔克·冯兰德感兴趣。罗萨·哈伯最近才看见我登在报纸上的启事，那张报纸被她的一个西德朋友揉成一团，放在一个包裹里当垫子。

我给她打了电话，她请我星期天上午去她位于柏林潘考[1]的家。我给她带了一束花，这已经是我在东柏林的花店里能找到的最漂亮的花了，可怜得像一只病怏怏的小鸡的羽毛。她把花束当成是名贵的东西收起来——我不知道她到底是真高兴还是在嘲讽我。她是一位精神矍铄的老妇人，说话声音细而清晰，走路的姿态很优雅。她在阳光房里请我喝茶。

"您在您的启事中叙述了福尔克·冯兰德的生活轨迹和他的文章，但是为什么他的历史会引起您的兴趣呢？"

"我不知道，有时候我会有一个灵感，而且很准；有时候则不行。"

她疑惑地看着我，但是很友好，"这整件事是因为一个灵感？"

我笑了，就跟她说了我祖父母的事，那本返乡小说，小磨坊主大街上的房子，关于战争的文章和汉克的距离。"我其实不是历史学家，之所以自称是历史学家，是为了让启事能得到读者的重视，但是在收到您的信之前，我没有遇到过一个认真的回信。"

"我的信件，本来您也可以从其他人那里获得。"她摇摇头，"翻陈年老账对吧？

---

① 潘考，位于柏林东北部，是前东德时期的主要居民区之一。

他对于我们来说叫瓦尔特·绍尔，有一天在街上，当有个人叫他福尔克·冯兰德的时候，他对那个人非常友善，但冷静地拒绝了对方。当时在场的我们觉得也没什么奇怪的，但是他却被那人弄得非常没有安全感。不过那之后他就消失了，突然之间不辞而别。”

“无论如何，他作为福尔克·冯兰德的碰面还留在您记忆之中——是因为您早就已经怀疑了吗？”

“怀疑？不，我没有怀疑。”不过她接下来也没说，在她的记忆里将其归因于何种情况，我也没有深入问下去。不辞而别——这可能意味着，他们曾经走得很近。

“瓦尔特·绍尔都做了些什么？”

“直到一九四六年秋天，他一直是《夜间快报》文娱版的头儿，自己也写文章：剧评和书评，杂文，故事。在我们印象里，他和苏联占领军少校关系不错，后者是总编辑幕后的人物，那是个矮小肥胖又狡猾的从列宁格勒来的犹太人。当然在幕前有一个德国的总编辑，《夜间快报》把自己标榜为政治上独立的街头小报。”

“对于一个突然冒出来的人来说，这样一份事业算是不错了。”

“他不是突然冒出来的。他是个犹太人，来自维也纳，在对犹太人的迫害开始之后躲到了父母在阿尔卑斯山的小屋里，直到一九四四或一九四五年冬天被一个邻居给举报了。他准确无误地认识那些名字，那些面孔，我是说那些在奥斯威辛集中营的名字和面孔，那些在最后时刻被纳粹杀害的人。他的小臂上还有战俘的号码。”

“这不可能！”

“我一直记得这串号码，直到，”她的脸一红，“直到我两年前中风。您知道，当时我曾经保护过他一段时间。他就像其他孩子一样无家可归，他们已经不存在于他们的世界里，却又没法进入我们的世界，无论怎么努力，无论怎么渴望都不行。因此贝歇尔很喜欢他，他感觉到了他们近似的命运。”

“他有没有说关于他父母的情况？”

“他们在奥地利归附德国之后立即就被逮捕了，父亲是一个政治上很活跃的律师,母亲是精神分析师。他从此再也没有见过他们。"

"您知不知道,在三十年代的维也纳有一名叫做绍尔的律师? 或者叫冯兰德的律师?"

她坐在那里,有点紧张,两只手在衣服下摆处合在一起,眼睛看着地上,"我没监视他。他就是这么走了,那时候很多人都是一天在这里,第二天就走了。那个时代就是这样的。"

"但是现在,你又是从哪里得知……"

她恨恨地看了我一眼,"我不知道,他们要我相信,瓦尔特·绍尔欺骗了我,就像那个可怕的人,那个当时称他为福尔克·冯兰德的人。"

"您知道那个可怕的人是谁吗?"

"不,我不知道。也许他也不是什么可怕的人,只是有点烦恼。也许他找了冯兰德太长时间,如果人做一件事太久的话,就会有点神经过敏。您明白这种感觉,对吗?"她带着期待看着我。

我点头,"没错,我明白这种感受。"

她站起身来,"您来拜访我真是太客气了。我的儿子住在罗斯托克,我女儿住在德累斯顿,自从我在……"她突然停了下来,看着地板,"我在说些什么呀。您对我的孩子和我之前的职业不会感兴趣的。"她还盯着地板,"我喜欢他的口音。那是一种口音的淡淡香气,不多,但却是来自一个美好世界的问候,一个华尔兹的世界,巨大的舞厅,咖啡馆,石头台阶从一条街通向另一条街,就像巴黎一样……"她重新抬头看着我,"您去过维也纳吗?"她不需要什么回答,陪着我走到门口,我们道别。

过了几天,我得知在三十年代的维也纳没有相关的电话号码登记:没有绍尔夫妇,男的是律师,女的是精神分析师,也没有冯兰德夫妇,在电话号码簿里都找不到他们的名字。

6

这个学期结束了。尽管我还继续受到邀请，但是我想下学期我是不会再来了。罗梅尔教授对我很生气，我迟早会撞在他手里。这不仅仅对于我个人来说很尴尬，而且对于这个学科也是，它正准备根据西德标准向一个令人尊敬的系转型。另外，我发现很多小的谎言，在我开始撒这些谎之后，没有它们我就寸步难行，一直很紧张，感到很耻辱。我想起了那些外面有情人的男人，妻子不知道他有个情人，情人兴许也不知道他还有妻子；想到了国家安全局的非正式工作人员，要负责监视他们的同事和朋友们；想起了那些会计，年复一年偷些小钱，积少成多——我不是要在道德上谴责他们，只是我禁不住去想，人怎么能够一直生活在危险中，一直背着一个包袱，一直活得不是自己。也许为了一个伟大的目标可以这么去做，可我没有这种目标。

一个同事请了学科里大部分的人，还包括我在内，对我来说就是告别宴会。我忘了我们究竟是为了什么而庆祝：他的六十岁生日，工作××周年纪念，历尽波折终于买下来的房子，在城市大门的湖旁，学科升格为一个系。没请罗梅尔博士来，我很高兴。

我后知后觉地发现，原来今天请我来的同事自己也要举行告别庆祝。我不知道，他与国家安全局合作的故事是否属实，这种情况当时在其他同事身上也出现过。我简直无法想象，他这样一位国际知名的著作权法专家，深谙人情世故，居然和国家安全局勾结在一起，还可以按照他的规则玩这个游戏。他是否害怕正在开始的调查，或者干脆不愿意接受调查——下学期他也不回大学了，而是自己成立了一个律师事务所，不久之后生意兴隆，事业成功。他是第一个离职的人。

我们被邀请去他位于卡尔·马克思大街上的家，这里以前叫斯大林大街。太过宽阔空旷的街道看起来那么荒凉，曾经铺着瓷砖而现在看起来伤痕累累的一片房子，如今很多瓷砖都掉了下来——我同事的居所充满现代感的舒适大气。他的妻子给我开了门，“您没被掉下来的小瓷砖砸中吧？很好。我们东德佬知道怎么躲避我们的石块，你们西德佬就得学学了。”她笑得很灿烂。我在最后一周感觉到，同事们对待我越来越像对一名友好的占领军军官。而在我同事家，女主人却像一名优雅的妇女问候比她年少的、略显尴尬的客人。

她带我走进两间通过滑门连接在一起的大房间，房间里摆放着比德迈耶尔风格的家具，还递给我一杯红色开胃酒。“我不需要向您介绍了，您差不多认识所有人，如果有谁不认识的话，过去打个招呼。”

我转了一圈。法赫博士在，和平时一样不修边幅，十一月份我的讲座上，我还把他当成是一个目光短浅的官僚，不久我发现，他多年来保护学科的博士授予机制，使其不受东德共产党世俗的管束。他以他的良好教养、他的纯朴、他的可靠和宽容成为一名出色的无产阶级绅士。

魏勒博士也在，就是她带我去参加系里的党员代表大会。我知道她在柏林墙打开前的几个月，以极大的勇气和力量发表了一篇文章，如此英雄主义又是如此徒劳，就好像一个印加人在西班牙殖民者到来前的几个月，终于替印加人发明了轮子，却被西班牙人的车轮给碾碎了。

那个在党员大会上离题万里，什么都没说的发言者也在场。我知道他叫库克尔博士，一方面是艺术爱好者和鉴赏家，另一方面是优雅的机会主义者。法律史学家布吕默博士正在满嘴粗话，戏谑地讲述当年他当拳击手时候的比赛，并向女人们暗送秋波。法律哲学家弗雷默博士回忆起一场五十年代的学术会议，在会上他因为一次资产阶级的错误想法而被训斥，会后就被惩罚性地谪贬到一个小村当村长。时空的距离，让这个悲伤的事件变成了一次有趣的冒险。

年纪越大，我就越得努力在社交场合理解我的交谈对象。一名耳科医生给我做了检查，给出了问题的名称：聚会听力困难症。没什么药能够帮我，因此我得自己帮我自个儿，如果我听着听着发现跟不上了，那就索性不听了，而是挂出一副友好的聚精会神的笑脸，当别人都笑的时候我也跟着笑，让我的思维停滞。

我回想起柏林墙倒塌之后的那个早上，我第一次坐车去法兰克福，第一次坐飞机来柏林，随后的多次往返，在大学里的日子和在招待所度过的夜晚。我没参加市民运动，没去看反对党活动，没参加新党，既没有和社会小环境建立联系，也没有寻访国家安全局的受害者。我没做那些我轻易就可以做到的事，取而代之的是，我让自己进入了一个陌生的学术世界，不久之后就将不存在的世界，开心地接受了所有印象，没去谴责任何人，没有解放任何人，还享受了陌生与毁灭的气氛。

我还享受那晚的忧郁色彩。我坐在历史的候车室里，一列火车马上将被调车机车推到列车停放线上去，其他的列车可能随时都会到来，短暂停留之后继续前进。不是所有从同一辆火车下来的人都会在另一辆车里找到座位，有些人必须在候车室坐着，经历候车室餐厅的关门，关暖气和关灯的过程，外面那列老火车还在隆隆前进，新车还没来，候车室又重新开始营业，重新温暖明亮。

7

航班总是满座。我经常早上坐最早一班，晚上就坐最晚一班，坐在疲倦、精疲力尽和神经过敏的乘客中间。一个邻座的乘客说，因为头顶上行李舱都满了，他不仅可以把他的行李放在他脚底下，还可以利用我脚下的空间。一个乘客想阻止空姐把最后一瓶红酒给我；她必须把这瓶酒分给我们两个人。另一个乘客跟我唠叨，有一排并排四个座位，其中一个乘客要求有四分之一的扶手使用权，另一个并排三个座位的也要求三分之一使用权，他比划给我看了，应该怎么要求属于自己的扶手空间。大部分乘客都是男性。

我在最后几次从柏林返回法兰克福的飞机上，看见了芭芭拉一次。其他乘客都已经落座了，她才登机，把行李放在我前面十排的满满的行李舱上，发现放不下就把行李交给了空姐，在自己的位置上坐了下来。我们两个都是靠走廊的位置，我能看见她的胳膊，当她调整坐姿的时候，还能看见她的头、肩和背部。

我没跟她说话。我打开一本小说，我现在不需要把空余时间花在备课上，就买小说来看。飞机启动，开上跑道并升空时，我开始读这本书。但是我看不进去，老得一遍又一遍地读着同一个句子。

我突然很累。因为过去几个月那么多出差，在出版社和大学的两份工作？因为要回到出版社面对令我感到无聊的工作，自从我专心于那个故事以来，即使只是在等候室？因为我多年前为了追求芭芭拉而进行的斗争？突然之间过去的希望和过去的伤悲如此鲜活，就好像只过去了几天，而不是几年。

飞机到了预定飞行高度，空姐们开始供应饮料。外面机翼上的航行灯明暗交替，有时在云朵之间泛出城市的灯光。为什么地上的灯光闪烁，而不是常明？为什么我们会感受到疲倦，这种全没用处的感受？我闭上了眼睛。

我设想芭芭拉都在干些什么，她舒服地坐在我前十排的位置上，也许和她邻座的人简单聊两句，打开一本书，喝点红酒。我看见她的脸庞：无血色的皮肤，两杯酒下肚就会泛出红晕，浅蓝色的眼睛，上嘴唇的小伤疤和左边眉毛内侧的小坑。我看见她穿着一条黑色的裤子和一件玫瑰红色羊毛衫，既不胖也不瘦。幻想着她那么真实地坐在我旁边，就好像我伸出手就能触摸到她。这让我妒忌在她邻座的客人。我嫉妒他离芭芭拉那么近，很自然就能与她交谈，即使只是最肤浅的交谈。

嫉妒让我更加疲倦。可是当我想起是我传播这种嫉妒，一开始我们那么轻易地就去周末出游、购买家具，想起共同度过的夜晚的信任，在芭芭拉身上发现温柔和激情，想起她浑身湿透站在我家门前，之后手捧着热巧克力，穿着我的牛仔裤和羊毛衫坐在沙发上，疲倦就挥之不去。对，像有些事一样，幸福的记忆让我疲倦。这吓到了我，我从记忆里翻找出一个又一个形象：祖父，来火车站接我，露西娅，捧着我的脸吻上我的嘴，在申请教课资格的最初一年里关于公正性的思考，加利福尼亚的天堂海滩，获得在出版社的这份工作，芭芭拉躺在床上，脱下她的睡衣，和马克斯待的那几星期，和我母亲去提契诺的旅行，在东柏林的告别宴会。这些记忆让我痛苦，因为这些事物都不能重生了，我很悲伤，因为它们只反映了美好的生活片断，生活当然也有丑陋的一面，这没关系。那么幸福的记忆也是一样。不好的是，它们不仅让我悲痛和伤心，它们也让我疲倦。那是一种深深的沉默的黑色的疲倦。

过去几个月的努力，出版社工作的千篇一律，争夺芭芭拉的精疲力尽——这些不可能一下子就让我这么疲倦。不可能是这个原因，因为我根本就没有为了获得芭芭拉而抗争过。我受了伤害和侮辱，躲了起来。在出版社工作的无聊面前，我投降了，我根本就没有想过其他新的更好的工作的可能性。过去几个月在大学的经历也是一样，我并没有真正努力过。我保持着距离，从远处观察着其他人的角色割裂，避免我自己的角色割裂，在事情变得困难和尴尬之前就告辞。我都没有让自己投入过，我怎么可能真正努力过！

空姐给我拿来了两小瓶葡萄酒，我把第二瓶的最后一口都喝完了。我对露西娅不投入，我并不觉得可耻，我当时太小了。在我祖父母处，我只是个帕西法尔①，尽管我年纪已经足够大到可以向他们发问。在争取执教资格的工作中我爱上这个与头脑进行的美丽游戏，而不愿意把这些想法纳入一个结构体系。在加利福尼亚的天堂海滩和与马克斯的生活中，我本应该攥取一个更固定的位置。我的母亲——对于她，我早就放弃了抗争，不投入，而且从她那里索取。我这样对她不能说没道理，她做的也不比我好，但是我确实做得不好。

存在的疲劳感不是投入过多精力，而是投入不足的结果吗？对自己逼得很紧不会疲劳，而很松反倒会疲劳？这些都是胡说八道？这是我母亲的工作和努力的思想的另一种表现形式？还是我只是在有时候特别容易疲劳？

飞机降落了，到达了停机位置，乘客可以下飞机了，这时我拼命往前挤，这样子没礼貌也让我很难堪。但是我终于在等候护照检查处的长队里，站到了芭芭拉的旁边，我问她："你下周有安排了吗？"

---

① 《帕西法尔》，三幕歌剧，剧情源自 W. V. 艾森巴赫所作诗歌和欧洲中世纪的宗教传说，是瓦格纳最后一部歌剧，创作于 1877—1882 年间，剧中的主人公帕西法尔在树林中长大，心里纯洁善良，不晓世事。

8

之后的一个周末,在回程的路上,我问她:“你愿意嫁给我吗?”

跟以前一样,我们还是周五下午两点出发。“我们去哪儿?”她在护照检查点前的长队里问我,毫无惊讶表情,我建议说:“我们不是要去康斯坦茨吗?”她点头。我们最后一次周末旅行是去的巴塞尔,那时候我们就说好了,下一次旅行要去康斯坦茨。

我们一开始沿着高速公路行驶,后来开上了黑森林的公路。黑森林被雪覆盖着,山坡上有人在滑雪或者滑雪橇,平时呈墨绿色的冷杉银装素裹,就好像一件晶亮的首饰。蔚蓝的天空下,有时候还能越过被雾气笼罩的莱茵河看到伏盖森山脉。

我们互相讲述了彼此在柏林所做的事情。柏林墙打开之后没多久,芭芭拉所在的中学就和柏林的一所中学结成了伙伴学校,进行教师和学生的交流活动,芭芭拉在那里教了两周的课。她喜欢那些乖巧又安静的孩子,以及大部分的老师,他们的职位比芭芭拉和她的同事们要固定。但是这种关系发生着转变,孩子们变得越来越淘气,老师们越来越担心他们的权威。学校的老校长被替换掉了,那是一个控制欲极强的人,大家都怀疑他为国家安全局工作。新校长想要做出一些改变,他问芭芭拉能否待更长的时间,比如第二学期以及之后的一个学期。

“然后呢?”

“我很乐意去,我想看看中学和国家机器是如何共存的。”

“你不是要在那儿碰运气,当然你肯定遇到过靠碰运气的人。你也不是出于义务去那儿,而是出于兴趣。对什么这么感兴趣?”

"熟悉与陌生的混合体。在非洲或者在美国，我可以想象自己变成另外一个人，但是那样的话我就必须和故乡分离。这里我就可以想象自己的生活，而且这是我的国家，和我的同胞在一起，用我的语言。"

"你对这里有什么设想？"

"在民主德国的一所中学里当老师。受人监管，仅有的自由，与同事、家长和学生的接触，小心内政部的人，在保加利亚、罗马尼亚或者一间夏季别墅度假，搜寻那些供应量很少的东西，和朋友、家庭在一起的充裕时间，阅读的快乐或者听一张西德唱片的喜悦。"

"那不是你曾经有一次说起过的你所厌恶的生活吗？"

"在东德生活我觉得足够有异国情调，我愿意尝试一下。"

"可能过了几个月，甚至几个星期之后在那里的生活就不再是异国情调的，而是和这里一样，更加丑陋。那里会有 Aldi 和 Penny① 超市，你的学生们会穿着 H&M② 的衣服走进麦当劳。"

她耸了耸肩，她是不是在我们谈话时漫不经心？她是不是和我一样缺乏安全感？她似乎是否也有一种恐惧，我们的相遇是命运的捉弄，我们的约会是个错误？当我们之后拥抱做爱时，是否能够感觉到我们已经变得多么陌生？不像一开始那么陌生，那时我们对彼此都充满好奇，而是像是到了尽头一样陌生，彼此都受够了？以前可以的事情，现在能够再来一次吗？我们能够再次成为彼此的奇迹吗，就像当初那样？我们在彼此拥抱的过程中感受对方，享受对方，还背叛了对方？如果我们现在就拥抱的话，是不是只会让彼此尴尬？

我们在康斯坦茨的半岛酒店要了一间带阳台的房间。当我站在栏杆旁眺望着博登湖，芭芭拉把手放在我的腹部，头枕在我的背上。过了一会儿，她躲进了我的怀

---

① Aldi 和 Penny 均为德国廉价连锁超市。
② H&M，成立于 1947 年的瑞典平价服装连锁零售企业，在全世界多个国家拥有店铺。

里，我们就那么站着，拥抱着彼此，没有亲吻，没有任何语言，眺望着湖面、堤岸和天空，或者索性闭上眼睛。那晚的风很柔和，空气中已经有了春天的感觉。直到天黑，我们才进屋。

我们打开灯，把行李打开，规整好，换上睡衣。我们手脚麻利，轻松愉快。我们的身体又认出了对方。我触摸着芭芭拉的肩膀、手臂、背和臀，感觉着她的乳房和肚子，闻着她皮肤和头发上的味道，听着她的呼吸。

周五到周六的晚上和周六到周日的晚上，我们都这样待在一起。星期天我们想绕着湖转一圈，然后回家，但是天下起雨来，稀疏的灰色雨线就好像中国水墨画里的场景。吃完早餐我们又回到房间里，打开阳台的门，听着呼啸的雨声，我们做爱。我们让人把香槟和食品送到房间里，星期天早晨三点半让别人叫醒我们，五点钟我们已经驶上了高速公路，六点半我们在斯图加特附近陷入了早晨的交通高峰。堵车的时候，我问了她这个问题。

9

她没说话，我从侧面看着她，等着她转过头来回答我。但是她看着路上的汽车。她没听到我说的？我刚想问，她对我说，“我们结婚对你来说重要吗？对我来说没有任何区别啊。”

“对我来说有啊。”

“你是不是怕我们再分开，就像当时那样？”

“也许我在那时明白了，婚姻是多么的牢固。我想你的确是爱我的，但是你得和你的丈夫待在一起。”

“不是因为他是我的丈夫。而是因为他为了我在努力，而你在跟我闹别扭。”她左边眉毛上的小坑显现出来，她的语气变得严厉，“你把这些都忘了吗？你忘了我给你打电话，打了一次又一次？忘了我站在你家门前敲门喊你的名字？忘了我给你写信？你是不是把自己当成一个受害者，可怜的男人被一个坏女人给耍了？”

“我怕……”

“我怕……”她学着我的语调，“你怕什么？”她有点发怒了，“你是想蒙骗我，还是想说服我？美国人把你这种人称为甜嘴巴，牛皮大王。不，我不要听你的什么害怕，不要听你说自己是个如何胆小敏感的小孩子。我……”

“别说了，芭芭拉，别说了。”我想让她停下，但这让她更为愤怒了。最后我必须得大叫，她才听我说话，“你是对的，我是在跟你闹别扭，我是把你当成了坏女人，把我作为可怜的男人。对不起，我没有去努力，我伤害了你，我们失去了那么多年。真的对不起，芭芭拉。”

她摇着头，“这些你都是今天才知道，不是吗？只是因为我发火了。如果我们不是偶然在飞机上遇到，我就再也见不到你了。你是不是在等我走出第一步，等我再次走到你的门前，敲门呼喊？”她的嗓门不再那么大了，但是她疲倦的声音更让我害怕。“不，你根本对我没有什么期待，对我们没有期待。我无法理解你，彼得·德鲍尔。我不明白你为什么没有联系我，我不理解为什么你现在又要结婚。”

我的车继续朝前开着，引擎继续转动，我慢慢地开到一座桥下面，在那里我停下来，前面是一段上坡。

“我在从柏林回法兰克福的飞机上，看见你在那班飞机上，我才第一次意识到，自己的生活道路是错误的，因为当发生困难时，我不用心投入，而是选择逃避。直到看见你我才领悟。如果你不要我的话，我会继续争取你。我不知道怎么做，但是，我一定会学的。”

她用她浅浅的笑意望着我，目光转向街道上，不说话了。我们正好及时赶回了学校和出版社。我把车停在她家门前，她点头说，“好，我们结婚吧。”

可是等我刚进出版社，她给我打来电话，“不行，我要说的是，除非我们能不犯东德佬和西德佬犯过的错误，那才行。”

“你是指什么？”

“想想看，另外一个人已经改变，他怎样做出了改变，或者说他还是这样子，就像他在离婚前一样，或者说他只是那个被自己的记忆、自己的想法所牢牢控制的人。你明白我是什么意思了吧？”

我思考着，没有马上回答。

“你还在吗？”

“嗯，我还在，我知道你是什么意思了。”

她叹息道：“如果你明白了，那你今天晚上要不要来我家吃晚饭？”

10

就这样，我们的第四次正常生活开始了。每次的正常生活都只持续了几周，找家具的那几周，温柔滋生的那几周，她跟我说她已经结婚之后忧心忡忡的那几周。我想，这次的正常生活也只要持续几周的时间，直到下一次也是最终的正常生活到来，拥有共同的住所、共同的生活，婚姻也进入了正常状态，也许就在东柏林成婚，如果学校和部里同意芭芭拉去柏林的话，如果我又找到一家出版社的话。我还有个新主意：接手一家在东德被私有化并允许出售的出版社。

我们去户籍登记处预订了结婚预告。那个年轻的办事员仔细研究了我的家谱，我觉得他有点过分地投入了。

“您的父母也是在诺伊哈德结的婚，您是在布雷斯劳出生的。”他把那本家谱翻来翻去，“一九六一年九月您母亲让人编制了这本家谱。”他审视着我，“您知不知道，当时您母亲是出于什么原因，正好在那时，让人编制了家谱？她不可能选一个更坏的时间了。”

我耸耸肩。

“您母亲是想再结一次婚吗？有遗产继承的官司吗？”

“我完全不知道。”

这个登记处的办事员抄起了电话，拨了号码，要求获得我母亲的资料卷宗中的一个信息。他很有耐心地等着，并确认了他最后得到的信息，不住地点头。然后他骄傲地转向我，“和我想的一样。您母亲是在流亡中丢失了文件。当她要求重制一本家谱的时候，我们就给在东柏林的户籍登记处一处写了信，他们是负责处理靠近波兰和俄罗斯的沦陷区事务的。他们没有做出反应，要么因为他们没有收到相关的材料，要么因为在柏林墙建成之后，来自西德的问询全部被暂时搁置。然后您的母亲提供了您父亲给他父母的一封信的复印件，在里面提到了他们的结婚事宜，她还带来了一个女朋友，后者宣誓保证，您母亲的陈述是符合事实的。”

“那个女朋友是谁？”

“这个现在不重要。重要的是我们现在与波兰有了良好的沟通渠道，可以获得他们的户籍资料，以前我们只能梦想。我们给诺伊哈德和布雷斯劳的相关部门写信，然后你们就可以最终获得一张正式的结婚和出生证明。”他注视着我们。

“我不需要另一张出生证明，我们是要结婚。”

“我明白。但是您也得理解我们。我们现在和波兰有良好的沟通，我很尊敬在波兰的伙伴单位的同事们。我们也应该照顾到这普遍的官僚程序，在冷战之后终于又可行了。就几个星期——不会更久的。”

“如果对于它的正确性没有质疑的话，那么一九六一年编制的家谱应该已经足够了。”我不懂人口登记和户籍注册法，但是这么说应该没错。

他看着我，就好像他想对我说：直到现在为止我还很客气，我也可以有其他态度，“如果您觉得那样更快的话，随您的便，您可以要求法律保护。”

芭芭拉看看我，又看看他，把目光又转回我身上，“他说什么？”

“他说，我妈妈的家谱不足以证明，他要从波兰获取一些材料。我们对此无能为力……”

“不，我没有这么说，我是说……”

“我们对此无能为力，怎么才能让我们快点结婚。比起邮件寄往波兰再回到德国，上法院需要更长时间。”

芭芭拉不能理解户籍登记官员的法律疏漏和他工作的鲁莽，她直盯盯地看着他，“在几周之后——您能否可以加快一点进程？如果材料从波兰回来的话，能否请您给我们打个电话？”

但是这个过程花了五个星期，他才给我打电话让我过去。这五个星期对我来说，比芭芭拉跟我说“不结婚和结婚的区别不是那么大，相信我，我知道我在说什么”还要漫长。我知道，如果我们成婚的话，我并不会更强烈地去爱芭芭拉，我在她身边也不会更有安全感。不过有时候我半夜在她身边醒来，又一次感受到了那种恐惧，在她丈夫回来之前让我夜不能寐的那种恐惧。我要和这种恐惧说再见。

户籍登记处的官员以恩赐者的友善接待了我。“请坐，您请坐。您的爱人这次没和您一起来吗？那也不错，兴许更好。”他拿过一个卷宗，“您不完全信任我们与波兰方面的接触，但是，”他充分享受着他的胜利，“我们的波兰朋友出色地完成了他们的工作，很出色。我们知道，一九四四年在诺伊哈德没有人注册结婚，一九四五年四月在布雷斯劳也没有彼得·德鲍尔出生，有一个叫做彼得·格拉夫的，但那是艾拉·格拉夫的孩子。这不就是您母亲结婚前的姓氏吗？”他没等我回话，“这就说明，您的真实姓名不叫彼得·德鲍尔，而是彼得·格拉夫。如果您要结婚的话，当然要使用正确的名字才行。”

“我正确的名字？在我这个年纪，我不会再更改自己的名字了，我都用了它一辈子了。”

他继续用那种恩赐者的表情友善地点头，“尽管这不是我的职责，但是请允许我说两句，您或许可以对您现在使用的名字启动更名程序，我可以跟您说一下这个过程的……”

“我应该把我的名字改成我的名字？”

“如果您愿意这么说的话，这可是把您至今用错的名字改成您正确的名字啊。”他关上卷宗，结束了这次谈话。“怎么说这也只是我个人的一点提示，更何况大部分妇女都会更改她们用了一辈子的名字。”

11

我站在户籍登记处外面，努力回忆我把车停在哪儿了。我也压根想不起来，我是不是还打算回出版社，还是已经约了一个作者，还是说好和马克斯一起去看电影。已经下午三点了。

我找到了汽车，去了我母亲家。她正在花园里忙活。我站到她面前，她直起身来，把脸上的头发往后拢了拢。"哈啰，"她穿着条牛仔裤和黄色羊毛衫，这是她在打扫家里、搬家、裱糊墙壁和刷墙时常穿的衣服，当我还是个孩子时就是这样子。

她看起来气色不错，休息得不错，人很轻松。我如果不是熟知她苦涩的脸庞的话，恐怕今天就会误以为她真的挺高兴。我从她的眼睛里发现，她看见了我脸上的烦恼、失望和受伤害的表情。

"我之前去了户籍登记处。"

"怎么了？芭芭拉不愿意结婚了？"我请她们两个一起吃过晚饭，她们挺喜欢彼此，要么就是两人事后向我表示，她们都很喜欢彼此。两人都决定从这次相遇中获得好的结果——同样坚决倔强的方式，我知道我母亲在这点上很强，那天晚上我还发现，芭芭拉身上也有这个特点。

"户籍登记处给波兰写了信。他们说，一九四四年九月在诺伊哈德根本没有举行过德鲍尔和格拉夫的婚礼，一九四五年四月彼得·德鲍尔也不是在布雷斯劳出生的，出生的那个人叫彼得·格拉夫。我以后就得叫彼得·格拉夫了。"

母亲把园艺工具收到了一个薄木片编成的篮子里，脱下了手套，"要喝点茶吗？"

"这么多年，这么多年来你都是怎么跟我说的？"

她笑得很讥讽，“如果我跟你说得太多了，你又会因此指责我。在几周之前你还怪我说得太少。”她经过我身边，走进屋里，烧上水，又问了一遍，“喝点茶？还是你要杯热巧克力？还是你不知道你想要什么？那我就烧正山小种红茶了。”她从柜子里拿出个小盒，把茶叶倒在玻璃茶壶的滤网里，等到开水壶响了，就沏上茶。我盯着她，她在思考应该跟我说点什么。

“别想那么长时间，说吧。”

但是她什么都没说，直到她把滤网从茶壶里拿出来，将茶壶、茶杯和冰糖摆到桌上，倒上茶坐下。她摇着头，“你就好像我欠了你什么一样。不是关于你父亲，就是关于他的纪念，他的相片，他的故事。可我不欠你的。我说我和你父亲是结过婚的，这我没跟你胡说八道。我让我们两人的生活都更容易一些，我也没有阻止祖父母把你当成他们的孙子去看待去疼爱，他们对此毫无问题。你是不是想在没有他们的情况下成长？你是不是想在学校里当没爸的孩子，当私生子，当畜生？现在没人在意这些了，但是那时候它们会把你的生活给毁了。”

她漫不经心地，几乎是蔑视地看着我，“名字这件事的确让人恼火。但是我不相信他们会继续关心这件事。他们也没有启动程序，要把你现在的名字改成其他的。如果你不想和他们打交道的话，他们也不想理你。干脆绕过那些莫名其妙的户籍登记处官员，芭芭拉和你在其他一个什么地方结婚，莱茵河的对面，在海边，在阿尔卑斯山，或者照我的想法在拉斯维加斯。”

“如果有一天你们女人生下一个没父亲的孩子，那我承认你是对的。但是事实不是这样的，我也只不过想要了解你所知道的关于我父亲的情况。”

“我已经跟你说过了，你知道的几乎比我都要多。把我跟你说的关于结婚那段拿掉，你就拥有整个故事了。”

“那么，那本有你假名的瑞士护照是哪里来的？”

“我上哪儿去知道。我觉得有本护照挺好的。我倒是没有做过调查，是谁在哪里怎么伪造的这本护照。在医院里这本护照没有用，他们要看我的结婚证明。但是它在波兰人和俄国人那里挺管用。我不知道如果我没有它的话，现在会在哪里。如果没有这本护照的话，你又会在哪里。没什么不好，但是我说得越多，我就越是光火。我不需要你宽宏大量地原谅我，我需要你认可我做过的事情。我把你从布雷斯劳带出来，我带你去你爷爷奶奶家，我把你拉扯大，我一直张开一张网，万一你掉下来的话，可以掉在这里面。”

“那个瑞士人约翰·德鲍尔来诺伊哈德和布雷斯劳干什么？”

“不知道。这我不关心。我当时很孤独，他很帅，有魅力，有幽默感，有钱，我坠入了爱河——他肯定告诉了我一些事情，但是我给忘了。”

“你希望过他会跟你结婚吗？”

她眼睛都皱在了一起，冲着我气呼呼地说：“这是我回答你的最后一个蠢问题。我希望过一切，我什么都没有幻想过。是的，我梦想过在一个富有的瑞士人身边的生活，他会牵着我的手，甚至让我在苏黎世学医。不，我没有在周五期待过，周六早上在他身边醒来，在周六也没有想过，我们会一直度过周日。在那个疯狂的年代就是这样，你不知道明天会怎么样，很多时候都不想知道昨天到底是怎么回事。”她给自己和我倒上茶，然后坐下，沉思着。

“在那个星期四，我来到了诺伊哈德，来找威廉叔叔和赫塔婶婶。周五我就遇到了你父亲。威廉叔叔是我的教父，我母亲从小的朋友，一个纯正的纳粹，但是人很风趣，我喜欢他。他教会了我那个手指的游戏，就是你以前一直要看的那个，你还记得吗？”她把两只手的手心合在一起，弯曲起中指，让手心相对，手心和指尖相触，把中指动来动去。我肯定是笑了，这又是一个小小的奇迹，两根中指在相对的掌心中就好像一个手指秋千，来回摇摆。

“我跟他们在一块儿的时候，笑得特别开心。他们的孩子比我大一点，儿子在波兰阵亡了，女儿在东普鲁士嫁人了。有一天，在我到他们家之前，他们得知他们的女儿和她的丈夫、孩子被俄国人给杀了，被强暴、被打成残废、被打死、被焚尸。我进了他们的屋子，发现威廉叔叔和赫塔婶婶在卧室里，他先开枪杀了她，然后举枪自杀。”

她望着我，好像这个故事自己已经有了自己的决断，在她还没开始说下面的内容之前，“一开始发现他们两个，太可怕了。然后我发现我得去照料一切事情，这太可怕了：警察、医生、邻居和葬礼。以前都是父亲处理所有这些事情的。那天晚上可怕极了。尽管叔叔和婶婶都被抬出去了，我也不在他们的房间里睡，而是在客卧，但是我感觉他们就睡在我旁边。但是到了第二天早上，我还活着，这是一种多么令人倾倒的喜悦，我拥有整天的时间，我要享受每一分钟。那天晚上我遇到了你父亲。”

12

几周前我在一家古董店里找到了一本书，写的是关于二战中的瑞士红十字会。这本书给出的不是我所期待的总体说明，而是一个瑞士医生的报告，一九四〇年他和其他瑞士人在红十字会的名义下，在俄国的德军战地医院里工作。一九四〇年我父亲刚中学毕业。据那个医生的说法，在此之后也有过类似的任务。我父亲是不是在之后受红十字会的委托，而在德国与俄国的战争中殉职？但是几乎所有在这个医生的报告中提到的瑞士人，都是医生或者护士、护工，我父亲却是学法律的。他是不是为数不多的驾驶员中的一个？我写信给瑞士红十字会询问，在一九四〇年至一九四五年间是不是有一个叫做约翰·德鲍尔的人为他们工作过。

医生还提到了一列开往东方的坐满了瑞士雇佣党卫军的火车，他是在朝西回家的路上遇到他们的。不过既然瑞士军队没有接纳我父亲，那么党卫军应该也不会接纳他。

已经是傍晚了。我放下书，站起身来开了一瓶红酒，给自己斟上，摆上张舒曼的唱片，又坐下。我想起来了，我已经错过了今天下午在美因茨与一名作者的约会。我没给我的秘书打电话，我也没给马克斯打电话，本来我应该晚上和他一起看电影吃比萨的。当我想打电话向他们道歉时，却没有人接电话。芭芭拉现在还在东柏林，和一个女同事住在一起，她的电话我压根儿拨不通。

我平静下来。彼得·格拉夫——为什么不呢？作为芭芭拉的丈夫，为什么不叫彼得·宾蒂恩呢？因为我喜欢我的名字。它是祖父母和我之间的纽带，这对我来说十分珍贵。联系我父亲和我之间的纽带就没有那么紧密，也不是那么的重要。可是，如果其中一条纽带撕裂的话，怎么可能不影响到另一条。我明白了，我刚才所想的并不完全是事实。

父亲与我之间的纽带尽管不紧密，却不是不重要。父亲对我来说是个陌生人，他小时候有个木马头和一个纸折成的硬币，后来是个穿着灯笼裤西服的不耐烦的年轻人，再后来是个离家在远方的冒险家，他还是个献媚者，让我那拒人于千里之外的母亲迷上了他——我对他很感兴趣，我乐意把自己当成他的儿子，把他当成我的父亲，并不是在心里，而是公开的。他是我的一部分，我们拥有同样的名字当然也是其中的部分。

我想起了我的父亲，因为他的儿子在祖父母家度过的某个夏天里，和小伙伴一同玩耍，祖父告诉我，我有着和父亲一样的眼睛。我当时试着向他去了解一切，我所能知道的关于我父亲的一切。既然我今天已经没有去关心出版社的事，我决定明天就去瑞士。

第二天上午稍晚时候，我到了。我不知道邻居的名字了，但是房子却还认得。祖父母当年住过的房子现在住着另一家人。邻居帮了我的忙，那家的父亲在电话里犹豫了一会儿，还是接待了我。他一见面就澄清，他其实没什么好说的。

下午晚些时候，我和他一起坐在他家的露台上，看着湖光山色。他把这儿弄得很舒服。他一个人，妻子在城里有事，儿子在美国，他如果看到我的话肯定会高兴的。他等会儿也得到城里去。这听起来都很可信。但是我总觉得，他似乎乐意一个人把我打发走。

“一九四〇年我父亲因为战争的缘故必须得放弃他在法国的职位，和我们一起回到瑞士。这样我就在中学的最后一年进了一个班级，里面我一个人都不认识，到毕业也没有找到一个朋友。那个学年已经开始了，还是个短学年，其他同学结成了各种小帮派，你应该可以想象的。你父亲也有自己的小团体，对我不感兴趣。不过我们回家的路上有一段是一起走的，尽管我们很少一起回家，但是只要遇上了，我们总能聊得很愉快。我总是觉得这样的谈话很有意思，我听你父亲说，而自己说的很少。他比我懂得多得多，至于是在正确的还是错误的方向上就是另一个问题了。”

“你父亲拥有无穷的魅力。或许魅力不是个合适的词，用来形容他能够让他的谈话对象产生的这种感觉:他是正确的,他是独一无二的,他享受全神贯注的投入和分享的特权。这就营造了一种信任、亲密的气氛,这种感觉非常有吸引力,但是可能下一次相遇就不是这样了,可能只是友好地心不在焉地点一下头而已。我不相信他是在演戏。我相信他在那些场景底下是投入的,不是用假面,而是整个人投入。他在谈话对象身上试验,这是件严肃的事情,也许有些人不把它当真,但他是投入全部精力的。如果没什么的话,那就没什么。"

他对我挤出一个友好而悲伤的微笑,我马上就认了出来,"你发现了吧,你父亲误导了我,然后对我没有任何兴趣。我们在一次回家路上遇到了一场可怕的雷雨,我们两个一起躲到一所教堂的雨篷下避雨,我可以指给你看,有时候我还会经过那里。你父亲问了有关我的详细情况:我是怎么在法国长大的?我对什么感兴趣?我想要做些什么?我不知道我都给了他些什么答案,他然后就说,我们是迷茫的一代。十年前在瑞士也有过一次精神的爆发,一种危机意识,对群体的关心,准备好从一个启蒙主义的、理性的、机械的世界,过渡到一个热情的、有生命的、创造性的世界,用集体的方式去克服难以管束的利己主义和个人主义,架起联系社会对立面的桥梁,在权利欲望的民主体制之上,建筑起一个成就至上的等级制度,以及建立一个新的精神王国,后代们的王国。他如痴如醉地谈论着一九二八年至一九三一年的自由民主学者会议,谈论着尤利乌斯·施密特豪瑟①、奥斯马·斯潘②、卡尔·施米特③,我忘了还有谁。他热情洋溢地讲着那些十年前的事,我不知道哪些是事实,哪些是他的幻想,这完全把我给迷住了。连我,"他笑了,"那个最理性、最爱计算、最世俗的人,这点你可以想象,居然会想要完全的责任,渴望无所顾忌的投入和冒险的生活。

---

① 尤利乌斯·施密特豪瑟,瑞士神学家。

② 奥斯马·斯潘(1878—1950),奥地利经济学家、哲学家,后转向纳粹哲学,并秘密参加纳粹党,但由于与党内观点不合,1938 年被投入集中营。

③ 卡尔·施米特(1888—1985),德国法学家,在柏林大学任教授期间加入纳粹党,从事纳粹理论研究,为纳粹独裁统治和希特勒当政提供了理论基础。

不过你父亲说，对我们来说已经太晚了，十年前本来有机会的，但是他们错过了。一开始被作为突破新疆界的动议，后来变成了狭隘的党派之争，变成了关于组织的争吵不休和争权夺位，变成了效仿德国和意大利，变成了机械的自私的中间路线的讽刺漫画，原本人们是要反对这个的。”

他不说了。过了一会儿我问他："然后怎么发展的呢？""我也是这么问他的。不要再把注意力集中到运动、党派和团体上。完全的责任可以由单个的人来承担，或者等待奇迹。他说得就好像理应如此，我也就不敢再问了。我也不想因为我的问题而破坏了信任的气氛，它的确存在过或者是我的确感觉到了。这时候雷雨就停了。”

“你们就骑上自行车回家了？”

“对，在一夜没睡之后，第二天我满怀热情和疑问想要跟他说话时，他只是跟我礼貌地点点头就别过身去。”他又露出了他的微笑，“那以后我就没有再跟你父亲认真谈过。他在这里开始上大学，不过不久就走了，据说是去了德国。我有时候想起了他的完全责任和戈培尔的全民战争，就感觉不对。不过这只是我的感觉而已，跟你父亲的相遇也证明了我的感觉靠不住。”他又笑了，“我也不相信这种感觉。”

“那他有没有可能跟着红十字会去了德国或者俄国？”

他看着我，这是一个成功的商人，保养得很好，神情轻松，自信，灰发，沉静的双眼，饱满的前额。我从报纸上的照片所认识的银行家和企业家就是这样子，脱离普通的生活，脱离普通人，就像联邦总统和总理、红衣主教或者电影明星。我一下子明白，这次对话是多么的不顺理成章，他已经向我展示了他的关注，与我说起我父亲给他留下了些什么印象。我一下子明白，他不仅仅笑得很友善很悲伤，而且在整张脸上都写着友善。有些尴尬时，他就把目光转向别处。“红十字会？这当然不能排除。你父亲虽然不是医生，但是红十字会也需要其他人手，很多人在前线工作，他……他没有心脏病吧，让他免服兵役？”他站了起来，“我祝愿你一切顺利。”

13

芭芭拉没把户籍登记处官员当回事儿。

“等一下好了,也许你会觉得彼得·格拉夫或者彼得·宾蒂恩不错。如果还是不行的话,我们就飞到拉斯维加斯去。在那之前你搬过来和我住吧。”

“搬过来?”

“如果那让你不开心的话,奥琪和我就不一起住这儿了。我们可以改变一切陈设,没有什么必须保持原样。我们还可以租下旁边的屋子,以前是女佣房,一个女学生刚从那里搬出去。”

我并没有被她说服。我的一个朋友同意我的观点,德国在重新统一之后应该制定一部新宪法,从这个观点出发,两个相爱并准备搬到一起住的人,也应该找一间新的寓所,既不能选他的也不能选她的房子。

“我把我的东西整理到地下室去,去请些工匠来,等他们弄完了,我们就可以看着我们像全新一样的房子,决定我们想要怎么布置它。”她看见我还在迟疑着,“我喜欢这个房子,这是挺棒的房子,我喜欢宽敞明亮的房间,喜欢阳台,我还是孩子的时候喜欢在下雨时在这个屋檐下午睡。在树影中雨声婆娑,鸟儿歌唱,空气新鲜,但是你拉过温暖的被子蒙上耳朵,我躲在被子里。来吧,要不要试一下?”

我陷入了回忆里,我第一年在祖父母家的时候是怎么午睡的,我可以在内阳台上睡觉,只要不是太冷的话。下雨天,我头顶上就会有一个雨篷张开,就像芭芭拉所描述的那样。我怎么可能会忘记呢。

等了两个月,房子终于整修完了。我们搬进去的时候,终于发现我们一起选购并替对方出过主意的家具放在一起是多么合适:她的青春艺术风格的餐厅和我的卧房家具都是樱桃木的,她的真皮沙发和我的真皮椅子配上合适的桌子,她走廊的镜子和我走廊里的灯。

学校和教育部准备把芭芭拉派到图林根州去,而不是柏林。我们的联邦州似乎是负责重建图林根州的,负责重建东柏林的是西柏林。我也在图林根州找了出版社,还花了几周时间满怀希望地与柏林出版联合体以及图林根州出版社谈判。直到一家汉堡的大出版社从我鼻子底下把这两笔生意都抢走了。

我平时的工作就围绕海事法律手册和法学教科书,评论和杂志。有时候我会被要求去出版博士论文和任教资格论文以及国内外的研究性文章,我愿意从中选出最好的文章出一个系列。我还愿意再出版一本不是月刊而是季刊的杂志,里面可以登些更长更深的文章。但是出版社的领导不需要这些,他们觉得现有的法学实用书籍卖得毫无问题,也没有风险,而出版要求更高的法学出版物则要冒很大风险。我原来在从柏林飞回法兰克福的班机上构想的其他新的、更好的工作设想现在无人理会。

一开始我觉得无所谓。我跟芭芭拉在一起,太幸福了。早晨一起起床淋浴,一起刷牙,一起梳头,她化妆,我在旁边刮胡子,一起吃早饭,商量去买些什么,要做些什么,晚上有哪些活动,当我回家的时候她已经在家了,她会从书桌后面站起来,搂着我的脖子,如果她还没回来,我就忙点这个那个的,一起入睡,一起度过的夜晚。偶尔我会半夜醒来,听着她的呼吸,翻身。

有时候,芭芭拉会嘲笑我说,“我是嫁给了一个懒人吗?只要我们每晚在家坐着,看书、听音乐、看电视、聊天,最多散个步,你就会觉得足够了。”她笑了起来,我也笑了,“我们也可以去山上散步。”

如果她想要的话,我也可以每天晚上都和她去电影院、戏院或者去听音乐会,或者和朋友一起出去。我并不享受呆在家里的感觉。我只是享受模式化的爱。我和我母亲的生活有着组织得最好的、最具效果的生活模式，但是关系冰冷。我独自一人的生活里，我也一直在引用模式：在我家，没有一只白炽灯泡，更没有备用灯泡，坏掉的电器会被立即送去修理，我想穿的西装和衬衫不可能没有洗过，我工作时如此专心，尽管我给我定下了许多任务，到晚上总能完成应该完成的事。

尽管我需要这些有效率的模式，尽管和维罗尼卡以及马克斯一起的那几年让我很难受，因为那是混乱的几年，我在晚上从未真正从我有效率有规则的日常生活中解放出来过。一种冰冷的感觉。只有和马克斯度过的那几周，就像在祖父母家的假期一样，这两者统一起来：模式和温暖。现在我找到了一种爱的模式——对我来说还有什么比这更好呢？

但是过了一阵子之后，在芭芭拉这里的模式所带来的幸福，让我更强烈地感受到了在出版社工作的模式所带来的不快。我很不幸福，必须每天早晨强迫自己去上班，强迫自己坐在写字台旁，阅读每天的来信并作答，审订手稿。比这个过程更糟糕的是，所需要的知识也没有任何的改变。

不过，改变还是到来了。和我幻想的不一样，改变的并不是我的工作，而是这一改变让我告别了我的工作。它改变了我的命运。

这事发生在一名编辑日复一日的工作中：有人询问，是不是有兴趣出版一本书。要求的不是出版一份手稿，而是一本书，这事情也并非不寻常。要求的是，出版一本已经用英语发行过的书，现在要译成德语上市。因为出版该系列书籍的意见已经被否决，通常对这类书这么处理会比较恰当，我就对这个询问不再那么认真处理。女秘书给他们回了一封信，还是介绍了我。

那本书之后就躺在我的书桌上，一本由剑桥大学出版社出版的书，硬封皮，封面的背景是浅蓝色的，上面有一张模糊的照片，一艘张着满帆的古代的船和沉入水里的舵。作者的名字、书名和出版社都用深蓝色字体标明，我看了看标题：《法律奥德赛》，作者叫约翰·德堡。

14

书里附了一篇《纽约时报》的文章，介绍了关于作者的情况。他是个法学家，本应该在一所著名的法学院取得成功，不过由于太过激进但是又有足够的资历，后来转去了哥伦比亚大学，没去法学院而是在政治学系。他是利奥·施特劳斯和保罗·德曼的学生，后者也是解构主义法学理论的创始人。一直以来，他更多通过他组织的活动而非他的著作来影响学术界，他每周二的讨论课是堪称经典的。

《法律奥德赛》是他自从《和卢梭去歌剧院》之后的第一本书，后者是他用早期歌剧的作曲模式对于卢梭的哲学著作作出的创造性的阐释。我不了解什么解构主义法学理论，既不认识施特劳斯也不知道德曼，我也不知道卢梭还写过歌剧。我打开了这本书。

序言里没有写法律，而是关于奥德赛。《奥德赛》是所有返乡故事的原型。在他所有经历的冒险里，在他的迷茫和错误里，他的失败和成功里，奥德修斯始终忠贞如一，直到他回家为止。在家里一场野蛮的反抗正在等待着他。然后还是凭着忠贞的爱和武器，他击溃了反抗，爱情重归幸福。

我继续翻阅着，看到了法律史的残片。书中谈论了神话、史诗、魔幻和理性的法律，惩治性的和表彰性的公正，法权统治，作为法律目标的集体利益和个人幸福。有一章写的是法律的循环：大循环，法律在数百年间服务于一个又一个目标，最后又回到了第一个；小循环，法律网络经常张开，也经常解开，就像珀涅罗珀的假象一样。社会并没有解开法律网络，而是越治越紧，社会必须置于法律的保护之下。

我看到一章关于真相与谎言、司法解释与意识形态在法律中的作用。通常真相和谎言不能并存，于是司法解释就负责击碎意识形态的世界观，从而为彼此创造出空间来。这并不是说真相和谎言不存在了。而是我们制造真相和谎言，然后自己来决定什么是真的，什么是假的。还有关于什么是好，什么是坏，坏的就可以四处流浪，或者必须进入好的管治下的决定，也必须由我们自己来承担责任。这比我们平时谈论的时候有更多的内涵和其他意味在里面。

德堡忽视的是对知识的正直的要求，因为正直对于没有后果的决定来说是无益的，而对于产生后果的决定来说又是无能为力的。决定将坏事放进好的情况中处理，需要准备好自己放弃这些坏事。

很多地方我都没读懂——因为我读得太快了，因为我不能集中注意力，因为我不知道那些与之相关联的理论和讨论。但是我知道，我又遇到了钢铁法则。准备好放弃这些坏事，以此作为处理坏事的方式，不就这意思嘛。

读书的过程中，我碰到了一段选自《伊里亚特》第二十四章的故事：阿基里斯杀死了赫克托耳之后，赫克托耳的父亲、特洛伊国王普里阿摩斯来到希腊联军的驻地，恳求阿基里斯归还赫克托耳的尸体。一直无所顾忌毫无怜悯的阿基里斯同情这白发苍苍的老人，把尸体归还给他，还试着去安慰他。宙斯在他的门槛上立着两个桶，一个桶里装的是善良美德，另一个则是邪恶，如果他把邪恶之桶给了某个人，那个人就会被毁灭。如果他把两个桶混合之后再给一个人，那人就会有一个时好时坏的命运。这张两个桶的图片在德堡说到柏拉图的时候又出现了。

在《理想国》中，苏格拉底谈及善与恶时说，宙斯究竟是否真的有两个桶，还是只有一个桶放在他的门槛上：那个善良之桶。苏格拉底引述的是《伊里亚特》中的段落，但他犯了一个错误。他说，并不是那个获得邪恶之桶的人会遭到毁灭，而是那个只获得一个桶的人：如果宙斯没有把两个桶混合起来给别人的话，无论是善良之桶还是邪恶之桶都会给神圣的大地带来深重的灾难。这对于德堡来说是个哲学的转折点。与宗教不同，哲学是基于善与恶的平等基础上的。有善无恶对于人们来说，和有恶无善一样并不适合。

15

我是个慢性子的人。有好事发生的时候，我不欢呼雀跃，遇上坏事，也不茫然若失。并不是因为我能完全控制自己，而是因为等我在感情上接受一件好事或者坏事，总需要花一点时间。事件一开始只是头脑里的一个真相，头脑替我做了我的工作，像往常一样回家或者像约定好的那样去电影院。

我做好了杂志的终审定稿，检查了封面、目录、前言、更正和拼版，把目录页规整好。不过这次我心不在焉，下班后陪马克斯去看电影吃比萨也是一样。我回到家继续读那本书，还是一样的着急慌忙，注意力不集中，在出版社里就这样。时候不早了，我累了，还得扛住别睡着。可是我必须得拼命看完这本书，至此我还只是半懂不懂。我必须得看，有时候其实也挺容易读懂的。

如果我们忽略谋杀案的一些附属产品，比如事先的慎重考虑、别有用心和残忍，那么剩下的就是非自愿地结束一个人的生命。非自愿，而不是与其愿望相悖——施展计谋或者违背意愿本身就已经是一件阴险的或者残忍的副产品。在纯粹的定义里，谋杀就是结束一个人的生命，让其陷入沉睡。

一个人失去了他的生命。一个人牺牲了他的生命。一个人采取了一项疯狂的、糊涂的或者是勇敢的行动，结束了自己的生命。一个杀手夺走了一个人的生命。我们说的就好像那个人之后就失去了他的生命——生命没有了，但是他还在；就好像他惊讶得擦着自己的眼睛，因为他丢失了生命；就好像他还能为之愤怒，有人夺走了他的生命；就好像他能够为自己的生命而悲伤。

但是，他不是这样的。他不再惊讶，也不能再恼怒，不会再悲伤。他不用再像他活着的时候那样，因为孤独、疾病、贫穷和愚蠢而受苦。他也不为他的死亡而受苦。人从来不会为死亡而受苦：在死之前不是，因为他还活着，在死之后不是，因为他不再活着。同样的，人们也不会因为被谋杀而痛苦：谋杀前他还活着，谋杀后他已经死了。死亡和谋杀是从一个状态过渡到另一个状态，前者对人们来说有它的正确性，而后者也有。那么什么对他来说才是错误的呢，既然他都已经不再活着了？没有了主体，评价就变得漫无目的，失去意义。

我们并不是因为杀人者不符合他人意愿地夺取了别人的生命，就惩罚他们。那应该惩罚什么呢？我们惩罚他进行杀人行为时的阴险和残忍，也就是在受害者死亡之前，他强加给受害者的失望和痛苦。但是为什么我们对谋杀行为进行惩罚的时候并没有这些副产品，而让谋杀成为了纯粹的行为呢？不是因为受害者，而是因为其他人。因为受害者的妻子，因为受害者的孩子，因为失去好友的那些朋友。因为所有那些失去了受害者，或者是把受害者从他们身边夺走的人。因为这个世界的秩序。我们需要秩序，我们信任秩序；在秩序中有这么一条，生死自有时。

因此，自杀可以被认定为犯罪，试图自杀应该被当成是犯罪行为。它对于其他人来说和谋杀一样，夺走了很多东西。因此在古代，谋杀罪是根据价值尺度来受到惩罚的，受害者的生命对于其他人到底有多少价值：儿子和女儿的生命对于父亲，奴隶的生命对于主人。因此在很长时间里，白人杀害黑人受到的惩处比黑人杀害白人的惩罚要轻得多——并不是因为白人作为凶手理应获得更多优惠，而是因为他的受害者没有多少价值。因此种族灭绝事件经常是由好良心开始的；他不会让其他人觉得他对受害者进行了掠夺行为。这么做的前提条件是，这个民族是被孤立的，并没有和其他民族一起生活在世界的秩序之下，谋杀行为是极端的。

一个世界包括了多少民族，多少人呢？我们把我们生活的世界当成多大，我们如何制定它的规则，是我们的责任，而不是杀人者的责任。不是他进行了谋杀，而是我们。

16

我醒来了,因为芭芭拉抓着我的胳膊把我摇醒了。她在沙发上坐在我旁边,书放在膝盖上,惊讶地看着我:“这可不好。”

我看了看钟,一点半,“你到哪里去了?”

“我们结束排练之后去了‘金色阳光’餐厅,一开始只是吃东西喝酒,后来干脆彻底推翻了演出计划,重新弄了一个。”她看着我。

“你从来没有看过那么久的书,看得都睡着了。这是本什么书?”她看着书页,我就这么睡着了,前面刚好读过这几页。

我站起来,“你要不要杯茶?胡椒薄荷茶,绿薄荷茶还是甘菊茶?”她点头,我走进厨房,倒上水,把茶包放进滤网,滤网放进茶壶。

芭芭拉也跟过来,手里拿着书。“约翰·德堡?你认识他吗?”

“我相信他是我父亲,在他去了美国之后,他把名字从德鲍尔改成了德堡,要么他在这里就搞到了相应的护照。他做这些事情很在行;他曾在布雷斯劳给我母亲搞了本瑞士护照,我不知道,他是从纳粹党头目那里,从帝国中央安全局还是用钱搞来的。他一会儿叫冯兰德,一会儿叫绍尔。在战前他为纳粹写过文章,在战后则为共产主义者写。他还写了一本小说,如果没有它的话,我们还没有认识呢。”

“你母亲没说吗,你父亲已经死了。她不是当时还在场吗?”

“她记错了,要么就是她骗了我——这也不是第一次了。”

芭芭拉将手放在我背上,“噢,我的上帝啊。”

水响了，我把开水倒进茶壶里。芭芭拉审视着我。“你高兴吗，你的寻找终于结束了。还是对你的父亲很好奇？对你的母亲很生气？我还是个小姑娘的时候曾经梦想过，我是个捡来的孩子，我亲生的父母是望族，或者后来成了著名电影明星、艺术家或者百万富翁。”

“我没做过这样的梦，芭芭拉。不过我愿意试试看。”我是不是该试着把德堡看成是权力无限的国王，他把我从悲惨的命运中拯救出来？我的命运并不悲惨。

她把这本书翻来翻去，“真可惜，这本书里没有他的照片。”

“看一下书后面的评论，看起来他在美国是个人物。”

芭芭拉念了我已经读过的几段。“我不知道他在说什么，但是听起来还不错，对吧。”

“你刚才还说，他写的内容可不好。”我因为芭芭拉改变主意而有点恼怒，还因为他对于约翰·德堡的兴趣以及她大声读书。她就不能小声点读吗？

“对啊，我念到的地方的确不好。”她倒上茶，加了蜂蜜搅拌。“我们拿着茶好吗？现在去睡觉？”

可是当我们躺在床上的时候，我无法入睡。芭芭拉依偎在我身上，头枕在我肩膀上，胸部右侧和右臂搁在我胸前，右腿放在我肚子上。有多少个晚上我享受她身体的重量压在我身上，在我身旁，就好像她就生长在我身上。可是现在却让我烦心，对我来说太重了太近了。此外芭芭拉在我身边睡得太香了，在我身上发生的事她没有感觉到吗？如果我不能入睡的话，她就不能也醒着吗？我多希望我睡在自己的床上，一个人处理我的恼怒。

我并不因为父亲独自溜走，没有照顾我而有什么不快，我也没有因为母亲又多说了一个谎，一个比其他的更严重的谎而感到失望。我没冷静下来，我还在生气，一种顽固的恼怒，我却不能去找引起这种恼怒的原因。

请几天假，飞去纽约，对一个也许学过忘记过去的老人去发泄我的怒气？真可笑。

跟母亲碰头然后再从她那里挤压出来些真相？就那么多，她都已经说了，除了我已经知道的这些，我都得付出代价。真是多余。

我也不愿意把我的怒火发泄在芭芭拉身上，或者破坏我们的关系，也不愿意就这么自我消耗。但是我该把怒气发泄在哪里呢？

17

我接下来的几晚上都睡不好。除了第一晚的恼怒之外，还有侮辱和失望，我还感到一种不可名状的，自己不会缓和，不容麻醉的攻击性。我不觉得，如果我知道我父亲还活着的话，我就会是个更加幸福的孩子。或者如果我可以早点决定认不认他的话，我以后就会变得更幸福一点？又或者如果我早点知道他还活着的话，我就会过上另一种生活——我就不用去找卡尔的故事的作者了。或者我该给他写信，拜访他，该问他卡尔的故事到底是如何收场的。但是攻击性不能解决这些。

从大学图书馆里我借来了有关解构主义，尤其是解构主义法学理论的书籍。解构主义的意思是对文本和文本中作者想要表达的内容进行剥离，然后分析读者是如何对文本进行解析的。读者可能会走得很远，认识不到真正的事实，只知道那些我们读和写的文本。这与法定的和道德上关于约束力准则的要求是不尽相同的。如果人们非要强行把它们放在一起，那只能在存在主义的说法里——一篇文章的作者通过德堡和解构主义法学理论看到了一次存在主义的复兴开始了。也许我也应该再读点关于存在主义的书，不过我实在是够了。

我能理解的是：如果文本中的内容不是作者的本意，而是由读者发现的，作者当然无需对文本负责，该负责的是读者。如果现实不是外面的世界，而是文本中的世界，我们读到的和为它而写的世界，那么就不是那些事实上的谋杀者要负责任，也不是受害者，既然他们都已经死了，而是那些同时代的人，那些谴责谋杀并惩处谋杀行为的人。怎么又从这种思路进入了一个存在主义的转变，对决心的要求开始形成，要求进行自我放逐，我无法理解。但是如果其他人把这种要求和很可能发生的事情混淆起来，而当事人自己却并没有混淆，那要决心有什么用呢？

他对自己忠诚。他用一种游戏般的随意态度来书写，我喜欢他在小说里的这种态度，而在他给贝阿特小姐的信里以及他关于战争的文章中的类似态度则把我给吓到了，他在这里耍弄现实与它的表象，用作者、读者、凶手、受害者和同时代的人等角色，用责任。我还可以想起一篇文章，那是他在《夜间快报》上写的：对于将军从苏联军事委员会那里获得的底线，用自己的风格，一会儿褒扬，但是听起来像是谩骂，一会儿又谩骂，但听起来像是赞许。偶尔还对他服务的政权在道德原则上进行美化。最后剩下些什么呢？在生命的最后和《法律奥德赛》的最后还剩下些什么呢？

我不喜欢我的父亲，不喜欢他那些帮他脱离一切责任的理论：他写东西应负的责任和对他所做的事应负的责任。尽管他究竟是怎么活过来的这点很吸引我，他总是能参与进来，总是能脱身而去，最后还发展出一套理论，证实他这样的人生道路是正确的。他游戏人生的随意态度吸引着我，对于他行为的谴责，每次都没有我预想的那么容易，我本来自己就喜欢随意地游戏性地坐在历史的候车室里。

不，我不喜欢我的父亲。但即便这样我的攻击性却没有减少。我并不感到安慰，我没有错失一位我不喜欢的父亲。让我真正恼怒的是，父亲没有关心过我，只想着他自己。

和母亲的谈话很简短。“对我来说，他已经死了，”她说道。“你们在布雷斯劳分别之后还遇见过吗？他有没有跟你说，你应该搬到这儿来？他有没有向你承诺过，他会再回来？他有没有在战后和他的父母联系过？他有没有从美国给你来过信？”

“对我来说，他已经死了。”

芭芭拉等了一周半，星期天她在吃早饭时问我：“现在怎么办？”

“嗯？”

“我们很久没有做爱了。”

“我们以前也有……”

“不，不，我们从来没有连续两天或者三天晚上不做爱。”她说得就好像我出于自私和故意，让她不幸福，就好像我自己没有不幸福一样。

我有点恼怒了，“我们有几年都没有一起睡过。”

“你疯了。”她目瞪口呆地看着我。

“我……”

她站起来，“你是在因为那段我们不在一起的日子而责怪我吗？我是不是应该为此而道歉，这样你就可以原谅我啦？你真是疯了。”她冲出厨房，我看见她努力让自己冷静下来。我也看见了她左侧眉毛内侧的小坑。“你不跟我一起睡觉，你不搂着我，你不说话，晚上你就像块木头一样。每当我晚上醒来，你都坐在书桌前，当我过来问你怎么了，你看起来都那么痛苦。我已经等了两个星期了，等你跟我说说——我还要等多久啊？”

“刚一个半星期……”

她想说些什么，但是欲言又止，示意我别再说了，摇着头走出了厨房，开门走出屋子。她没撞上门，而是让门开着，就像她要让风刮进屋子，雨雪、尘土和纸片纷飞，让我们的家庭生活为这败落付出代价。

我听着她的脚步。然后我起身关上门，收拾桌子。我知道我理亏，我也知道我还会再理亏。我没法摆脱我的攻击性，只能让它发泄在能发泄的人身上：芭芭拉和我。我还不至于要大发雷霆，只是些小的恶心事儿。但即便就是这些事儿，我最终也得承受损失，它们不能再被修复了。

我不知道我该怎么做：怎么对芭芭拉，怎么对自己，怎么面对刚开始的星期天。我陷入了困境，看不到我应该怎么解放自己。我坐在阳台上，听着教堂的钟声在弥撒开始的时候敲响，一小时后弥撒结束时再次响起。我睡了一会儿，过几个小时四肢僵硬地爬起来，开始准备晚餐，尽管时候还很早。我希望晚餐时芭芭拉就能回来，我们一起吃饭。

她回来得很晚，跟我保持距离。不过她还肯听我说，我对于我的恼怒，我的伤害，我的失望，我的攻击性和我陷入的这次冲突要说的话。当我们躺在床上，我向她求欢，她没有拒绝我。她是个冷淡的情人，不过当我们快睡着时，她又一次拥抱了我。这让我倍感幸福。尽管我知道我还没有从我的状况中走出来，但是我知道我必须得走出来，如果我们之间的关系如此重要的话。

18

我们没有再吵架。我对一切可能的事情发火:系好却崩开的鞋带;没刮干净挡风玻璃的刮雨器;阻塞了月台台阶的旅游者;我的女秘书,她忘了寄一封信;我那笨拙的手,给手表装一条新的表带如此费劲。有时候我想,我必须对生活中扭曲的暗藏危险的细节宣泄我的怒气。但是我不对芭芭拉生气,我们睡在一起,我们互相依偎,我们谈心。

一天,我母亲到出版社来看我。她从没来看过我,她就是要显示一下,让我震惊、奇怪、迟疑她为什么会来。后来我们在我办公室里喝咖啡。

“是的,他曾经说过,我应该在战后回来,他也会来的。我本来应该立即搬到乡下去,在一个小村庄或者一个独门独户的小院子里。”她停顿了很久,我也没插话。她来是因为觉得这是她的责任,她得履行这个责任。“一九四六年秋天他也到了这里,我不知道他是怎么找到我的,但是既然他能在布雷斯劳找到我——这里也行。他向我提出了一笔交易:如果我愿意证实他已经死了,他就作为丈夫和你的父亲把遗产留给我,我们也就有了瑞士的公公婆婆和祖父母。我接受了他的条件,既因为你也因为我自己,给他在瑞士的父母写了信。信里我说我看见了他是怎么被子弹击中的,还在他身边发现了一封给他父母的信,在这里我附上。在你父亲给他父母的信里他写道,我们已经结婚了。”她目光冰冷地看着我,可是我觉得,她不仅不让我有任何的情绪表达,更多也是想要与她自己的感情保持距离。然后她露出了一个浅浅的笑意,“你现在理解,我为什么不愿意见祖父母了吧。”

“为什么父亲想要离开呢?”

“他说他正处在危险之中，决不能被人抓住，必须得躲起来，最好能移居国外。我并没有相信他，一个男人，在战争最后的几个月里还能穿着粗花呢西服和蓝衬衫，戴着斑点领带到处跑，他肯定没有陷入危险。不过他来见我的时候，穿的是件破烂的军装。”她耸耸肩，“他在这里呆了两三个月，准确来说是十个星期，一天晚上当我回家的时候，他已经走了。”

“他见过我吗？”

“我上班的时候，他照顾过你。他不是经常出去。他等着伪造的证件，一个签证，一张船票——我不知道到底是什么。他坐在家里，照顾着你，写着小说。这样我就可以把小说卖了，还能多点钱。”

“他见过我！”我是如此的愤怒，以至于我不知道我该到哪儿去。

“离开怀孕的女友，也许你能够原谅他，但是自己的儿子……”

我听到了母亲的嘲笑，也知道她是有道理的。但是这什么也没有改变：他见过我，照顾过我，和我说过话，和我一起玩游戏，尽管如此最后还是离开了我。这比离开一个未出生的孩子对人伤害更深。我对他来说不仅仅是一个抽象的概念，而是一个人，至少和马克斯一样讨人喜欢。自从我认识马克斯以来，我对于我女友的孩子从来就做不出来的事情，他居然对自己的儿子做到了：拒绝在他的生活里，在他的心里给我一个位置。

我没有重复同样的错误，把我的怒火发泄到芭芭拉身上。我控制住了自己。只有在散开的鞋带、被忘记的信和笨拙的手上，我感觉到了多少的时间以来，我花费了多少力气。可是我也不知道我能做些什么，如果我不控制自己的话。

夏天还有过与一家出版社合作的机会，这次项目又失败了。老迈的出版社，古老的名字，从哲学到诗歌的书目，以及在波茨坦的地理位置都让我挺满意，我又一次进入了一条庞大的图书生意流水线，运转过程还是那些：谈判，一开始还都挺顺利，后来就停滞了，然后和我谈的人找不到了，然后一位女秘书奇怪我怎么打电话来了，因为那家古老的出版社一周前已经被转手出售给了别人。

并不是说那个夏天不美丽。芭芭拉又催着我周末出游，就像以前一样，我们一直开车到了波罗的海，去了维斯玛、罗斯托克和格赖夫斯瓦尔德，上了达斯半岛，去了奥德布鲁赫，尼斯河畔的格尔利茨，沿着易北河而上。我们见证了单调与破旧，但也有意料之外的小村庄和城市街道以及房屋，它们用宏大的尊严承载着历史的伤疤。在穿过田野间石块铺成的小路上，时间静止了；偶尔开过来一辆拖拉机、一辆货车，或者是跑来一群孩子。当我们停下车走出来，听到的只有鸟儿的鸣叫和风声。收割机在田野里前进，踩着高跷的鹤跟在它后面。

对于芭芭拉和我来说，时间也仿佛停止在几年前。我们尝试了旧的仪式，之前都以为它们已经不再合适而放弃了。可是它们让人感觉很舒服，当我们一起使用浴室时的嬉闹拥挤，从卧室到浴室路上的舞蹈，回来也是一样，盖恩哈特①的诗，共同的沉默——一切都很好，就像当年一样，像从来都没有终止过。

① 罗伯特·盖恩哈特(1937—2006)，德国著名作家与画家，新法兰克福学派代表人物。

19

一天晚上我跟芭芭拉谈了。我没准备好，也许让我一直有所保留的状态对我来说已经无法忍受。

“如果我们一起走的话，能行的。当然会有些时刻，我必须用全部的力量控制自己，不让自己发怒。你还记得吧，我们今天下午在一辆拖拉机后面开了半个小时，它原本应该让我们的，但是它不愿意让？记不记得我们昨天没被允许坐在一张空桌子旁，因为服务员只服务那些有人的桌子。或者你今天早上连续三次把你的旅行包打开了又关上，因为你忘记了什么东西。这就是让我发疯和精疲力尽的情形，因为我必须控制自己发疯的冲动。”我拉起她的手，“自从我知道了我父亲的事，就变成了这样。就好像是种愤怒，不能到达他那里，而找到了其他的出口。我知道，你跟着我一直不容易，我很抱歉。也不光是我父亲的事。自从我知道有些不对之后，就想彻底知道到底哪里不对。也正因为如此，所以我找不到其他的出版社。这本来应该是个突破，一次爆发。我本应该让自己投身于这个世界里，投身于生活的危险中。它给我的感觉就是，好像我一直生活在退却里，或者一直准备着，一遇到困难就撤退。”

我坐正了身子，月光洒在房间里，我能看见芭芭拉的脸，月光明亮。

“我在我的生命中做的最好的一件事，就是在飞机着陆之后跟你说话。也许离开你去美国会是我生命中最愚蠢的一件事。但是我必须这么做。我必须九月一日跟出版社辞职，搬去纽约，去找我的父亲。我必须要拦住他，不仅仅是说两句话就把我打发走。我会称自己是洪堡大学的科学家，那是个我不知道他研究什么，有着巨大名望和成就的人，以这个身份去参加我父亲的教学活动。至于之后怎么办，我会再看的。”

“你想要我在这里等着你。”

“一起来吧，芭芭拉，辞职，跟我一起去美国。”

“你知道，我不能辞职的。”她坐起来，“你走之后，我每天回到家，想要在家里寻找依偎的感觉怎么办？是你唤醒了这种感觉。你应该满足这种渴望。你一开始的承诺不就是这样的吗？”

“对不起，芭芭拉，我会回来的。”

“我不想再等着我的丈夫了，我等得已经够长了。”

“我会尽量快的。”

她摇摇头，过了一会儿她哭了起来。她让我把她抱在怀里，如果我能哭的话，我也会跟她一起哭。

第五部

1

纽约下着蒙蒙细雨。雨刮器在黄色出租车的挡风玻璃上留下了道道波纹,雨滴密密麻麻地砸在侧面的车窗玻璃上。偶尔侧刮的风会让雨水在玻璃上滑动,留下一条水痕,雨滴在水痕中消失得无影无踪,或与其他雨滴汇在一处。

出租车早早打开了大灯,灯光在水幕和雨滴中不断折射。雨下得越来越大,我几乎看不清楚。当我们驶过一座桥,一座城市突然闪亮地矗立在雨夜的天空之下。

芭芭拉之前替我打了几个电话,给我找了个便宜的房间。河滨路——尽管她跟我说过房间是对着庭院的,但我还是禁不住幻想起面朝着河的房间,直到我站在房间里,透过窗看到了墙,离我只有几米远。

我打开行囊,整顿一下屋子。在德国应该是午夜刚过,我尽管很疲劳,但很清醒。

我跑着去哥伦比亚大学。雨已经不下了。人流在人行道上熙熙攘攘,就好像他们想要追回等待雨停所耗费的时间。在大学的入口处也是人头攒动,学生和教授们进进出出,有人在分发传单,有人在卖雨伞。校园里幽暗宁静,周围的房子阻隔了街上的噪音,草地上空无一人,在路上和宽敞平整的台阶上几乎看不清人,前方是一座拱顶圆柱的建筑。在路灯下我必须仔细辨认我遇到的每一个人,是他吗?

我记得政治学系是在学校后面的一座现代高楼里。我找到了这栋楼和教授办公室所在的楼层。约翰·德堡——为什么我在铭牌上念到了他的名字呢?难道我到这里来,不就是为了看到他的名字,找到他本人吗?开了门,我走了进去。我没等电梯下来,没等后面的人来,尽管我已经在走廊上听到了他们的脚步声,我直接走楼梯上去。

在回家的路上,我吃了一顿中国菜,买了点东西。突然之间我觉得很疲倦,周围的一切变得那么陌生:超市里那么多的走道、货架和货品,在收银台前等候的顾客们的大声喧哗,室外潮湿温暖沉重的空气,就像一件袍子一样把我包裹起来,陌生的广告、交通标志和街名标牌,大卡车以及警车和救火车尖利的呼啸。在家门前我抬头看看天,天空很明朗,我看到了星星和飞机,后者亮着红、白色的灯,互相紧密跟随着,一架还没有消失,另一架就又出现了。这么多的飞机让我觉得很不真实,这些人都要去哪儿?我在这里干什么?我在怎么样的一道幻影背后?

2

第二天，他坐在了我的面前，不是什么幻象，一个穿着开领的蓝衬衫和皱巴巴的浅色亚麻西服的人，高大精瘦，白头发，蓝眼睛，大鼻子，大嘴，满脸的固执、慷慨和轻松。

他坐在书桌旁的一张沙发椅上，脚搁在凳子上，一本书搁在膝盖上。他办公室的门是开着的，在他瞧见我并跟我说话之前，我足足观察了他好一会儿。

我没发现有什么共同点。和那个戴着纸帽子骑着竹马的孩子，那个骑自行车的年轻人，还是那个穿灯笼裤西装的青年男子。跟我也没有什么地方相像：我的眼睛不是蓝色，而是棕绿灰，我的鼻子和嘴并不突出，我也不那么倔强，我倒希望我能那样。我母亲想在我身上找到他的斜眼，但是我觉得他的眼睛也不怎么斜。

没有什么能够让我印象深刻的相同点，但是我却被活生生的他给镇住了。以前他只是一个概念，一个故事和思想的重构，因为我只听过他的故事，读过他的思想。他既有权威又束手无策。他给我的生活留下深深的烙印，我却对他无能为力，我自己构建了一幅他的形象，他对此也毫无影响力。现在他是一个躯体，可触摸的，可被伤害的，看起来比我老，估计也比我弱。但是身体给他一个存在，一个证据，一个主导，我必须重新适应这一点。

“快请进来！”他把脚从凳子上放下来，请我进了他的办公室，让我坐下，以期待的眼光看着我。我鼓足勇气跟他说了我编好的故事，说了我在洪堡大学的教书经历，说了我的取得执教资格论文，那是我在出版社工作十年之后写完的，我想再学习一下解构主义法学理论。然后我就甩出了我的诱饵，“此外，我的出版社还想购买您的书的版权，并问我愿不愿意翻译这本书。这跟我的执教资格考试无关——我觉得，如果我能够听您一学期的讲座，参加您的讨论课，这可能对我的翻译最有好处。您觉得这样可行吗？我明白在这里读书需要些费用，也许还不少，但是……”

他示意我不用再说了。我可以获得一个访问学者的位置，只是没有自己的办公室，没有自己的书桌，但是可以进入图书馆，可以参加他的教学活动。如果我能在他的讨论课上进行一次演讲的话，他会很高兴。如果我能翻译他的书，并与他保持联系，这将是他的荣幸。“我会说您的母语，翻译的许可权在于我。不过，如果在翻译中的误解最终是语言原因造成的，那就太不幸了，当然翻译中的误解是绝无可能完全避免的。”

他说话很生动，面对着我，手部动作幅度很大。他轻微的口音并没有让语流笨拙，而是柔软、悦耳、吸引人的，我从其他德裔美国人那里见识过这种口音，我自己也是。我想起了罗莎·哈珀，她不带瑞士口音却用维也纳方式问候别人，好让自己骗人。我想起了我童年玩伴的父亲，他被我父亲的个人魅力所吸引。我的眼睛也让他想起了我父亲的眼睛。

“如果您读过我的书，那么讲座对于您来说就不是什么惊奇了，不过总还有些加深印象，有些延伸，有些阐释。在讨论课上我们会读现代主义的经典文本。到时您一定有很多想要说的——对您自己，对我们。”他站起身来，告诉我去系办公室怎么走，并答应立即给那里打电话介绍我的情况，然后我们道别。

在系办公室，他们给我拍了照，做了张塑料卡片，上面写着我叫“福斯特博士”。我就是用这个名字向德堡做的自我介绍，他也是这么跟办公室的人说的，于是办公室的人也就不再向我求证，而只是让我把名字再拼一遍。

重新走到街上的时候，一种胜利的感觉充斥着我的全身，就好像我不仅仅可以参加他的讲座和讨论课，还把他纳入了我的势力范围。就好像了解他一切的我，可以对毫不知情的他为所欲为。就好像我可以想干嘛就干嘛，就好像隐藏在我体内的力量终于被我发现了一样。

3

生活进入了日常形态，这种胜利的感觉还挥之不去。有时候我觉得自己喝醉了，尽管我没喝一滴酒。有时候我步伐轻快，就好像我脚底下的不是沥青和水泥，而是一片草地。我买了运动鞋，每天在河畔的公园里跑步，之后也不十分疲劳，而是精力充沛。我待人接物也更轻松了些，就像应该有的样子。

每过几天我就给芭芭拉打电话，我们彼此倾诉近况，我们都干了些什么，经历了些什么。学校、教育部、朋友、熟人、电影、看医生、不走运、做梦——日常报告的日常电话。

我有时候有点恐慌，她会对我离开的这段时间耿耿于怀，事后清算，尽管她从来不流露出这一点。我毫不怀疑我们属于彼此，我爱她，思念着她。然而思念对于她来说是生活的一部分，这也应该成为我的一部分，但现在又还不是。

现在我在这里。我第一次开始相信，尽管奥德修斯想念着珀涅罗珀，但是他对于还在冒险仍然很高兴，不是十年都这样，不是在巫术女神喀耳刻那里，也不是在卡吕普索女神那里度过的岁月，而是发现与冒险的时间。

就像《奥德赛》一样，德堡的书和他的讲座开始了。不过题目并不是所有返乡小说的原始形式，我在第一遍读的时候是这么以为的。把《奥德赛》理解成所有返乡小说的原型这件事，必须被解构。只是读者的渴望把《奥德赛》看成是有目的的写作，顺而逻辑地推出《奥德赛》是为了返乡而作。如果没有这种渴望的话，故事将是完全另一种面貌：奥德修斯并没有为回家而奋斗，而是在一个又一个女人那里逗留。他回家也不是出于自己的决定，而是众神的意旨，回家也不是因为他在陌生之地的处境，而是他在家的妻子的处境需要一个解决方法。那些追求者看透了珀涅罗珀的把戏，知道她把白天织的衣服晚上又给拆了，但是他们仍然坚持等待衣服完成的那一天，等待着诺言的兑现，她会嫁给他们中的一个。奥德修斯也不是真的返乡，他马上又必须启程离开，尽管这次离开预告着另一次美好的返乡，但是也正因为如此而变得并不确定。

其他时候，渴望和希望也在跟读者开玩笑。读者会希望，奥德修斯在他的旅程中丈量了世界的边际，那时所知的整个世界，那时候还被认为是令人毛骨悚然的世界，那么这就给他的旅程赋予了意义。不过我们或许会发现，奥德修斯是个骗子。我们知道的有关他的旅程，都是他跟菲埃克斯人叙述的故事，他完全有理由用谎言把故事编得更圆滑一点。尽管如此，有几次谎言和狡诈在他的冒险经历中起到了重要作用。它们胜过了独眼巨人、巫术女神喀耳刻和女妖塞壬的魔力。不过后来他又跟雅典娜女神、他的妻子、他的儿子和他父亲撒谎，因为虚假的故事说起来和听起来都那么美好。他对自己忠诚？对自己保持忠诚的骗子，让我们和他自己陷入骗子的自相矛盾，并最终把忠诚颠倒成了背叛。

读者看到《奥德赛》的结尾也不能发现这次旅程的意义。难道是像亚里士多德认为的那样，旅程的意义就是杀死那些无耻的追求者？难道像一位希腊评论家说的那样，是为了证明男人与女人相爱的幸福？难道像中世纪认为的那样，《奥德赛》是为了重新建立起国王对他的王国的法定统治权？还是像战后一种风行的解释那样，屈服于命运的安排？还是以上任何一个都不对？

《奥德赛》的结尾——人们越是仔细去看，就越是让人一片茫然。杀死追求者作为对他们恶行的惩罚？追求者们的所作所为并没有那么十恶不赦。他们追求一个可能是寡妇的人，觊觎她的财富，但是通过不断地送礼反而使得她的财产增值，他们想要谋杀涅俄普托勒摩斯的企图从来就没有成为过现实。把杀死追求者作为奥德修斯和涅俄普托勒摩斯面对暴力强权的大胜利？那支投出的长矛，本应该击中奥德修斯的，既不是被奥德修斯，也不是被涅俄普托勒摩斯，而是被雅典娜女神阻止了。

众神们，他们一会儿公正一会儿偏袒，一会儿奖赏一会儿惩罚，一会儿爱一会儿恨，有时候他们还掷骰子。一切都在变化中：《奥德赛》的目的和意义，真相和谎言，忠诚与背叛。惟一剩下的就是，《奥德赛》作为启程、冒险和返乡的最古老神话，从一个没有时间地点的事件变成了一部史诗，一部在固定时间和固定地点发生的历史。《奥德赛》创造出空间和时间的抽象意义，如果没有它的话，我们就不可能有故事和历史。

然后，德堡吹了一个大牛——在《法律奥德赛》里，一切也都在变化中：法律的目的，法律的繁荣与衰败，法律哪里好，哪里不好，哪里理性，哪里非理性，哪里是真相，哪里是谎言。法律奥德赛惟一剩下的就是正义与非正义的抽象概念，以及需要人们对此做出持续的判断。

4

我违心地认为，他是个棒极了的教师。我更愿意觉得他不好：如果他是一个好的演讲者，那就肤浅；如果够深入，那就是自负的；如果是令人激动的，那就是短暂的热情。然而他唤醒了学生们真正的热情，让他们在准备讲座时阅读很长的文章，从他们的问题和答案里，学生们理解了文章的含义。

他说起话来清晰明了透彻，完全没有装腔作势和空洞无物。他的肢体和手势那么生动，以至于有一次他在讨论课上从椅子上跌落下来，因为他在讲话时喜欢翘椅子。结果他站起来哈哈大笑，平时他不会这么笑，他也不像美国教授那样乐意说很多笑话，他的学生就没怎么听过他说笑话。

他的讲座在一间大的阶梯教室举行，教室就像是一个希腊圆形露天剧场，能够容纳大约一百二十人，每次上课都坐得满满的。讨论课的时候我们一共有十八个人，我们坐成圆圈，面前没有桌子，谁想说什么就说，没有什么发言人名单和教授点名发言，大家都可以说话。三分之二的参加者是年轻的大学生，他们大学本科毕业之后直接开始了政治学的研究生课程，剩下的三分之一则是年纪较大的学生，都已经有了工作，现在上着法学院并因而需要上这门课。他们中有一个女医生，一个女心理分析师，一位教法文的女教授和一名前海军陆战队队员。如果可能的话，他们准备在两年半而不是三年之后结束学业，他们因为屈服于自己内心的趋向，在有贸易和社会法学课程的同时却选择了一门政治学理论课而感到内疚。

他们对于我的建议表示欢迎，我说我们年纪大的应该一起去喝一杯，但总是都太忙，就好像他们本来能来似的。我只和一个年纪稍大的大学生说过些话，我们两个都参加了讲座和讨论课，总是在第一排给彼此留个座位。乔纳森·马文出售了他的公司，自行管理他的资产，为他的兴趣而活着。他参加德堡的学术活动已经好几年了，很高兴他比其他人了解德堡要更多一些。

“您知道吗，他多年来在阿迪朗达克①有个农场，在那儿他组织了一个乌托邦式的团体。”这是他有一次低声告诉我的，当时德堡正在上面说，《奥德赛》是一次寻找乌托邦的旅程。但是当我在讲座结束后想听更多相关信息的时候，他却没有更多可以说了。据说是在七十年代开始的，结局却不怎么美好，二三十名参加者中只有一个人从头到底都坚持了下来，后来写了一篇相关的报道，不过这已经是多年前的事了。“应该是在某本晦涩的新世纪手册中刊登的，可惜图书馆不是什么都收藏的。”

一次上完讨论课之后，我跟着德堡回家。路并不算远，他也住在河滨路，我后来知道，那里有很多属于大学的房子，都是给教授的，住房条件很舒适。我去学校的路或者坐地铁所走的路并不经过德堡家门前。但是我已经习惯于绕路了。有次我遇到他牵着一条罗威纳犬，还有一次，他穿着白色衬衫和白色裤子，拿着网球拍从公园里来。我于是又改变习惯，在中央公园跑步时绕到网球场去一下。

有一天我还真看见他打球了，步伐灵活，轻松自如，抽击有力，动作稳定，就好像他一定能接到一些快速的回球，都不用跑。我总还是有这种感觉：他在我的控制之中。我绕路，窥视他，嗅探着他；我马上就能了解关于他的一切，他将在我面前无所遁形。

然而在九月的最后一个周日，天气晴朗，树上挂着第一批斑斓的树叶，夏日最后一丝热意还残留在空气里。我借了一辆自行车，一直骑到曼哈顿岛的最高点，还去看了自由女神像，在回来的路上绕到了德堡家门前。

在远处我就看到了他家的房子，在大门这里停着一辆银色的奔驰，车的后盖打

① 阿迪朗达克，位于纽约州北部的山区，设有阿迪朗达克州立公园，占地面积 600 万英亩，几乎是纽约州面积的五分之一。

开着，德堡让那只罗威纳犬跳进车里，随后关上后盖，转向屋子，门卫拉着门，一位少妇带着两个孩子从里面走出来，一个男孩十一二岁，还有一个更小一点的女孩。不知是一个动作、一个手势，还是一个表情告诉了我，这女人就是他的妻子，那两个孩子就是他的孩子。

我不知道，他为什么可以就此脱离我的控制，似乎他能藏在他妻子和他孩子的身后。

5

十月初，他邀请讨论课的参与者去他家吃晚饭。“请所有讨论课的学生去——这可不常见。”乔纳森·马文跟我解释道，“他一般只请个别学生去他家，我觉得这邀请其实是测试，通过的人就可以参加明年一月的讨论课。”

“在假期里居然有讨论课？”

“很多年来，每年一月他都会在阿迪朗达克举行为期一周的讨论课，参加者都是由他个人邀请的。我不知道那儿会发生些什么事。去过那儿的学生都讳莫如深，德堡也是如此。如果他肯让我去的话，我愿意资助他的讨论课直到他退休。”

“他是自己出钱办这个讨论课的？”

“我想是的。这不是哥伦比亚大学的活动，而且参与者也不用交钱。”

我不想太早或太晚去吃晚饭，跟门卫解释了之后，坐电梯上了十一楼，准时抱着一束满天星站在他家门前。他妻子开了门，欢迎我的到来，感谢我带来的花，带我进了一间大房间。从这里能看到哈德逊河以及河对岸，她给我倒上酒，出去了一下，把满天星放在花瓶里又回来。“您就是从德国来的访问学者吧？”

她是我的继母。她比我还年轻一点，金发，挺拔苗条，身材保持得很好，脸上带着开朗的表情，挖苦人的嘴和好奇的双眼。她了解她的丈夫什么？他跟她说过过去的故事吗？她是不是他的第二任妻子？她是不是他的学生？从结识到钦佩再到蔑视，她爱他吗？

“对，您也是同一专业的吗？”

她摇了摇头，“我是证券经纪人。”

我无法想象，本来我还想再问，但是我找到更重要的信息。下一个客人什么时候都可能会来，“您能做到这一点真让我钦佩——身为证券经纪人，同时还是两个孩子的母亲。我在不久前见过您和您的儿子与女儿。”

他们是我同父异母的兄弟姐妹。我们之间长得像吗？我们会理解彼此、接受彼此还是拒绝彼此？也许我能争夺他们的一部分遗产，如果我跟他们说关于他们的父亲和我的母亲的故事，我会给他们增添烦恼。

她笑了，“他们两个都是好孩子。他们早上七点半上学，一般到五点才回家，没让我的工作手忙脚乱。”

“在德国学校只上半天课，幸好我在他们那个年级的时候，我母亲必须工作，我同父异母的姐姐来照顾我。同父异母的兄弟姐妹是个巨大的幸运——您的孩子也有吗？”在那么快的时间里，我实在想不到更好的说辞了。

她很诧异，“什么？您是想问，我们的孩子有没有同父异母的兄弟姐妹？不不，我们……”门铃响了。能离开我，她看起来很轻松。门铃又响了，客人们陆续到来。

等所有人到了，德堡拿着两个大碗从厨房里走出来，一个碗里盛着意大利面，另一个是色拉。他系着围裙，甩出几句意大利语，扮演一位随和的意大利餐馆服务员，赢得一片掌声。一开始是乔纳森先鼓的掌，后来大家都跟着鼓掌。我觉得这事挺烦人，不想随大流。

每个人都自取食物，给自己倒上酒，在位置上坐好。两个孩子也来了，跟我们一起吃饭，毫不拘束。当他们无意中在我旁边时，我仔仔细细地看了他们。孩子们在我的目光下感到很不舒服，在我想跟他们说话之前，他们掉头就走了。

我在大型聚会上总是感觉困难，并不仅仅因为我的聚会听力症候群。我无法进行对话。我就是不会。我无法举重若轻或者举轻若重。我要么把对方说的话太当真，让我自己太严肃，要么觉得对方只是说说而已，回答起来漫不经心。

我本不应该参与一场关于一部话剧的讨论，我根本都没看过。因为我一晚上都没说什么，因为我对自己很生气，所以我不由自主地投入了对话。

简，那个曾经的女心理分析师和安娜，那个曾经的法文女教授，刚看了一部叫做《马赛克》的话剧，那是一部四幕的黑色喜剧，其中有一幕给他们留下了特别深刻的印象。这部戏是根据社会心理学家斯坦利·米尔格兰姆①的一个实验改编的，在实验中，一名被实验者被指使向另一个人提问，对于错误的回答用电击进行惩罚，并逐步提高电流强度，直到另一个人由于疼痛而大叫，请求他饶命，最后沉寂。电流其实并不是真的，另一个人只是在演戏，科学家给被实验者指示，实验是为了科学的目的，要求他在有所犹豫的时候继续执行。当被实验者只能听见另一个人的声音时，有百分之六十五的被实验者会采取一切手段；当他们能看到另一个人的话，就只有百分之四十的人能坚持残忍；当他们必须用暴力手段按住另一个人的时候，只有百分之三十的人能坚持。

被实验者的行为让简感到震惊。"这显示，汉娜·阿伦特②是正确的，不是吗？罪恶是天生的，普通人对一切可怕的事情做好准备，只要有权威的人要求他们这么做。"

安娜不同意她的观点。"百分之三十到六十五的人是只知服从的艾希曼③？我不相信。我更不相信艾希曼和其他人只是单纯的服从。他们享受他们所干的一切，他们对于残忍充满了渴望和欢乐。难道你没有看过《苏菲的抉择》④吗？"

"没有人只是出于服从而残忍，"凯瑟琳加入了对话，她以前是个医生，"我也看了那个话剧，残忍的并不是电击，而是那些问题。你们难道没有注意到吗？问的都是些没有答案的问题，能够提出这些问题的人，一定喜欢折磨人。"

---

① 斯坦利·米尔格兰姆(1933—1984)，美国社会心理学家，他关于服从行为的实验是社会心理学领域最具影响力的实验之一。

② 汉娜·阿伦特(1906—1975)，政治理论家，以其关于极权主义的研究著称于西方理论界，曾在德国师从海德格尔，后归化为美国公民，并成为普林斯顿大学第一位女性正职教授。

③ 阿道夫·艾希曼(1906—1962)，纳粹德国党卫军首领，屠杀犹太人的重要组织者。1960 年被以色列特工在阿根廷逮捕，后在以色列接受审判并被执行死刑。

④ 《苏菲的抉择》，美国作家威廉·斯泰伦的代表作小说。1982 年被拍成电影，梅丽尔·斯特里普主演，并获得当年奥斯卡最佳女主角奖。

“这只是在话剧里这样。米尔格兰姆实验里的问题都是些事实性问题，由实验的组织者朗读，被实验者必须记录。”

这就是让我恼火的情况。难道简、安娜和凯瑟琳看不到，实验只是一个卑鄙的行为，问什么问题完全没关系，也不管她们是否因此再争论一趟？然而在我说话之前，一个年轻的女学生抢先大叫，“人不能……人绝不能拿其他人来做实验！”

“不可以吗？”德堡听到了这番对话。“米尔格兰姆的实验对象，他们可不是这么说的。对他们来说，实验室让他们自我丰富了经历，给了他们机会认清自己，”他略微停顿了一下，“也给了他们机会学会恐惧。”他说的就好像这件事情已经解决了一样，又转过身去。

“如果这一切都是积极的话，这个机会给自我经历提供的一切都是积极的话，那么这世界上就只有积极的东西了。”我还是一直很恼怒。

德堡又转了过来，“难道这样不好吗？这又有什么错呢？”我听出了他言语中的讽刺，其他人也听出了，等着他还说些什么。

“坏事并不因为人们从中学到了一课而变好。”

“难道人们不能因此更聪明一点吗？只有当时的理智吗？”其他人都笑了。

“理智并不能改变当时的情况。我们可以从所有理智中获益：从好事，从坏事，从不好也不坏的事件。”

“这事情的意义不外乎是我们给的定义，除此之外还有什么呢？为什么我们不能从中获得智慧，那些一开始看起来是坏事的，其实是好事呢？”

“但是这个实验并不好，它蒙蔽了人们，利用了人们，让他们去做一些他们不愿意做的事情。难道您愿意人们这么对您吗？”

他举起了手臂，又放下，笑着说：“我必须要愿意做这些事吗？难道我准备好鼓励自己去做这些事还不够吗，出于科学和进步的需要？”

“我准备好让自己做的事情，就可以因此让别人也遭受痛苦吗？对您来说是不是黄金法则太软弱了？您是否需要一个更强硬的钢铁法则？”如果我不是那么激动的话，我原本不应该把它说出来的。与他妻子不成功的对话，与孩子不成功的接触，我在团体中的落魄，我在简、安娜和凯瑟琳的讨论中蹩脚的参与，我处理德堡问题的狭隘，还有他的嘲笑——我实在是气坏了，我不能再窥视他，而是必须面对他。

德堡点头，"钢铁法则……"他是在考虑究竟应不应该问我是怎么想到钢铁法则这个概念的？他看起来很满意，把我从伪装中揪了出来，但是同时又对我在伪装中隐身已久感到恼怒。其他人都在等着我们的互搏继续。然而德堡没有再对我说什么，只是审视地又看了我一眼，招呼大家："大家都有酒了吧，你们准备好干杯了吗？今天是一九九〇年十月三日，两德重新统一的日子，让我们和我们来自德国的朋友共同欢庆！"

6

从那之后我们的关系发生了变化。在下一次讨论课之后，德堡问我是否愿意和他一起回家，反正我也住在河滨路。在路上我等着他问有关钢铁法则的事，但是他却问起了他的书的翻译情况，我的进度如何，在哪里遇到了困难，我对于下一版的书有怎样的想法。他似乎是想向我表明，那问题对他来说不重要。

后来他又提出过几次类似的邀约，在一起回家的路上我们之间的距离更近了，他还是避免问我为什么对某些事情感兴趣，为什么我是这种观点，我是从哪里来的。

在他的讲座和讨论课上，有几次他直接和我对话——用一种友好的挤眼的方式，就好像我是个可爱单纯的人。“整个世界是个法律社团——这是不是您愿意看到的？”还没等我回答，他就表明态度，为什么这是一个好主意，但又是个不可能的主意，因为团体是以同源性为前提的，并不一定是同一民族、同一种族或者宗教同源，但是至少要在对待外来移民问题上有同样的观点，比如那些来美国想要成为美国人的移民。“民族，您难道不相信这一概念吗？”他解释说，全球化可能会肢解民族国家，并不是让所有人都变成兄弟，而是把人们移交给他们的家庭，他们的种族和宗教团体，甚至他们的帮派。

“坏事中的好事——我们的朋友无法想象，在坏事中还应该有些好的东西。”他先笑着看了我一眼，又把目光转向其他人。“什么是坏事中的好事？是我们的道德意识觉醒并得到升华吗？是由此建立起驯服恶性的机制，如果没有这些机制就没有文化的产生？它说明了善与恶的敌对关系，然后开启了人与人之间的敌对关系，如果没有这个的话，人们就没有了身份认知，他的生活也就没有了紧张感？”

我看到了其他人脸上的茫然，德堡继续说着，“恶中的善，就是指在行善事的时候它可以被阻止。”其他人的眼里掠过一丝轻松。但是德堡显然对于轻松压过了迷茫感到高兴，“贫穷与痛苦造就了进步与文化，暴力保障着和平，受害者和无辜的人把正义的革命进行到底，把正义的战争引向胜利。感谢塞壬女妖的努力让奥德修斯被绑在桅杆上，耳朵里还没有塞上蜡，这也给了我们一个启示：尝尝权力的味道，但是不要屈服于权力。我们必须决定，恶是否能够胜过善，还是恶必须为善服务。我们还必须决定，什么是恶，什么是善——还有谁能替我们做这件事呢？”

他又对着我微笑，“我们的朋友质疑，关于恶的讨论到底是为了什么。难道大恶人不是已经死了，邪恶的帝国不是已经被击败，覆灭了吗？难道自由、民族和市场经济不是在整个世界都推行开了吗？在冷战结束之后难道不是永久的和平吗？在十年后邪恶的世纪难道不会被善良的世纪所取代吗？”

下课的时间到了。带着那么多还未解答的问题，学生们缓慢犹豫地站起身来，离开教室。德堡一直等到有学生走到门口，他又一次坐下，他们都站着，转向他。“你们不要相信！不要相信下一个世纪和再下一个世纪！既不要相信善良也不要相信平凡！真相只有在邪恶的观点中和危机时刻才能显现。”

在所有学生领悟到这是他说的最后一句话之前，德堡已经收起他的资料和书籍，走到门口，出了讲堂。这是一堂令人印象深刻的讲座，我肯定是他导演的，他很享受这一切。他不想只上学术课，教学生们研究和思考。他想要改变他们，变成什么呢？

7

十一月初，芭芭拉开始催我了。“你还想呆多久啊？你已经认识他了，你还想要什么？你想要跟他坦白吗？那就去做啊！还在等些什么？”

我没有回答她的问题。我想要再多认识他一点。我想尝试着和他的妻子与孩子建立联系。我不能逃避已经答应的演讲，就在两周之后。我必须完成那本书的翻译工作，我已经走得那么远了。说我是因为翻译的事情才留下，并不能令芭芭拉信服。两周之后我完成了演讲，还又见了他妻子和孩子一次。

我本来想在我的演讲里激怒他，因此谈了些关于汉娜·阿伦特以及她对于极权思想的定义。我知道他不喜欢她。我觉得她的定义适用于他，因为根据极权思想家的看法，事实是可以被任意捏造和控制的，因此他们不尊重事实。德堡不也是认为事实是可以任意阐释的吗？汉娜·阿伦特的定义并没有把他逼到一个不熟悉的角落。

可是德堡没有被激怒，他说，汉娜·阿伦特是对的，但是今天的我们都是极权主义思想家，今天的思想界就是极权的。在任意阐释面前保护我们的，并不是事实，而是责任，我们为我们的思想所担负的责任。“那些极权政府鼓吹的弥天大谎——它们是不是在事实面前失败了？政府是不是要消灭更多的证据，处决更多的见证人，伪造更多的档案？不，它们是在思想上失败了，我们拒绝去思考那些人们让我们思考的内容，包括那些事实让我们思考的东西。”

在一起回家的路上，他对我的演讲大加赞扬，请我去他家做客。我难道不想和他、他妻子以及他的孩子们共进晚餐吗？他妻子友善地接待了我，就好像我们之间从没有过什么尴尬的场景，他的孩子们很高兴地对着我练习德语，这是他们在学校里学来的，他家的狗也想得到我的爱抚。饭后孩子们给我们倒了浓咖啡，让我们两人呆着。

“您的兄弟姐妹是做什么的？您最近曾提到过他们，我很感兴趣。”

一个谎言导致更多的谎言，很快我就得小心，我编造的关于父母和同父异母的兄弟姐妹的故事还能记得清楚。

“您是在哪里长大的？”

这次我说了真话，为了接下来可以问问他们，是否知道这个城市。哦不，他们还没有一起去过德国。

“可是您和您的一丝口音，是来自德国，不是吗？或者是来自奥地利？”

“瑞士。我在一九五〇年获得一份奖学金，本来是准备在美国呆一年，结果变成了一辈子。”

“您有时会思念故乡吗？”

他笑了，“在四十多年之后吗？”

“奥德修斯，您喜爱他的故事，他在二十年后的思乡之痛还是足够大到让他回家。”

“思乡之痛？”他妻子问道，“您是说，他有思乡之痛？他难道没有对妻子和儿子的思念吗？”

“我是这么看的，不过您丈夫对奥德赛的故事认识更深刻。”

妻子看着他，他耸耸肩，“荷马是这么写的，奥德修斯思念他的家乡伊塔刻和珀涅罗珀，忒勒玛科斯——我不知道奥德修斯是不是压根儿不知道他有这么一个儿子。”

“因为人们不能轻易忘记儿子，他们知道他的存在？”

他并没有怀疑，“事实是，奥德修斯是到了伊塔刻才对忒勒玛科斯产生兴趣的，珀涅罗珀的情况有所不同,他还在卡吕普索女神处就在思念妻子。不过他为什么有这种思念?如果我们可以相信作者荷马的话,奥德修斯之所以思念家乡,是因为他在卡吕普索女神这里呆够了。”他停顿了一下,“如果珀涅罗珀没有对他保持忠诚,他又会怎么做呢?他是不是会像杀死那些追求者一样杀死她?他有没有想过她有可能企图杀了他,就像克吕泰涅斯特拉杀死阿伽门农那样?严酷的规则在这里生效——您之前是怎么说的,钢铁法则?”

他没有怀疑,就像我是怎么在对话中针对他的,他也这么针对我。但是当我只在云山雾罩地谈论,他就知道他想要什么。他想要知道的是,我是从哪里知道钢铁法则的,这是他的法则,他的概念,他必须确认,他没有影射那个被忘记的儿子。

“钢铁法则?我想不起来了,在哪个情况下……”他摇手示意,“这不重要。”如果我真的记不起来的话,那我运用这个概念就没什么威胁,所以我就说我记不起来了,这样我就可以不用跟他说什么了,而是和他玩个小游戏。提问关于钢铁法则的事对他来说过去了。如果我想要激怒他或者他想要针对我的话,他就会再起个话头。

他把我送到门口,请我参加冬季的讨论课,这会是另一个循环吗?“一月的第一周——如果您能来的话,我会很高兴的。”

“我很乐意。”

“十二月初我们就有关协调事宜碰个头——到时候通知您。我邀请您参加这件事,请帮我保密,我不想伤害其他人。”

之后,我跟芭芭拉说,我可能十二月回去,就在关于讨论课的那场协调会之后。

她沉默良久,我最后问她还在听吗,“你是想一月再去美国?”

“就一周的时间,学校不是一月七日才开学吗?我在最后一个假日飞去美国,反正那天你也要做很多备课工作。”

她又不说话了。

“芭芭拉?”

“你想在一周之内找到些什么呢,你在三个月的时间里都没有找到的东西?如果你在这一周里还没有找到,你是不是还要再呆一周,一个月甚至两个月?”

“不,就过这一周就结束了。”

“你是怎么知道的?如果你不知道你想要什么,你当然也不可能知道你已经找到了。”

“我爱你。”

“彼得?”

“芭芭拉?”

“等你真要回来的时候再回来。”

8

我能回去，我当然可以回去。如果我回去的话，她会高兴的。但是如果我还想走的话，最好我还是先别回去了。

“这样也不好，如果……”

“这对我来说好一点。如果你还不能决定的话，你就继续犹豫着。我可不想要一个不能做出决定的男人，你听到了吗？我要一个有决断的男人，一个选择我的男人，不是一个在外面寻找主意的人，连他自己都不知道要找些什么，而是一个在这里的男人，留在这里的男人。”她的嗓门越来越大，“你不用每天都给我打电话，每天都跟我说同样的话！”

“芭芭拉，我们可以一起过圣诞，一起等待新年的到来。芭芭拉，我只是离开一周，你也有过离开一周的时候，芭芭拉，你不能把我隔绝在外，房子既是你的也是我的，芭芭拉……”

“狗屎！”她挂断了电话。

过了几个小时，她又一次打电话过来。“我不想你最后听到我说的一句话就是‘狗屎’。我并没有生你的气，你是怎么样，就怎么样。你也不用害怕——我不会冲出去找一个更好的。也许等你回来，一切都会好的。一月份或者二月份，或者其他什么时候。但是我们不要再打电话了，这让我很痛苦。等你愿意留在我身边的时候再回来，好吗？”

我们总是在她睡前打电话。在她那里是十二点或者一点，我这里是六点或七点，如果天气还不是特别糟的话，打完电话我就会去公园里跑步。从我住的一百二十七街先往上跑,经过格兰特将军的墓碑进入湖滨公园,沿着一条树木茂密的路一直跑到九十六街,到了一条宽阔的步行道然后回来。最后我在一个巨大的平台上喘口气,这里以前曾是一个火车站。我望着哈德逊河,船只和房屋,岩石以及对岸的小树林,辉煌落下的太阳,晚星挂在深蓝的天空里。这是一个思念的地方。船只缓缓向前移动,偶尔听到穿过车站的火车的汽笛声,在我头顶穿行不断的飞机邀请我去陌生的地方,回到家乡,什么地方都行。

我和芭芭拉通完电话之后去跑步时就决定了,我要在十二月初回家。每跑出一步,我都更加坚决,每一步踏上地面,每一步踏离地面。至于我是就一直呆在家里,还是来参加讨论课,会有一个决定的。一切都会有个决定。只要芭芭拉和我一起决定。

可是然后我在平台上想到,事实并没有那么简单。难道我没有想要结束三心二意的生活?飞回去然后到时候再看,我是该留下还是重新回来,我想从德堡这里获得的,只不过还是三心二意。对啊,我必须做出决定。我要把所有事情再想一遍,睡觉然后做出决定。就在明天。

我看着太阳落下去,星星升起,想念着芭芭拉,明天,明天我要让一切都重新回到正轨。

这学期就这么结束了。我把在德堡的讲座和讨论课上读到的资料都总结了一遍:我们认为是事实的,其实只是文字,我们认为是文字的,其实只是阐释。来自事实和文字的,只是我们从中发现的。历史上,没有目标,没有进步,没有在一次失败之后的奋起承诺,没有强者的胜利保证或者弱者的公平正义。我们可以对其进行解释,认为它们有个目的。这也并不应该遭到质疑,因为我们必须一直这么做,就当认为事实比文字要多些,文章的作者在与我们对话,就当认为存在着善与恶,正义与非正义,真相与谎言,就当法律机构可以起作用。

但是我们仍然可以选择或者复述我们之前说过的话,或者自行决定,我们该怎样面对这个世界，我们在它之中又是谁，我们在它之中想要做些什么。我们的真相是我们在存在的极端特殊的情况下获得的，也是它们让我们能够做出决定。我们的决定的正确性和我们为实现决定而承担的责任，将在实施过程中体现出来——这里用的是责任在钢铁法则中的定义，德堡没有直说，在论战争的文章中他也间接提到过。

在他最后一次讲座上，德堡谈的是奥古斯丁。Ama, et fac, quod vis[①]——我们爱过，我们也许可以做些我们要做的事。热情的心将会使热情地投入神圣化。我们所爱的是我们负责任的决定。爱不是一种感觉，而是意愿。“并不应该由我来说，你们该爱什么。不过我将不会羞于表达对新一代的尊重，当他们认为时代的任务是带给世界和平、民主和幸福。”

学生们鼓掌，起立鼓掌。我却坐着，直到德堡和学生们先后离开了讲堂。现在就有自由、民主和幸福了？时代变化着，目标也在变化着。如果我向他提问的话，他就会这么回答我——还有什么呢？我会怎么说？说时代和目标没有变化吗？

我站起身来，看了周围一眼。空荡荡的坐椅和折叠桌，巨大的绿黑板上还写着几个奥古斯丁生平的重要年份，德堡从来没有站在后面过的讲台，没有窗。一盏氖灯总是中断着闪烁一秒；讲座的时候它就让我很烦心。

不，我不会再回到这里来了。不在德堡的讲座和讨论课上。我不知道我到底想从他身上得到点什么，无论如何我不想再属于他。一月份的讨论课我还会去的，但是之后我不会跟他说话，不向他提问，不向他坦白，就让事情这样。慢慢地我可以开始想象，我能够简单地回归到我的生活里。一直以来我都很肯定地以为，在我们之间一定会发生些什么，我至少得从他那儿知道故事的结局。不过，我现在不这么想了。

---

① 拉丁文：爱，而后做你想做的。

9

可是，要想不喜欢德堡，把他抛诸脑后，对我来说也很不容易。十二月初的时候，一封厚厚的信躺在我的信箱里，寄信人栏里写着芭芭拉的名字。我怀着激动的心情撕开信封，才发现原来是封转寄的信，是我儿时玩伴的父亲给我写的。

亲爱的彼得·德鲍尔：

在我的德语老师过世之前的几年，我一直和他保持着联系。他是一位很投入的教师，一位第一流的歌德学者，在我们中学最后的一年就给我们上《浮士德》。之前他也给我们上过课，是在十年级还是十一年级，那时他就把你父亲的一篇作文拿了出来，还给我看了。于是我就复印了一份，夹在我的戈特弗里德·凯勒[①]作品集里，在此附上。

老师很喜欢你父亲，也很欣赏他的文章。事情的结果是，你十五岁还是十六岁的父亲出了点小名。但他不把魏策尔·施特拉平斯基[②]看成是环境和周遭情况的玩物，而把他置于实干者的法则之下，这点很讨老师的喜欢。他在文章里对魏策尔·施特拉平斯基由于爱情而变成了实干家这一点表示惋惜。那可是那个穿着黑大衣的裁缝，在一条雨后的乡间道路上被人看见坐在一辆伯爵马车上，在一家客栈前从伯爵马车上下来，被人们当成伯爵的人。

---

① 戈特弗里德·凯勒，瑞士小说家和诗人，著有《绿衣亨利》等知名小说。

② 魏策尔·施特拉平斯基是戈特弗里德·凯勒的小说《人靠衣装》的主人公。

我也喜欢他的文章。

致以亲切的问候

格特霍尔特·杭克

复印件是新的，是根据老的复印件再次复制的。字迹不仅清晰，而且淡淡的挑的笔划和浓重的撇的笔划看起来很漂亮。纸上没有线格，我父亲也从来不用影格纸，而是用一会儿稍紧，一会儿稍松的行距随意书写着——每一页都是一幅讨人喜欢的生动的书画。老师没找到任何的错字和用错的标点，在文章下面只批了一个"非常优秀"，还有一个六分，据我所知，这在瑞士是最好的分数。

魏策尔·施特拉平斯基——非自愿的骗子？

非自愿的骗子，这个说法是自相矛盾的。因为一个骗子就想要把自己吹嘘得比实际中更好一点。他就想要这个——他不可能同时还不愿意。

魏策尔·施特拉平斯基不可能是一个非自愿的骗子。他要么是个骗子，要么就不是。如果他是的话，当然还可以继续追问，他到底是一个怎样的骗子。因为骗子还分值得同情的和不值得同情的，有道德水准的和没有道德水准的，高兴的和悲伤的。

魏策尔·施特拉平斯基做了所有一切骗子可以做的事。他的行为几乎可以称作为学习骗子艺术的课程。

1. 投入那些你有的资源！那件带黑丝绒衬里的深色大衣给了魏策尔·施特拉平斯基一个高贵浪漫的外表，引人注意——魏策尔·施特拉平斯基穿上它的确很有型。

2. 你所学的都要用上！魏策尔·施特拉平斯基之前曾在一个庄园里干过

活，又曾在骑兵队服过役，骑术精湛，也懂得庄园主和官员们说话的口吻——他善加利用了这种特有的说话方式，当人们向他递过缰绳和马鞭的时候，他毫不费力地就抓住了机会。

3. 不要隐藏你的缺点，而是利用它们！魏策尔·施特拉平斯基行为笨拙，为人害羞——他小心翼翼地取用鱼和葡萄酒，以他的优雅举止征服了店主和厨师。他说话不多，这样显得说话就很有分量，在女孩子面前脸红不知所措，这让她们为之着迷。

4. 把你的角色定义为，你不需要隐藏你的兴趣，而是可以自由地跟随它们！魏策尔·施特拉平斯基想要把他的来历和去向隐藏在黑暗中，这样他就可以让其他人相信，他是一个被人追赶的逃犯，大家就不会问他有关他的来历和他的去向。

5. 不要对你捏造出的身份做任何没有必要的使用！魏策尔·施特拉平斯基对于他享有和伯爵一样的称号显得如此的漫不经心。他这样做很聪明，没一上来就称自己是伯爵，而是一直坚持签自己的名字：魏策尔·施特拉平斯基。

6. 不要自己介绍自己的虚假身份，而要让其他人来做这件事！格尔达赫人①坚信魏策尔·施特拉平斯基是位伯爵，因为他们凭着渴望轰动效应的解释，从简单的事情里自己归纳总结出，他是位伯爵。

7. 成功的秘密永远是个秘密——这会让你显得有趣，也让其他人可以用他们的观点来看待你！

8. 在那些格尔达赫人当中，只有梅尔奇奥·布尼不相信他。魏策尔·施特拉平斯基先是享受他的同情，然后由于疏忽没把它放在眼里。后来他还是必须放弃这份同情，因为他要和布尼争夺女孩。

9. 如果搞砸了，不要掩盖你的失败，而是接受它！

---

① 格尔达赫，位于博登湖边的瑞士小镇，行政区划上属于圣加仑州。

尽管魏策尔·施特拉平斯基干了一个骗子能做的所有一切，但是刚开始的时候他已经不想再这么干下去了。可是他有没有去纠正别人的错误说法，难道他不应该这么去做吗？

格尔达赫人并不是出于他本人的意愿，而是他们的意愿，把他称为伯爵。他没有从他们那里拿走任何东西；他通过他们的友谊所获得的东西，他也分毫未取，而这些是他本可以带走的。不，魏策尔·施特拉平斯基不欠格尔达赫人什么。

难道他不应该和那个女孩说清楚吗？其实那个女孩也并不是出于他本人的意愿，而是根据她的想法，把他想成了是伯爵。包括爱上他，包括后来和他订婚，都是她的意愿。当然，订婚损毁了她的名誉和她的未来，这是她所不知道的，而魏策尔·施特拉平斯基却知道。这之后他就应该向她坦白吗？如果他真的是积极地把女孩往错误理解上引导的话，那么无论他坦不坦白，都不会改变他是个骗子的事实。

这些问题都很难说。因为魏策尔·施特拉平斯基不光是没有对那个女孩说清楚。到了最后，他还想让女孩错误地认为他是魏策尔·施特拉平斯基伯爵。他说得很坦白：他想作为伯爵和她一起度过几天幸福的生活，然后向她承认自己说了谎，然后结束自己的生命。魏策尔·施特拉平斯基犹犹豫豫地变成了个骗子，不过到底他还是个骗子。

他只犹豫了一小会儿。在他被人揭穿之后，他没有继续招摇撞骗，在另外一个地方再试试他骗人的手段和运气。他留了下来，和那个女孩组织了个家庭，成功地成为了裁缝和毛巾商人，随后还成了个受人尊敬的人。他的骗子生涯划上了圆满的句号。这段故事让他找到了适合他的事情，找到了在其他地方找不到的东西。他很聪明，就抓着这些东西紧紧不放。

魏策尔·施特拉平斯基是一个值得同情的骗子——有道德，为人内敛，乐于学习还性格开朗。他最好地证明了做一个骗子还可以不那么坏。这甚至是

一个机会，在人生中找到适合自己的事。

那天晚上，我在街上碰见了德堡。“您还在这儿？我还以为，您已经回德国去了呢，等到上课时候才回来。”我跟他说，我假期就留在这里，他请我去他家过圣诞节。“您考虑一下，到时候给我打电话——我们会很高兴的。”他挤出一个天生稚气还有点尴尬的笑容，突然间我觉得这是一个年轻人站在我面前，不是穿着灯笼裤西装的那个，而是一个穿着内衬黑丝绒大衣的那个。

10

开完一月讨论课的协调会之后，我的生活完全平静了下来。会上，我们这些参加者互相介绍，明确了各自的分工，商量好了出发的时间。我应该要在讨论课上介绍的那本书很快就读完了。德堡的书的翻译工作，我却越干越慢，于是我索性停下来。有时候，我会和乔纳森·马文碰个头，他也受到德堡的邀请参加这次的讨论课。

天气越来越冷，天也黑得越来越早，我还是坚持每天傍晚在公园里跑步，然后站在露台上，满怀思念。有几天，我只是因为跑步才出门，其他时间都躺在床上，看看小说，喝橙汁或者柚子汁配伏特加。昏昏沉沉，看书，喝酒，继续昏昏沉沉，直到我不知道晚上什么时候睡着。我的房间里，就从来没有真正亮过。白天的时候，我还可以看得见对面墙上的砖块，能数得出来；可是在晨昏或者暮色中它们就模糊了。到了晚上，墙壁随着灯光变化着，从不同的通风井的玻璃中透过来的光线给了墙壁不同的面目。

躺在床上，我看见一扇高处的窗户。窗后面住着一位年轻的女士，当她开窗关窗，以及在窗前梳头的时候，我就能看见她。她起床既不早也不晚，她离开和重回公寓的节奏让我猜测她大概是医生或者护士。她长得并不漂亮，不过我看她的动作很果断有效，看她干活有种愉悦。

我拒绝了德堡的邀请，准备着在圣诞节那天，如果我的女邻居也单身一人的话，我就请她出去吃饭。不过圣诞节那天她不在家。等到她几天后回家的时候，带了一个男人回来，两人看起来有问题。半夜里，我被大声的说话声吵醒，还有门被猛地关上的动静，第二天一早，我在电梯里第一次见到我的女邻居，这也是惟一的一次，她的头发把脸都遮起来了，我猜她有一双蓝眼睛。

我在十二月的一周给芭芭拉做了一份月历。我想念芭芭拉所站的露台，我居住的屋子，她和奥吉一起住过的房子，她曾经工作过的中学，机场——我买了一架照相机，拍了些照片，其他那些月份的月历我就用《纽约客》杂志的封面故事，为了十二月还特别剪碎了一棵巴掌大的塑料圣诞树，把它粘在月历纸上，在树枝上点缀了彩色的电灯，在纸后面装了个小电池，还找来了个小芯片，能够播放《铃儿响叮当》。我很努力地完成这作品，出于爱，也出于完美主义理念，这跟芭芭拉没多大关系，而是想完善这作品，最后完全就是我的顽固作祟：我想给她做一个独一无二的礼物，无论她爱我还是不爱我。我给马克斯买了我能找到的所有品种的口香糖；给我母亲，我买了顶皮帽，她开敞篷车的时候可以用得上。在包裹里，我还给她附上了一本政治学系的手册，上面有约翰·德堡的一张照片。

我的生活平静，可我并不感到孤单。有时我连续看两到三部电影，被大银幕所征服。有时候，我去餐厅用餐，晚上里面有学声乐的学生演唱歌剧咏叹调，一位上年纪的女士在钢琴旁给他们伴奏，淡淡地弹着每一首曲子。歌剧选段唱完之后，有时还会有个真正的男高音走进餐厅，继续合唱。有时候我骑着自行车，从曼哈顿的沿岸骑向另一端。

圣诞前的十天，我寄出了给芭芭拉、马克斯和妈妈的包裹，我有种感觉，这一年已经过去了。我试图看清楚这一年给我带来了些什么，对这一年进行一番归纳整理——就像人们清理屋子一样，一年中屋子里所有可能的东西都堆在一起。但是我无法集中精力。

思念芭芭拉，我很无助，因为我必须做我现在做的事情，但又不知道我为什么要这么做；还有对我父亲的敌意和震惊，尽管我在约翰·德堡身上发现了我在约翰·德鲍尔身上喜欢的地方——这仍然不足以平衡。

圣诞夜我买了一棵小圣诞树，这是最后一棵，在货架转角处，一棵被神怜悯的小树。我突然开始相信，芭芭拉会来找我，我一定要热烈地欢迎她。我知道她喜欢坐汉莎航空公司的飞机，最后一班汉莎的飞机应该七点半到达，她过海关到我家至少需要两小时——从九点半到十一点半，我们就能在纽约见面了。

除夕那天，我和乔纳森·马文一起在格林威治村的酒吧里逛悠，最后我的结果是倒在了一张女人的床上，她说她叫卡利斯卡——我喜欢这名字。

11

一月七日早上九点,我们在政治学系门口碰面。讨论课上年纪大点的人都在:简和凯瑟琳,前心理分析师和前医生,前法语教授安娜和前海军陆战队成员马克以及乔纳森。其他的则是之前的讨论课的参加者,我是在协调会上才第一次见到他们。梅格和帕梅拉是纽约律师事务所的年轻律师,菲利普、格雷戈瑞和麦克在华盛顿为参议员或众议员工作,罗纳德在一家智库领导一个青少年犯罪问题的工作组。

天气很冷,大家都不愿意多说话。马克和帕梅拉想要点根烟,凯瑟琳立即粗暴地要求他们保持距离。他们走开了一点,乔纳森和安娜也跟着去了,凯瑟琳滔滔不绝地解释了为什么她这么做是对的。我们其他人则尴尬地看着听着整件事情。直到罗纳德友好地打断凯瑟琳的话,询问他是否可以去街角为她拿杯咖啡。加牛奶,还是不加牛奶,加很多牛奶还是一点牛奶,不要糖,这点他想到了,不过也许该有点甜味剂,或者不用甜味剂而用甜蜜素,这东西尝起来就像糖一样,也是从糖里面提取出来的,但是没有卡路里。

九点十五分,那辆接我们的小巴来了。四个抽烟的坐在最后一排,凯瑟琳坐在司机旁边的第一排,第二排是罗纳德和梅格,后面一排是简和我,再后面一排是菲利浦、格雷戈瑞和麦克。

我本想和简聊两句,关于眼前的和已经过去的讨论课,关于德堡,关于她对德堡的兴趣以及对他的印象,关于她从心理分析师转行来学法律。可是她还在准备讨论课的相关材料,要阅读点东西,因此我就只能靠在座位上听着后面一排的对话。对于菲利浦、格雷戈瑞和麦克来说,参加讨论课是件大事情。只有参加过的人才能算作是德堡真正的学生,并可以期望得到他在华盛顿的私人网络的支持。

在奥尔巴尼[①]的一个休息站我们稍事停留。为了在午餐之后和我邻座的女士展开一番对话,我和她一起去吃了一家日本寿司餐吧。简是两位心理分析师的女儿,在纽约长大,读的是一所很好的私立中学,后来则进了哈佛大学,成功地成为一名心理分析师。直到生意越来越好,她就与她的世界决裂,在那里面只有想象和谈话,她想要做点其他的事情,想要改变,想要干点什么。

"那是什么呢?"

她看着我,就好像我问了一个极其愚蠢的问题。"你会经历世界是如何改变的!我想要从中获得成功!"

在小巴上,她继续看书,直到闭上眼睛。其他人也睡了。窗外飞驰而过的耕地丘陵,暗绿色的牧场和光秃秃的树木,有时候还有带着巨大谷仓的农场,有时候则是小居民区。天空是灰色的,阴沉地压在我们头顶,第一片雪花飘下的时候,我想这雪会下上几天的。然后我也睡着了。没过多久我就醒了过来,巴士从高速公路上下来,驶上了一条两车道的小路。雪继续下着,并在路上逐渐堆积起来。

巴士在不平的路面上颠簸前进,我因此醒了过来。世界是白色的,雪花在风里飘舞,在惟一的带酒吧的餐馆前停着的汽车,车顶和发动机罩上积了厚厚的雪。天色暗了。我看了看表,下午四点,我睡了两个小时。

司机下了车,凯瑟琳、简和梅格也跟他一起进了餐馆。凯瑟琳第一个回来,坐下来朝着我们说,"我觉得司机开错路了。天黑了还下着雪,也许我们应该在下一个汽车旅馆过夜,等到早上继续出发,你们认为怎么样?"

"我们得问问那司机!"

"我在一路上试着跟他说过话。我们得跟他说,他该干些什么。如果我们问他的话,他就会按照自己的意思行事。他就会冒险今晚继续往前开,第二天的车钱可

---

① 奥尔巴尼,纽约州首府,位于该州东部,哈得逊河西岸,距离纽约市大约225公里。

没人付他。”

外面停着一辆吉普车，车上下来四个男人，裹着厚厚的军绿色夹克和迷彩裤，头上戴着深色的针织帽，穿着长筒靴。他们看了一眼还亮着灯的巴士，笑着走进了餐馆。

“德堡不等我们了吗？他不是说过他要在我们到达前几天就出发吗？”

“我们得给他打电话了。”

在协调会议上，他给了我们一个紧急联系号码。罗纳德走进了餐馆，没有马上回来，“那只是一个自动答录机，里面也没有德堡的声音，而是一个紧急救助站。”

“谁还有其他的号码吗？”

我们最后不得不确认，没人有我们的目的地的电话号码，也没有德堡在纽约的电话号码。罗纳德又一次走进了餐馆，通过查号台找到了德堡家的电话，打过去却发现也是自动答录机，里面说德堡全家都出门了，要到十四号才回来。

凯瑟琳坚持说，“如果我们没能到达的话，德堡当然会知道原因。他也看到了，究竟发生了什么。”

司机、简和梅格回来了，两位女士坐下来就好像什么都没有发生，司机则在一旁幸灾乐祸。“嗯，都醒了吧？我们在七点和八点之间就会到那儿，比原来预想的要迟些，但是比忧心忡忡的要早。大家别担心，你们不用下来推车。巴士装有四轮驱动系统。”我们继续上路。

“刚才说什么来着？凯瑟琳还说他走错了路呢。”

简耸耸肩，“他在特雷森说起过路线和地点——这我也听到了，但是显然他知道怎么走。”

一开始，我们还能偶尔遇到些车，客车，一会儿是校车，一会儿是一辆驾驶室点缀着灯泡的大卡车。然后路就越来越窄，交通也很稀少，在旷野和树木之间也很少看到亮着灯的窗户。

车上是暗的，没有人愿意打开头顶上的小灯看书。我们和司机一样望着路上，那上面完全没有穿过树林的轮胎印，路仿佛没有尽头。我们看见落满雪的松树，在汽车大灯的光亮里，雪纷纷坠下。两个还是三个小时之后雪终于停了，司机开口说："我们到了！"没有漫天大雪的遮蔽，这个白色世界依旧陌生地包围着我们。

我们终于到了。我们看见了灯光，一开始是在一片广阔雪白的田地对面，然后在街道拐角处。最后，巴士沿着盘陀路而上，停在一家明亮的老旅馆门前。

"大家请快一点。"司机说着跳下车，打开了巴士的后厢，把我们的行李搬下来。"你们都看到了，发生了些什么。我可还得赶回去。"

我们下了车，没在大雪里，脚底冰凉。他已经重新坐进了巴士，掉头，朝着我们闪了下灯，开走了。我们看着他驶下盘陀路，在一个又一个街道拐角处出现，随后在那片广阔雪白的田地对面行驶着。

我们再也听不见巴士的动静。

12

旅馆是一座三层的木制结构，二楼和三楼还带着阳台。路灯照亮了我们所在的广场，通向旅馆入口的台阶，从一楼和二楼的窗户透出灯光。我们等待着，但是没有人从旅馆里出来迎接我们。“那我们就进去。”罗纳德背起他的行李，走上台阶，我们都跟着他。

在旅馆的大堂里我们继续等待着，还是没人来。德堡不在，旅馆经理不在，没有人。罗纳德喊了声“哈罗!”但是没有回答。我们中的几个坐在客厅里的沙发上，罗纳德、凯瑟琳和我在一楼四处寻找，马克说:“我到楼上去找，”乔纳森也跟他上去了。我们穿过一间餐厅，来到了一间有壁炉的大厅，在餐厅的门后还有楼梯，通往位于地下室的厨房，还有台用来传菜的小电梯。

我们穿过厨房和空荡荡的地下室，一直走到屋子的另一头，有一道楼梯引领我们走到了酒吧后的一个小房间，一扇门通向空空如也的图书室，另一扇通向大堂，我们又和其他人汇合了。所有人都下来了，墙壁开裂且遍布污点，靠垫都破了，木头破损，餐厅里椅子都靠着墙，因为只有三条腿，靠自己已经站不住了。厨房里只有几个平底锅和煮锅挂在墙上，巨大的冰箱里面也是空的，不过一切倒还都干净。

“在楼上有一个套房，德堡在里面堆放了些东西，房间很充裕。再上一楼就全都黑了，我们什么都看不到。”

“暖气是怎么回事?”帕梅拉窝在沙发里，两手交叉在胸前。的确挺冷的。

凯瑟琳双手插着腰，“这算是责怪吗? 我可没关暖气，我根本就没看见开关，应该是在外头吧。”

“你来吗?”乔纳森点头,我们也走出去,绕着屋子转了一圈。我们没发现任何暖气室或者暖气间,但是有一大堆木头,于是我们能拿多少就拿多少。当我们重新回到大堂的时候,格雷戈瑞正在咒骂着敲打一个投币电话的听筒,“这玩意儿坏了。”

“这木头是干什么用的?你们没打开暖气吗?”

我也被帕梅拉的话激怒了,正当我准备说些什么的时候,凯瑟琳先这么做了:“别再唠唠叨叨了,出去搬些木柴回来。”

“等一下,”罗纳德举手示意,“我们得组织一下,不如这样,我们先把木柴搬进有壁炉的房间,然后分头去寻找,四个人去地下室,四个人在这一层,四个人在上一层。食品、被子、蜡烛——所有一切我们可能在寒冷漫长的夜里需要的。”

我们动手干活,只有帕梅拉还坐在沙发里。在壁炉旁堆起了足够的木柴,菲利普问:“这东西管用吗?”

“让我们来看看,趁着现在天还亮,我们赶紧去找些东西。你们都注意到了没有,电的开关不好使?一定在哪里有个总开关,不过我还没有找到它,等到八点九点或者十点天黑了,那就彻底暗了。记得还要去找总开关。”

这回我和格雷戈瑞、菲利普和麦克一起行动,我们系统性地对二楼各个房间进行了检查。在所有十八张床上都叠着一条床单和一床薄被,橱和抽屉都是空的,水管里也没有水。他们三个人丝毫不以为然,格雷戈瑞插科打诨,菲利普和麦克已经开始练习如何在华盛顿讲述他们在阿迪朗达克山区的冒险故事。在德堡的套房前,我们犹豫了片刻,但还是进去查找了一番,发现一箱蜡烛和半瓶威士忌。

“这反正也不够大家喝的,”格雷戈瑞就这么决定了,他喝了一大口,然后把酒瓶交给了菲利普,到麦克手里,他把酒全给喝了,然后跟我说了声抱歉,打开窗,把酒瓶投入了漆黑的夜幕。

其他人的搜寻行动也不是特别成功,在厨房里找到了三罐头汤,坎贝尔牌的西红柿汤,两大桶水,在酒吧里有几瓶威士忌和白兰地,在图书馆里有一箱雪茄。没暖气,没总开关,没总阀龙头。安娜和简点着一根蜡烛,上了最高的一层,但是房间却都是空的。

尽管如此，气氛还是不错。格雷戈瑞自告奋勇来做饭，当他们知道巧妇难为无米之炊时，凯瑟琳陪他一起去了。麦克给壁炉点上火，我们把沙发从大堂拖进了大厅。连帕梅拉也从沙发上起来，想要出点力，于是她把木柴堆成塔状，两片横着两片竖着。

我们大家围坐在壁炉前，按顺序每人从锅里喝三口汤，喝光了酒吧里发现的那些酒，盯着眼前的火焰。九点钟，灯灭了。凯瑟琳很快就想去睡了，我们分配了被子和床单。运气好的人得到了两床被子和一条床单，运气不好的则拿到了一床被子和两条床单。我就属于运气不好的。

尽管我的房间里冷得要命，我还是睡着了。半夜四点，我四肢冻僵地醒来了。我带着我的被子下楼，进了有壁炉的房间，那儿还有其他人坐着或者睡着。我凝视着火焰，它一直那样燃烧着，还带着那么点小小的变化。我想起了祖父喜爱的波浪，均匀却又带着些变化地翻腾着。我想到了父亲给祖父母带来的伤痛，突然有点害怕，这同样的坚硬和冷酷也在我身上存在着。

天亮的时候，我掀开被子，走到了旅馆门前。广袤的白色土地就好像一个被大雪冰封的湖泊。在它的后面，山脉连着山脉，直到远处山与天空在云雾中逐渐变得模糊起来。太阳从左边升起，放射出白色的光芒，升到山脊之上时变成黄色，最后在云雾缭绕的天空中变成红色。

乔纳森朝我走过来，“大概德堡在这里有个组织，不是在一个农场。一个有着严格控制的组织。你看见那些设备了吧？”

“设备？”

“跟我来。”我跟着他进屋，从一个房间到另一个房间，每间房的天花板上都装着一两个摄像头，“我去上面也看了，每个房间里都有。”

“以前就有摄像头吗？”

“事实很明显，”他笑了，“也许你们在欧洲还没有。”

13

我们全都以为，我们的冒险在上午就会结束，讨论课将会开始。但是什么都没有发生，我们继续等待。

饥饿越来越严重，我们又在旅馆里从下到上翻找了一遍，什么都没找到。旅馆后面的仓库里也没有存货，倒是有更多的木炭，生锈的农用机械，一个小圆铁炉，一辆报废的汽车。在旅馆的后面，我们还找到了另一个楼梯，通向地下室那一层的一扇被锁起来的铁门，可能那就是暖气室。

太阳出来了，午后如此温暖，我们都可以坐在阳台上了。“现在要能来点带奶酪的小圆面包，三文鱼，还有一杯香槟那有多好。”乔纳森已经开始做梦了。梅格想要新鲜草莓配新鲜奶酪，菲利普则是牛排配薯条。每个人的选择都不同，我想要两个鸡蛋配上香葱，烤过的全麦面包还有蜂蜜。想出点和别人不一样的花样，这也是游戏的一部分，凯瑟琳用她有关鹌鹑蛋馅饼的梦想令人赞叹不已。

不过游戏很快就结束了，饥饿还是挥之不去。太阳消失在云层之后，天气又冷了。

我们又一次围坐在大厅的壁炉前，气氛变得紧张起来。德堡到底在想些什么。巴士司机在出发时到底在想些什么。为什么乔纳森明明猜到了二十年前德堡曾在这里有过一个组织，却没有在这里警告大家。为什么麦克什么都不干——他不是海军陆战队吗？

“如果今天还没有人来，我们明早就必须动身离开。”麦克哈哈大笑，“不是只有海军陆战队才能离开这里。”

“我们？为什么不派一些人先走，然后开车来接其他的人？”

“先走的人可以得到我们这里最好的靴子和衣服。”

“但是如果他们不回来，我随后也想要走呢？”

简对我说：“我受不了了，我上去睡一会儿，可以用你的被子吗？”我点头同意，她起身却没有动。她看着窗外，呆住了。我们也跟着站起来看过去。从另一面驶来一辆汽车。

几分钟之后，它就到了我们门前，一辆吉普车，从车上下来四个男人。罗纳德轻声说，“我们认识他们吧？我们不是昨天在餐馆门前遇到过他们吗？”他们走上台阶，站在我们面前问道：“你们在这儿干什么？”

罗纳德讲了关于讨论课和我们的糟糕处境，“我们很高兴你们来了。你们是怎么来的？这儿离最近的居民区有多远？你们什么时候出发？你们能带几个人走？不好意思，我一次问太多问题了。”

领头的人，一个健壮的老男人，面部棱角分明，头发剪得很短，眼睛都不眨地听罗纳德说完，嘴里好像在咀嚼着什么，在回答之前需要充分的时间：“我不知道你们以为自己在哪里，无论如何你们在这儿安然无恙，现在天已经黑了，明早你们可以从这里出发。”

帕梅拉进行了自我介绍，完全是一个精明老练的女律师，她以一种耐心友好的方式，向他们解释了这是我们举行讨论课的地方，教授布置了这个地方，他由于些什么缘故没能前来，我们不愿意继续呆在这里了。我们愿意留他们在这里过夜，如果他们能帮上忙的话就更好了。

“老爹，”那三个男人中的一个，语带讥笑地对领头的人说，“让那些姑娘们做饭怎么样？”

领头的人没有转回头去看他的儿子，而是继续盯着罗纳德，“如果你们今晚还想吃饭的话，最好实际点，女人们做饭，男人们可以帮我的孩子们干活。”他转向马克，“你是谁？你跟他们在一起干吗？”

马克犹豫着。我跟他并不熟。从一名精英战士变成一名法学学生,对政治学理论充满兴趣——这给我留下很深刻的印象,他说的话总是让我得到有用的信息,让我沉思,以及让我茅塞顿开。他在犹豫的这几秒钟里,脑子里到底在想些什么呢?他现在必须在我们和他们之间做出选择?他想和其他人一起走出去?他能和他们一起增强我们的实力?他其实和我们并没有什么关系?"马克·费尔顿,我是和他们一块儿的,因为我和他们一起上课。直到两年前我一直在海军陆战队。"

另一个人伸手过来,"史蒂夫·沃顿,在独立号航母上服役。很高兴见到你,马克,真的很高兴。我们喝一杯。"

他们走进了大厅,领头人的儿子让我们明白,他和他的伙伴让我们把行李和储备物资扛上去,让女人们去做饭,这让他们很高兴。他们占据了德堡的套房以及隔壁的房间。他们大声喧哗而且态度粗鲁,我相信其他人也和我一样,在两种情绪之间迷惑摇摆:这感觉告诉我们,情况是令人耻辱的,我们不能让他们这样下去,另一方面还希望不要生气,把这整件事情迅速甩到脑后。

我们没有一个人起来反抗。我一直想着小时候班里的一个吵闹粗鲁的同学,他一直针对我,我内心一直在退缩,假装他对我失去兴趣。

我们一起在大厅里吃饭,汉堡、烤土豆和番茄酱。其他人让我们知道,我们原本没有要求食物的资格。直到麦克受不了了。

像他这样风格浮夸的人,我一直把他看作一个虚荣的吹牛大王。但是他却放下了手中装着吃了一半的汉堡的纸盘,站起身走了出去,"吃你们的废话去吧。"

他刚走出第三步,史蒂夫·沃顿的儿子伸出腿来,麦克被绊了一下,摔倒了,倒在一个堂兄弟的脚前,那人弯下腰去,右手抓住麦克的头发,抬起麦克的头,把他的脸按进盘子里去,左手则托着盘子。他哈哈大笑,他的同伴也在笑,指着这番景象,拍着大腿,笑得更大声了。然后史蒂夫·沃顿说:"这样就够了。"表兄弟才松手,麦克脸上黏着番茄酱跑出门外。"他们有些狂野,这些孩子。"史蒂夫·沃顿对坐在他身边的马克说,还跟他敬酒,"就像我们以前那样,"马克回敬了他一杯。

我们坐在那里瞠目结舌。简和我看着大街，在每个人的脸上发现同样茫然的表情。我对于肢体暴力没有任何经验。我现在也不怕我会受到肢体上的攻击，被人打倒。但是我感到我对于这种行为听之任之，毫无抵抗，非常无助。我想离开这儿。

凯瑟琳站了起来，同样的爆发的维护正义的表情写在脸上，她曾经就抽烟问题指责过马克以及帕梅拉，她转向门的方向。

“您给我坐下！”史蒂夫·沃顿用这种愤怒的方式训斥着她，以至于她都不敢动，也不敢坐下。她终于坐下，当他手撑在沙发的扶手上，摆出似乎要站起来的样子时。“我们的食物必须得吃完，明白吗？”

我们本应该站起身来离开这里，那一小口食物原本应该噎在喉咙里，然而我们还是吃了，我们羞愧不已，互相不敢对视，狼吞虎咽地把盘子吃干净了。

饭后，他们把我们赶出了大厅。罗纳德尝试着向他们解释我们的状况，试图达成某种妥协。但是那两个堂兄弟拦住他，把他放在门外。我们都傻在大堂里。

“明天天一亮，我们就离开这里。”

“没有马克，我们行吗？我不认为他想跟我们一起走。”他和史蒂夫·沃顿以及那些年轻人坐在沙龙里。

“我不走，我继续做饭，等到有人来为止，要么他们带我走，在哪里放下我。在大雪里跑三十英里——我可不干。”

“我也不干，就我们身上穿的这些，我们会送命的。”

罗纳德环视了一下四周，“无论如何我明早要走，谁跟我一起？”

“我。”

乔纳森摇了摇头，“我们不应该搞得那么戏剧化，我试试看用钱跟他们商量商量。”

麦克把脸上的番茄酱抹掉了，他避开我们的目光，“我加入。”格雷戈瑞和菲利普点头。

帕梅拉也点头，凯瑟琳微笑着说，“不过你抽烟可不行。”

“我已经没烟了。”

“我也想加入,但是我臀部有点问题,连一英里都跑不了。”

“那我们一共就是七个人。”罗纳德冷笑着伸出手来,“我为人人,人人为我。”我们表示赞同。

躺在床上,我都快冻死了,突然有人敲门,简拿着被子和床单站在门口,“人身上的温度……也许还更舒服一点。”

于是我们一起躲在我们的被子下面。床很窄,她紧贴着我的背,我觉得很舒服:一个温暖的后背比一个温暖的腹部要好。我们一起听到了乔纳森是怎么从大厅被人赶出来,被人大声训斥,“我们才不要你该死的钱!我们要我们的快乐。”然后是大声的责骂,大厅的门被关上,过了一会儿,沉重的脚步走上楼来,进了我们旁边的房间。

简说:“也许我也该跟你们走,你知道这太疯狂了。我们一天走不了三十英里,旷野里的晚上会死人的。”

我跟她讲了有关穿越阿尔卑斯山的腓尼基人,贝雷西纳战役中的法国人,以及莫斯科战役中的德国人——就像我的祖父教我的那样,我一直讲到她睡着。

14

我醒来了，但是不知道是什么让我醒来的。天还很黑，我身上挺暖和，简呼吸均匀。然后我就听到有人试着发动汽车的声音。这应该已经是第二次尝试，大概就是第一次把我弄醒的。

第二次发动也失败了。我从床上下来，走到窗边。外面下着小雪。

第三次发动终于成功了。吉普车开动起来，前进了几米之后，车的大灯被打开了，随后车驶上了街道。可是吉普车开得左右摇晃，刚费力地通过了第一个盘道，就在第二个盘道一头扎进了雪堆，开不出来了。一楼的门被踢开，那些人冲到外面，当司机和乘客从吉普车上下来时，他们刚好冲到车旁。

“那是格雷戈瑞、麦克和菲利普，”简在我身边。那些人推着他们进了旅馆的大厅，大声呼叫，让我们都下来，其中一个人还跑上了二楼，破门而入。史蒂夫·沃顿的儿子正在楼下训话。他手里举着台灯，照在格雷戈瑞、麦克和菲利普的脸上，“我为人人，人人为我，是吗？你们的这三位朋友可不是为了大家，而是为了他们自己。”他大笑道，“可真够聪明的，居然发动了汽车，但是傻得找不到四轮驱动的开关。这位英雄是你们当中的哪个？你是在哪里长大的，什么都没学会吗？”他继续大笑，“现在给我穿上你们的鞋，跟我过来把吉普车从雪堆里给我拉出来，明白吗？”

“你们疯啦。”凯瑟琳非常恼怒，“把一辆吉普车从雪堆里拖出来？它不是能自己靠四轮驱动开出来吗？”

我们又一次没明白到底发生了什么，站在那里呆若木鸡，直到事情过去为止。那个儿子揪住瘦小的凯瑟琳，抓着她的毛衣，打开门，把她扔进了门外的雪堆里。

“你愿意赤脚呆在外面?”

然后他训斥我们。“我给你们三分钟,给我准备好。”我过来帮凯瑟琳站起来,她浑身颤抖着哭了起来,我想她大概哪里受伤了,因而特别小心。她摇摇头,那是眩晕带来的无助。

雪下得更大了。如果还继续下雪的话,我们明天就根本看不见路了。罗纳德和我对视了一眼,我知道他也想到了。我们把吉普车从雪堆里推出来,穿过街道,来到门前的空地,这活儿可不轻松,我们还争了起来,因为罗纳德气得要命,格雷戈瑞、菲利普和麦克这么做,就好像他们在帮忙,其实是把活儿留给了其他人。

吉普车重新回到了空地上,我们都累坏了,被汗水和雪水湿透了。我们回到大堂里,凯瑟琳让我们擦干身子,穿着我们所有的衣服赶紧上床睡觉。

“等一下,”史蒂夫·沃顿没能马上引起我们的注意,于是他掏出手枪,朝天开了一枪。我们的目光转向他的时候,他把枪重新放回肩膀下的枪套里,用他呆滞的目光看着我们。“我们太失望了,尽管你们不是这儿的人,我还让你们呆在这儿。我们把食物分给你们,可你们都干了些什么? 那边那个,”他指着乔纳森,“随便差使我们,就好像我们是出租车司机,只要他出钱就可以带他去想去的任何地方。这三个偷我们的车,还有你,”他转向罗纳德,“你那些关于理解和妥协的话让我很生气,我们需要的是感恩和友善。”

他越说越大声,“感恩和友善,以及对于你们迄今所做的一切的道歉,都清楚了吗? 我明天想要听到什么?”他站到我的面前,“清楚了吗?”我还没来得及马上回答,他猛撞了我一把,我的后背贴到了墙上,他站得离我那么近,他的脸都快贴上我的脸了,我都能闻到他的呼吸。我害怕极了,“都清楚了吗?”

“是的。”

他在我们面前转了一圈,确定所有人都说了“是的”。

接着他和他的儿子们走进了沙龙。我们则无语地走向我们的房间。简和我脱了衣服,擦干了身子,两人都很尴尬,我们裸着的身子居然不能引起彼此的欲望。

简在床上说，“我们只在这儿呆了两晚，感觉就像是永远。”

我本来想说是的，但是我实在不想再一次听到自己说“是的”，我还一直害怕，不是对于特定事件的恐惧，而是肢体上的伤害。

“明天会怎么样呢？”

“雪会越来越大，我怕我们不能离开这里。他们不让我们进大厅，我们得试着把火炉从仓库里搬到图书室去。”

“可我们还得道歉。”

“我们得想办法，使他们和我们分享他们的食物。”

过了一会儿，简说：“他们根本就没跟我们说过，他们想要在这儿干什么。”

15

他们第二天早上告诉了我们——他们想要打猎。早上十点，雪停了，他们把储备物资搁进背包，在露台上试着开了几枪。等到十点半太阳出来时，他们就出发了，马克也跟着去了。

“就是现在，”帕梅拉说。

“什么就是现在？吉普车的方向盘被锁死了。”

“那我们就准备一个陷阱，在大厅的地板上锯一个洞，谁有安眠药？我们把药混进食物里，或者我们把储备物资给藏起来，这样他们就必须和我们谈判。”

但是物资已经不在厨房里，套房被锁了起来，我们既不能破门而入也不能从阳台爬进去。

“他们是从哪里搞来的钥匙？”

格雷戈瑞让我们跟他来，于是我们和他一起来到了吉普车近前。方向盘用一个铁耙子给锁住了，但是车门没锁。格雷戈瑞打开右侧的车门，在副驾驶座位前的地板上有一只皮革公文包，“这不是……我今天晚上没有仔细朝里面看，但是你们难道不觉得这是……”

帕梅拉打开了公文包，两本书，一叠纸和一本日历，她翻看着日历，“没错，这是德堡的公文包。”

“这代表了什么？”

“我不知道，”帕梅拉把公文包放回原处，“不过我的感觉可不好。”

“你不会相信这是……”罗纳德没把话说完，也没有人接他的话，我们感到一阵恐惧。

我们把火炉支好，从一扇气窗里搬进了管道，在图书室里劈柴，生火让我们暖和一点。偶尔我们能听到枪声，今天我们必须道歉，谁来做这件事呢？我们抽签决定，我从酒吧拿来了香槟桶，放在地上转，结果是凯瑟琳。

"那我来吧，但是我不觉得他们会对一个女人的道歉感到满意。"帕梅拉看着我，"应该你去才对。"

"我们抽签了，抽中了凯瑟琳。现在她应该去试试看，如果不行的话，我们再看。"

"我们为什么要冒一个原本可以避免的风险？他应该道歉，或者，他们最好应该一起道歉。"

"我可不干，如果那样的话，我们为什么还要抽签呢？"

"这你刚才已经说过了，我们抽签，因为我们不知道该怎么办才好，因为我们没仔细考虑。现在我们考虑过了，有了更好的主意。"

帕梅拉是对的。我知道，但我就是不愿意。我不愿意为一件我没有做错的事情道歉，当我们必须抽签决定的时候，我突然想起，有一次邻居向我妈告我的状，说我叫她"尿丁香"，于是我母亲给我施加了强大压力，直到我向那位邻居道歉。我那时候还只是个孩子，那句骂人的话我以前从来没说过，也不知道是从哪里听来的。道完歉之后，我觉得自己简直太惨了，以至于不能理解到底发生了什么。我为了保持和母亲之间的和平而牺牲了我的尊严。本应是自我批评的仪式，变成了旨在用错误的指控和错误的道歉来牺牲尊严，并在这种牺牲过程中打破了人的自尊，这些道理我都要到以后才懂。

不，我不会出卖我自己。我不会道歉，凯瑟琳应该去道歉，如果不行的话我们再说。

他们带着一头被打死的雄狍回来了。凯瑟琳被他们指定去切肉，因为她是医生，而我则做她的助手，因为我对她心怀内疚。我不知道其他人都干些什么：给大厅里的壁炉添加木柴，生火，冰镇啤酒，安装设备和喇叭，从喇叭传出的流行歌曲在整个旅馆都听得到，厨房里都被震得山响。

大概在我和凯瑟琳烤肉的三个小时里，史蒂夫·沃顿和他的儿子们有机会和我们中的每一个人进行了单独谈话，他们和凯瑟琳也谈了，有些时候我让她一个人呆在那儿，让那四个人好奇地欣赏她的烹调艺术。

开饭时，她也没有立即出来。在饭前，凯瑟琳进行了道歉，我们觉得效果很好。凯瑟琳谈到了他们和我们不同的预期，从而不幸地造成了双方陷入这场争执，她还谈到了不一样的脾气和风格，并对我们给危难情况下的恩人造成不快而表示遗憾。她还说，希望我们品尝美食，雄狍肉让大家都满意。

可是我们默默地吃了一会儿之后，史蒂夫·沃顿的儿子对他说，"她是不是想说，我们谈话的方式没有水准？她是不是把我们当成了乡巴佬还是乡下傻瓜？"

"我不知道她是不是想表达这个，我只知道，她把我们当成白痴，可以就无足轻重的事道歉，大事则避而不提，设陷阱，锯大洞，给食物下毒。"他的嗓门越来越大，"不如你们为此而道歉，怎么样？这次我不想听个娘们说话，来个小伙子吧。听清楚了吗？你，就是你，"他指着我，"明白了吗？"

我点头，然后觉得这还不够，我还说了句"是的"。饭后他们四个坐在大厅里，我们则在图书室里，我又说了一遍"是的"，答应第二天早上再次道歉。我想再组织一次抽签，甚至都准备好了作弊，就像我在第一次的时候一样。但这次其他人都不愿意，连提都别想提。大家什么都不说，是谁告诉他们四个帕梅拉的主意的？该相信谁？

简对梅格说，"我想，我还是对你开诚布公吧，我不信任你，尽管我没有针对你的证据，但是我的感觉告诉我……"

梅格悲哀地摇了摇头。

九点熄灯了，他们中的一个人过来指着帕梅拉说："嗨，小骚货，起来跟我走。"他听起来是喝醉了。帕梅拉环视一圈，凯瑟琳、简、罗纳德、乔纳森和我都站了起来。但是就像她想到的一样，史蒂夫的儿子和另一个人站在门口。史蒂夫的儿子带着枪，枪套没有系上，就那么挂在肩膀上。帕梅拉的目光从他们移向我们，又从我们移向他们，起身跟他们走了。

我们等着，听到楼下的大笑和说话声，史蒂夫·沃顿的大嗓门和帕梅拉的细声细语。我们听不到在沙龙里他们谈些什么，可是又不敢靠在门边偷看。

沉寂了一会儿，随后我们突然听到一声尖厉的呼喊，然后又是一声。简跑了出去，想打开沙龙的门，发现门已经被锁了，就拼命敲打。帕梅拉打开门，脸色惨白，脸颊上留着红色的手印，眼里满是惊恐。"没事，简，我没事。"

16

为什么我直到失败了之后才醒悟过来？因为在失败之后就没什么可以再赢取，也没有什么可以再失去？因为失败摧毁了对自己的错觉和对于他人的错误概念？因为对于有关失败的疑问——怎么会变成这样——难道是为了可以使你更近更真切地观察？

晚上当我回到我的房间的时候，简已经把她的被子和床单拿走了。她责难梅格，也不再容忍我在她的身边。我坐在床上才感觉到，其实我也是一样；我不再愿意忍受其他人，他们的脸，他们说的话，他们的动作和他们的愤怒。我们共同经历的一切，并没有让我们同甘共苦，而是让我们貌合神离。

没有简的身体和被子的夜晚会太冷，我应该拿起我的东西，去图书室，靠着火炉，但是一想到要听见其他人的呼吸声，闻到他们的气味，我就受不了，我还是躺在自己的床上。

四点钟，我醒了，寒冷比其他人的呼吸和气味更难熬。我去了图书室。

八点的时候，他们把我们带到大堂里，帕梅拉是最后一个，她是从大厅里走出来的。她站在我们面前，却不看我们。我们又该对她说些什么呢？我往前迈了一步，他们正在玩一个游戏。我究竟要什么？道歉吗？为了这群人？不是为我自己吗？如果我先从我自己开始，是不是会更好？

最后，我替自己道了歉。我去我的房间里，穿上我所有的衣服，来到图书室，带着我的被子，裹上，走了出去。雪积得很深，还看不见路，不过我无所谓。我只是想离开旅馆，离开那些人。我脚步沉重地沿着湖边行走，直到我看见在白色平原对面的斜坡上矗立的一家旅馆。

这些乡镇在这里究竟是干什么的呢？我目光所及的地方，都是森林。人们在这里不能建筑他们需要的东西，他们能在这里生产些什么？他们怎么把材料运进来，又怎么把产品送出去呢？

全都不对。这乡镇不可能是一种新的不同的更好的共同生活方式的试验田，这不是一个一般的乡镇。这是德堡的试验田，为那些跟他有联系的人准备的实验田。这一周对于我们来说是场实验，实验中的挑战、威胁和危险就像乡镇是更美好生活的许诺一样并不真实。

那些大学生、未来的政治家、法官、商人和其他必须要承担责任的人在极端的条件下会如何表现呢？如何的团结，如何的自私？如何有原则，如何乐于合作？让他们彼此背叛，让他们彼此反目，又需要些什么条件？在如何的寒冷、压力和恐惧下，人变得不再那么文明？

尽管如此，不能有实验参与者被冻死，饿死或者受到严重伤害。被子必须刚刚够，第一天晚上的食物也要备足，占领者必须给所有人带来足够的食物，当那个有壁炉的房间被占据的时候，必须还得有一个火炉，还能在另一个房间里生火。当发生暴力的时候，情况必须看起来很严重，但是又不能真的让人受伤，就如麦克跌倒在地上的时候，凯瑟琳在雪堆里的时候。我可以肯定，帕梅拉没有被强暴，只是受惊过度而已。

实验？这个星期的时间究竟在展示什么，德堡在他举办的这么多次“实验课”之后还有东西不知道？不，他并不是要研究我们。他也参与进来。那些摄像机并非来自公社时期，也没有被关上。正是通过摄像机，他观察着我们的行为，他对他的助手下达指令，他们应该怎样在我们面前表现。没有人出卖帕梅拉，是德堡在镜头里看到了听到了。当史蒂夫·沃顿的儿子嘲弄格雷戈瑞、麦克和菲尔德的时候，提到了“人人为我，我为人人”，他说漏了嘴，我们原本可以发现的。他怎么会知道我们半夜的誓言？

德堡并不是要研究我们，而是塑造我们。我想起了他书中和他讲座中的章节，在看或者听的过程中，我对这些章节怎么都提不起兴趣。我们原本可以排斥一切：邪恶中的欢乐，仇恨、争斗和谋杀中的欲望，对法西斯主义和共产主义灰暗仪式的欲望。我们未能直视邪恶，而是把目光从它身上移开，之后一切又都重来。“您是否认为，这只是这个人的事情？只是这个时代的事情？”我们听到过很多次，当他在课上谈论关于过去的可怕。

这次实验课应该是想教会我们，直视邪恶，那些在他人和我们自己身上的邪恶面。所有人在这一星期里都应该知道，他们违背、背叛和出卖他们的好原则，毅然决然地选择了邪恶的道路。即使到现在为止还没有堕落的人，也终会堕落，也许只要德堡帮助性的一推，因为摄像机向他展示了个人相应的弱点。

我在抽签时欺骗了其他人，道歉时则出卖了自己，我该从中学到些什么呢？我有能力用邪恶的方式处事？我可以利用这能力？难道实验课的参与者组成一个集体，可以正视邪恶，然后做好准备使其为自己的决心而服务？

我可不想属于这样的集体，一点关系都不想有。我也不想等到所有人都意识到了，德堡也来了，然后暗示、解释、调解、引导，最后所有人都带着这样的感觉离去，他们在此次特殊的经历之后成了不一样的自己。

我越过结冰的湖面回到旅馆。在宽广空阔的白色冰面上，恐惧感又一次向我袭来——这几天的恐惧，对掉下冰面淹死的恐惧，只是一种恐惧，并不需要什么事物来证明。到了另一边的时候，恐惧感终于消失了。在旅馆我的房间里，我站在摄像机镜头前，我对德堡说，他应该现身，让整件事结束了。

17

那四个人带着我上了吉普车开往纽约。我等他们准备出发时，凑到他们耳边说，他们并不是像告诉我们的那样短暂离开旅馆，而是已经完成了他们的任务，德堡马上就会过来。他们耸耸肩，让我上了车。

他们都是演员，那个自称是史蒂夫·沃顿的人，多年前曾是公社的成员，自从每年一月的实验课取代了公社之后，他就负责组织其他演员，他们有时候办个打猎派对，有时候打扑克或者装得喝醉，有时候则扮演一群友善的老兵。“有一次我们扮成了一支乐队，在警察面前都蒙混过关。”他大笑道，“这很有意思，不过我们中的一个人玩过火了，不再真实，倒像是拍电影了，并不是每次天气都像这次一样扮演那么重要的角色。”

“德堡在哪里？”

“他一直在旅馆里，就在山后的小屋里，离旅馆并不远。”

“坐在监视器墙前面。”

“以前还没有摄像机的时候，我们有更多即兴发挥的成分。约翰的梦想是，我们不要有时还给他打电话，而是应该让我们每人在耳朵里有一个小的接收器，他就可以准确地指挥我们。这对我可不管用，我是演员，不是机器人。”

他车开得很小心，车速平稳。阿迪朗达克山区已经落在我们身后，车子驶上了高速公路，单调地穿过黑暗，其他人都睡着了。我需要点时间，适应没有雪的世界和车上的光亮，过去几天的画面又在脑子里重现。

“那时候公社是怎么样的？”

“公社是怎么样的?”他朝着我笑了笑,“我本不想成为平凡成员中的一个,我是在指挥部,那里有时候都有点多余。既然没有了私人空间,除了接受惩罚的人之外的人,总是和其他人在一起,一起吃饭,一起睡觉,一起做爱,一起上厕所,那还行。但是约翰总是不断修改规则,而且他也不说他要改规则,就说某一天开始以前的规则不适用了,那规则可是前一天还有效的,他又有了新规矩。我们指挥部的人当然知道这些规矩,如果我们都不知道这些规则的话,我们应该怎么去履行。但是其他人就只知道,老的规则失效了。没什么有效,没什么靠得住,没什么值得信赖。也不能相信德堡——他今天这样,明天又那样。”

“都有些什么规则呢?”

“该什么时候起床,用早餐该以什么样的顺序,谁来做早餐,之后谁来洗碗和餐具、整理餐厅,谁被分配了什么工作,谁可以休息,谁可以和谁做爱——任何事情都有规矩。”

“那他一直不停地改规矩是什么意思?”

他笑了,“看我还能不能总结一下?这和特殊情况的真实性有关。当一切运转正常的时候,我们并不知道我们是谁。我们被麻醉,我们自我麻醉,只有在特殊情况下才会……,”他犹豫了一下,“我已经不记得,在那些例外情况下我们到底发生了什么事,无论如何公社的成员还是出了问题,他们失去了指引,他也没有告诉他们任何有关特殊情况和真相的话,他们都应该知道这些的。”

“那他们为什么还留下来呢?”

“只有一半的人留了下来,其他人,那些更强的都走了。剩下来的人中有一个,最后彻底神志混乱了,这就是公社的结局。”

“维持了多少年?”

“多少年?公社只维持了九个月,从春天到冬天。”

“您为什么参与进来呢?”

“我们两个在上大学时就认识了,约翰学法律,我学戏剧,他需要人手,我也正好有空。”

“谁资助这个公社？谁来支付现在的实验的费用？”

“有个基金会，我不知道是哪个。我也不知道现在是不是还是那个，当年付我们钱的那个。”

我努力不让眼睛合上，好问尽可能多的问题。德堡年轻的时候，当公社领袖的时候是怎么样的呢？关于他在欧洲的生活，又曾经说过些什么？他和女人的关系怎么样？他和朋友呢？他到底有没有朋友？不过我只问到，那些公社的成员最后恨不恨他。

“恨他？不，那些留下来的人都很尊敬他。”

18

他们在时报广场放我下来。时间已经过了午夜，但在街上还是车流和人潮涌动，霓虹广告牌变换着色彩和样式。一点也不冷，我没坐地铁，而是步行回家。

偶尔，会有霓虹灯上的裸体女郎邀请去看场秀，偶尔一家店开门，卖三明治、啤酒和杂志，偶尔有人躺在一座房屋的门口，或者在已经降下的商铺的卷帘门前睡着。往城北去的路，街上和人行道上越来越安静。

在七十二街我转到湖滨道，就剩我一个人了。左侧对岸的灯光穿过公园里光秃秃的树照射过来，右边则是漆黑的高楼矗立在城市辉煌灯光的云朵下。

下雪的阿迪朗达克山脉？湖上的冰崩开了吗？天气温暖到壁炉不用生火的地步，恐怕是不会发生的。他们现在坐在大厅里，听德堡解释他们都获得了些什么？他们从中可以学到些什么？

在思想上，我与德堡争执不断。从这次的经历里，根本没什么好学习的。是的，我们可以变得自私和无所顾忌，互相背叛与欺骗，还陷入愤怒。但是这些我们一直就都知道。是的，邪恶并没有随着二十世纪的罪行和战争而结束，而是继续在世界各地蔓延。这对于我们来说也不是什么新鲜事。他所营造的那个人工的、小型的特殊情况并不那么有趣。有意思的应该是，我们如何建立起我们的正常态，并且越来越好，越来越公正，越来越尊重，越来越友好地与彼此相处。

德堡会笑。越来越好？不了解世界上的邪恶力量的现在，不了解在自我身上的邪恶力量的现在。就算如果我们知道，我们可以坏到什么程度——我们为什么如此夸张地审判其他人的恶行？如果我们知道，邪恶在世上无处不在——为什么我们还要活着，就好像我们不用和邪恶面打交道？就好像我们没有能力决定这是什么，对于决定也可以不负责任？

他讥讽说：你一次都不敢和我发生争执，你在回你家的路上，而不是在旅馆里。如果你之前没有因此生过气的话，你这次会不会因为我教的东西而同样不恼火，因为我是你的父亲，因为我并不觉得你多可爱，因为我必须和你呆在一起。那你最好还是压根儿不要发火了，你去环游世界吧，搞一点关于公正性的小研究，就当是一项脑筋运动，去预见你的政治现实吧，就当他们是历史的画卷。如果我不是你父亲的话，我会给你一项同样精彩，噢，不，他笑了，甚至是更加精彩的发现，当你在柏林见证两德统一。我反唇相讥：对决定负责？如果你必须对你的决定负责的话，你早就做了。别再跟我说什么你的责任——这并不令人感到伤痛，也毫无价值。只是笑话而已。

一个男人朝我的方向走过来，睡衣外面套着大衣，手里牵着条狗，以奇怪的眼光看着我，我这才发现，原来我在大声地自言自语。于是我不再和自己，和德堡说话。我是不是应该在现实，而不是在想象中和他对谈一次？他是不会让步的。他甚至会享受这种冲撞的过程。如果我轻描淡写地，充满运动精神地，游戏式地处事为人的话，那么父与子的这场冲撞就会演变成一场标准的父子相遇。他会对于这条道路深感有趣，带领着我从小说到欢愉再到与他的愉快对话，如果他还记得卡尔的返乡故事的话，说给我听，我也会快乐无穷。然后我们就会坐下来，一起喝点红酒，讨论返乡的故事：奥德修斯的返乡、卡尔的、他的还有我的。

如果他的确是个冒险家和玩家，正如我长久以来在他身上看到的那样，那我也许应该和他交往。但是那游戏人生的冒险的轻松感只是表面现象，在这后面德堡身上的恶魔在咆哮。

半夜两点，我回到了家。房间里暖气开得太大，我打开窗，听见了轻柔的音乐。我觉得我恐怕是睡不着了，我倒是想知道，是哪个软弱的灵魂的境遇和我一样。可是其他所有的窗户都是黑着的。我坐在书桌旁，听着爵士乐，无伴奏的钢琴，宁静、迟疑，充满讽刺。暖气我既不能关，也不能调小，开着窗温度倒也正好。我抽出了一张黄色的纸，开始写了以下的文字，这种纸是我在这里发现并喜欢上的，我买了很多。

一个为了学习恐惧而逃离的人

正如无数在他之前和在他之后的人一样，他把妻子、孩子、黑暗的过去以及他过去的名字丢在了欧洲，用新的名字来到了美国，开始了他灿烂的未来和事业。

约翰·德堡的事业在纽约的哥伦比亚大学开始，直至成为政治理论学的教授。而在过去……

我写了关于他的祖籍瑞士，他在德国的学业，他与汉克的关系，他与汉克的逃亡，他在柏林逗留的时间，他的笔名。我写了他曾经写过的内容：读大学时的文章，战争中的文字，在《德意志汇报》和《帝国报》上的文章，以及战后在《夜间快报》上的小说。我没写我是如何理解他的奥德赛法学理论的。如果人们不了解他的历史，那么德堡用这套理论来给自己的过去平反的意图就不是特别明显。但是我提到了他在他的公社里和他的冬季讨论课上做了些什么。

清早，我写完了。我躺下睡了一会儿，睡得也不好。十点的时候，我带着稿纸去学校，在电脑前把它们输入完毕，签上了我的名字。然后我打电话给一位律师，他是我在法学院的一次演讲上认识的，我去拜访他，并与他约定，由他将这份手稿转交给《纽约时报》，并确认既不要全文发表，也不要不予发表。当天已经没有班机回德国了，不过我赶上了第二天的第一班。

19

飞机起飞误点了。当它沿着海岸线向北飞的时候，太阳已经落山了。在晚霞中，水面波光粼粼，地上的雪野反射着光芒——我想这应该不是哈迪逊河和阿迪朗达克山，尽管如此我还是和它们告别，就当它们是吧。然后在我眼里出现了哈利法克斯[①]的灯光，随后就全黑了。

我有点害怕给芭芭拉打电话，预告我的归来，所以也就没通知她。如果在电话里就跟她说的话，她会问我是不是做了好多事？我也许最好应该先在一个朋友那里或者在我妈那儿待几天？我们是否最好看看，我们两人之前该如何延续？不，她没有其他人，至少没有什么固定的朋友，可是如果她认识了什么人呢？当然，她是爱我的，她很爱我，可她自己呆着就不纯净了？对，她是想见到我的，可住在一套房子里是不是太近，对两人来讲都没有空间了？

我避免在电话里听到她的声音，但是那样我也没有胜利。如果我在门房听到她的声音，在房子的大门前听到呢？或者在走廊里？或者在卧室里？如果我的家具已经被从卧室里清理出去，被堆在家具仓库里，就像其他房间一样？

圣诞节的时候，芭芭拉寄给我一只毛毛熊，这是我小时候的礼物，从那以后一直放在我居所的书架上。“来自家乡的亲切问候，”这是她写的，我当时很高兴。但是我又怎么知道，她把那只小熊作为爱的使者寄给我，是为了刻意营造亲近感？还是

---

① 哈利法克斯，加拿大东部新斯科舍省省会城市，是加拿大在大西洋沿岸最大的城市及重要军港，被加拿大人称为加拿大的“大西洋之门”。

她在打包整理我的东西，准备和我的家具堆放在一起的时候，感到羞愧才寄给我的？

如果是这样的话，她早就应该写信告诉我！我的故事中的男主人公们都是一无所知地返乡，因为那时候没有邮件，没有电话，没有联系。也不完全是这样，尽管阿伽门农通过一名信使与克吕泰涅斯特拉取得了联系，但是他还是完全茫然地回家。是我疯了吗？多么愚蠢，简直蠢透了的想法！我的家具和物件都还在房子里——我可以肯定这点。如果不是这样的话，她一定会写信告诉我的。不过这也是她会给我写信的惟一理由了。其他的情况下她都会等我回去再说，她会等到我们面对面的时候再说。

机上的食物和电影能帮我分神，真是令我高兴，我邻座的女士向我喋喋不休地叙述她的四个孩子和十二个孙辈。当客舱的灯光暗下来，我邻座的女士把她打着鼾的头沉到我肩膀上的时候，我恐惧的车轮仍在继续旋转。我试着去停下来，想想其他可能。如果她不愿意收留我的话——我是否还是应该留下来？刚开始的时候我根本无法想象，不过接着我就变得不那么肯定，如果我不留下来的话，这到底是我的还是她的意愿。是我不愿意太靠近她，还是我不愿意招惹是非？不，我不会再犯我曾经犯过的错误。我会留下，留在那里，不要求，但是追求，并不强迫她，但是敞开，不压抑我的情感，但对她充分理解，显示出一点自我嘲弄——我越是想我的这些应对举措，它们就越是正确，我也就越清楚，其实我做不到。我做不到。

如果她在门前站着，身边站着另一个男人，还搂着她，我该怎么办？冲上去打架？我一下子想出了决斗的主意。我想到了，如果两个男人爱着同一个女人，世界上又没有同时给两人的位置；我想到了，如果两人都真的爱她，又得不到她，又不愿意在世上给彼此位置，这样情愿在决斗中死去，也比失去她而活着要好。太傻了，女人不参与决斗，在某些情况下还会错误选择那个决斗中死去的，还有可能两个人同归于尽。

和另一个人大打出手，我已经无法想象芭芭拉的眼睛会亮起来。如果他还手，我顺着台阶被打下来，倒在台阶中间，她也许会跑下来，把我流血的脑袋抱在她的胸口。不过要是他掉下来了呢？如果她觉得他是坚强的失败者，而我是个野蛮人呢？

我觉得，我必须终止我的恐惧。它就像纸上的一团墨迹一样，就那么四散晕开，直至什么空间都不留下。很快我就会在纸上找不到地方写“我爱你”。

飞机在法兰克福降落时，天还黑着，甚至当我坐火车抵达我故乡的小城时，天还是黑的。我得换趟车，但不知是导轨器还是铁轨遭到损坏，还是发生了一起自杀事件，最早的下一趟火车要两个小时之后才开。我要了辆出租车，我们开上了山，山后太阳终于升起了——我觉得这是个好兆头，坏兆头则是，我像卡尔一样，沿着高速公路回家。

我站在房子门前，冬季光秃秃的花园看起来沉重又荒凉，我的心情变得沉重。我拉开了花园的门，走到屋子门前，按响了门铃。过了一会儿，我听到了开门装置的蜂鸣，于是推开门，沿着台阶走上去，屋子的门我让它开着，人就站在台阶上不动。

我听见了门上的安全链从钩子上被解下，门开了。

芭芭拉穿着晨服，头发朝后面捋着，就像我们第一次碰面时那样，鼻子上架着一副眼镜。她取下眼镜，认出了我，脸上散发出了光彩。她靠着门框，把双手叉在胸前，就那么望着我，看着我踏过最后的几节台阶，手上还提着行李。她的笑容浅淡调皮又温暖，“你回来啦！”

20

一切就好像我从未离开过。芭芭拉去学校教课，她洗澡、化妆和更衣的时候，我就去做早餐。等她从学校回家，我已经把箱子里的东西都搬出来整理好了，还处理了我的信件。

我的出版社又给了我原来的职位；老板在试用期结束之后不愿意留下我的继任者。如果我接受这份工作的话，我还可以继续负责新的图书系列以及新的杂志。在吃饭的时候，我告诉芭芭拉，我们从明天开始又能像以前一样一起出门上班。第二天早上，我恐怕还得更久地等待，在我的办公桌上大概还有更多的工作堆积如山。

我曾经害怕的事情一件也没有发生。在芭芭拉的生活里没有其他的男人，她也没有耿耿于怀于我就那么不辞而别。她只是挺高兴，我又回来了。尽管如此，我还是有点害怕。芭芭拉会不会有一天厌倦了日常生活中的爱？它们对于我来说是如此重要，让我如此温暖。为了让她不知道我到底是怎么样一个人，我有时候会提一些令人讨厌的建议，她居然也能笑着接受。如果万一她有一天看透了我，那又会怎么样？还是她已经看透我了？

我关于约翰·德堡的文章没有发表。《纽约时报》想派一个记者来询问我所有的事实，写一篇关于我的报道，来证实这件事。我不愿意这么做。我不想再去碰那些我和约翰·德堡之间发生的事情。

多年之后，他的故事还是见诸美国和欧洲的媒体，我猜想是那个桌上有我文章的记者自己进行了调查。他没有引用我作为信息来源，我觉得这挺好。不然我又要卷入媒体风波之中。

媒体上出现最多的是关于德堡的生平,他不同的名字和角色,他的自我中心或者他的机会主义,或者他的傲慢,或者写手从德堡的人生中作为关键发现的东西。电视台没有邀请他,而是请来那些写关于他文章的记者上节目。不过他上了一个电台节目,风格老到,魅力四射,谈了关于他年轻时的冒险志趣和遭遇到的各种诱惑,那么幽默,对于媒体宣传的需要那么理解透彻,对于他在美国取得成就表示自豪,也为美国让他成就了这一切感到骄傲。他是那么谦虚,那么真诚,那么友善,使他以后都不会那么容易就被贬低。我在另一个节目中听过那个电台节目的片段,他的表现的确令人印象深刻。

科学上的争论围绕着他智慧上的正直,以及关于他是否和解构主义者一起压制关于责任的法学理论,或者开发出一个正确的理论,还是两者都有。德堡的朋友们组织了一场会议,在这场会议上讨论这些问题,会后美国的同行们阐释了他的困难的、吓人的、盲目的、含蓄的,甚至是自相矛盾的战争文章,一个法国同行在这些文章中就像在火焰的火星中看到了灼热。最后德堡自己出来对他的战争文章进行解构,这样人们就不会指责他,也不能指责他对自己的文章不负责任。这也是大师级的手笔。

会议上的一篇文章引起了一个小小的争论。作者指出,德堡试图对过去进行评判,并与现实进行融合,不仅仅比其他的尝试高明,因为一直以来法学理论家和实践者都宣称:法律是法律,命令是命令,服从是服从,而且他的说法也让人更容易理解这件长期以来无法想象的事:一个现代的、知识性的法西斯主义。不过连这个辩论也是德堡胜利了。

我觉得可能他不仅跨越了这个闹剧,甚至还很享受它。此后他就很安静了,在欧洲,我再次看到他的名字已经是世纪之交的事了,他写了一篇值得关注的、颇有见地的、并非为了治病救人的文章。在二〇〇一年九月十一日之后他发展出了一套恐怖主义理论——我看到这本书的广告,书也广为流传,就是不想去读。他八十岁的时候,电视里在深夜对他进行了一次访问,我看了一点儿。然后我就把声音给关了,接着是图像。

过了一会儿，我母亲打电话来，“你在电视里看到他了吗？”

“嗯。”

“你还想知道他小说的结局吗？”

“你在多年前就已经告诉我了。”

她笑了，“你终于把一切都联系起来了。”她在等我对于她尖刻的话的反应，但我什么话都没说。“他在去西里西亚之前在这里生活过，学习过，还有过一个女朋友。战后他来找过她，她结婚了，有两个孩子。”

“是不是有一个孩子是他的？”

“他本应该告诉我的。他从来没有体谅过我。从最后一次和她见面，以及与我的协议中，他得到了小说的结尾。”

“你为什么告诉我这些？”

“如果我都说的话，也许你就能明白。你一直都还不知道，你到底是彼得·德鲍尔，还是彼得·格拉夫，还是彼得·宾蒂恩。你到现在都还没有结婚。你们生个自己的孩子是太晚了，不过你还可以……”

“你是想当祖母吗？”

“我不想，”她挂断了电话。

当然了。她不想从我这里得到任何东西，因为这对我来说太容易了，还让我伤心。我很高兴，我对于马克斯来说还是那么重要，超过了电影、比萨、中学和大学。相对于从自己，我愿意从他身上获得更多。我还得学习。

有时候我会想念那个奥德修斯，那个从魏策尔·施特拉平斯基那里学来骗子的高明手段和谎话的人，那个急不可耐投入生活的人，那个寻求冒险并争取冒险的人，那个用魅力征服我妈妈的人，那个凭着兴趣给《通俗小说》杂志写稿的人，那个用游戏人生的轻松态度发明政治理论的人。

但我也知道，这不是想念约翰·德鲍尔或者约翰·德堡。这只是想念一幅由我自己描绘的父亲的画面，我的心全系在这上面。

译后记

经过将近五个月断断续续的翻译工作，原文三百七十五页的小说终于完稿了。坦白地说，翻译施林克的这部小说，是一个自我挤压的过程。这不仅体现在，面对作者不时流露出的法学逻辑式的艰深思索的重新演绎，而且也直接导致我的思维模式出现了德语的印记，甚至在小说完稿之后，这种被塑造的感觉依然挥之不去。必须承认，施林克在本书中的写作手法和语言特点，是明显有别于其他同时代的德语文学作家的——一方面是因为他本人的法学家背景，另一方面他为了摆脱这种强烈的职业特征，刻意将自己的语言进行了一定程度的简化，叙事的文字感觉也与众不同。于是，这给本书的翻译提出了新的要求——如何用中文表现出德语原文刻意简化，却又逻辑缜密且蕴含深意的特点。

今年四月，我借着去柏林采访的机会，与本书的作者贝哈特·施林克先生约了个时间见面，就一些萦绕我的问题，求得第一手的解释。

施林克就职的柏林洪堡大学，是德国现代文明的摇篮之一，在二战之前，还一度是世界的学术中心，在其将近两百年的历史中，从这里走出了二十九位诺贝尔奖得主和不计其数的政治家和学术精英。大学主楼台阶上马克思的那句名言“哲学家对世界进行了不同的阐释，然而重要的是，去改变世界”至今仍深深刻在德国人的心中。

菩提树下大街九号，也就是洪堡大学主楼的正对面，我在二楼找到了施林克教授的办公室。本哈德·施林克的名字即使不在文学界，在他的法律同行里也算是响当当的，我曾在“中德法制国家对话”的专家名单上看到过他的名字。

施林克教授的秘书给我开了门，替我挂好外套，让我稍等片刻，教授正在和大学考试委员会通一个重要的电话，四月初正是要确定这一学期考试计划的时候。

片刻之后，我坐在施林克的对面，透过他背后的落地窗，外面的街景一览无遗。我看到他书桌上摆着一摞他刚出版的新书《周末》，随口问了一句，“这本书的销售情况，您从出版社那里得到的回馈是怎么样的?”施林克狡黠地笑了笑，“和往常一样，但是您也知道，什么媒体的评论都是不足以全信的，我更关心读者的想法。您要一本吗？我很感兴趣，您会怎么看这本书。”

我们的谈话切入正题，我翻开《回归》，就我有疑问的地方一一提出问题。施林克的回答一般都直接击中要害，言简意赅，把一些看似复杂的情况迅速简单化。问着问着，我索性脱开书稿，开始问他有关这本书背后的故事。

“您怎么会想到，让主人公通过阅读书页背面的故事，让整条线索朝另一个方向发展的?”

“因为这就是我本身的经历。我就做过同样的事情。还有我在西德长大，在纽约生活过。”

“再比如说呢，您通过阅读这些书页找到了您的父亲?”

他又笑了。

“没有那么戏剧性。我属于战后不太典型的那一代，其他人家的孩子都是在没有父亲陪伴的情况下成长起来的，我不一样，我父亲和我祖父都是学神学的，后来做了牧师，所以我小时候的成长经历在同龄的德国人里面算是非常幸福的。”

“但是您还是选择了返乡这个德国战后文学偏爱的主题。为什么?”

他看了一眼窗外，沉思了片刻。

“我觉得，无论对于那些留在故乡的人，还是历尽磨难回到故乡的人，他们都面临着同一个问题——我是谁？怎么认识我自己？每个人都会面对这样的问题。”

“所以，您选择让您书中的主人公通过这场奥德赛式的追寻，最后明白自己到底在找什么?”

“我想，可能还不止如此。生活，您看，是这样的。它始终在一种运动的过程中，生命就是一场不停息的旅程。所以无论到什么时候，像奥德赛那样的故事都会受到人们的欢迎。”

问题很快便解决了，其实我更感兴趣的是施林克本身对于事物的很多观点，它们都若隐若现地在书中浮现。时至中午，施林克热情邀请我和他共进午餐，我们沿着菩提树下大街往弗里德里希大街又走了一段，进了一家餐馆。餐馆的服务员似乎全都认识施林克，进门就将我们带到了他平时最经常坐的位置上，还按照惯例，上了餐前开胃酒。

我们的话题从小说发散开去，从中德关系说到中国崛起，说到法制国家对话的主题。施林克告诉我，他虽然参加了多次中德法制国家对话，也经常有机会去北京，但可惜的是，他从未到过上海。我就向他建议，趁着明年法制国家对话的机会，去上海看看，这样赶在二〇一〇年上海世博会之前，不会特别拥挤。

餐间施林克不住地感慨中西方文化差异之大，思维模式之迥异。“在严肃的法学领域，我们就有那么多不同的理念可以讨论，更不要说实际生活中了。比如说我这本小说里在瑞士的那一段故事，我设定的是发生在苏黎世湖附近的一个小城，这对您来讲，当然理解起来没有问题，您住得离瑞士很近；但是对于普通的中国读者来说呢，我无法想象他们会产生怎么样的联想。”

“其实，中国人比您想的要国际化，他们在这三十年里开始了解这个世界，并且积极参与了世界事务。很多对于中国的误解和偏见，都是基于对中国的不了解，这种情况一定会得到改变的，我们生活在一个开放的时代，没有什么比对话和促进理解更重要。”

“您说得没错，如果西方人只从旁观者的角度看中国，就无法理解你们的行为；但是如果我们也设身处地从中国人的角度想一想，就会觉得一切原来都有它的道理。”

“是啊，德国的宝莱纳啤酒屋在中国也很受欢迎，中餐在德国也很流行，文化的交流与冲击总会带来一些令人欣喜的变化。”

临分别前，施林克很认真地说，他二〇〇九年一定会抽机会去上海看看，亲眼见证一下这个东方大都市的魅力，他从现在就开始计划。

译者
二〇〇八年四月于慕尼黑